给索野和戴萌,尽管书中并没有出现他们的身影,还要送给一个叫皮埃尔的男孩,本书中他的名字是泽维尔。

可怕的乖孩子
All Good Children

［加］凯瑟琳·奥斯汀 著
瑞希 译

北京理工大学出版社
BEIJING INSTITUTE OF TECHNOLOGY PRESS

凯瑟琳·奥斯汀（Catherine Austen）

凯瑟琳·奥斯汀（Catherine Austen）

加拿大知名儿童作家、科幻作家，森伯斯特奖、加拿大图书馆学会青少年图书奖获得者。从上个世纪八九十年代开始，凯瑟琳不断创作出深受读者喜爱的各类文学作品，在科幻小说领域独树一帜。现在，她倾力于写作与自然保护运动。其长篇代表作《可怕的乖孩子》累获殊荣。

荣获加拿大森伯斯特奖
荣获加拿大图书馆学会青少年图书奖
荣获白松奖提名
荣获恒星图书奖提名
荣获加拿大儿童图书中心最佳星级图书
荣获资源链接"年度最佳图书"奖
荣获美国文学协会十大最佳青年图书提名
荣获美国文学协会青少年最佳图书奖

所谓的乖孩子就是

吃饭的时候乖乖吃饭,玩耍的时候乖乖玩耍

每个夜晚、每个白天都听话懂事

乖孩子们可以得到漂亮的圣诞礼物

调皮又喧闹的女孩和男孩

他们互相撕扯衣服,大声喧哗

弄脏衣服

他们得不到圣诞礼盒

也不能看这本漂亮的图画书

——亨利奇·霍夫曼《蓬头彼得:欢乐的故事和有趣的图片》(1844年)

PART ONE TREATMENT
第一部分
疫苗

1

当我在机场安检员面前脱裤子的时候,她并不觉得好笑。事实上,我刚解开腰带裤子就掉下去了。我不想被人看成是劣质产品,于是决定好好配合:脱下的裤子堆叠在脚边,我脱掉 T 恤衫,露出青春洋溢的迷人微笑:"我准备好要被搜身了。"

安检员看着我,神情空洞麻木,双手扶在她肥硕的屁股上。坏掉的人体扫描器、延误的航班、筋疲力尽的旅客、近乎全裸的孩子——混入她暗淡无光的眼中,氤氲成一片模糊的景象。她问:"有没有随身携带液体或电子产品?"

妹妹艾丽在我旁边咯咯笑着,通过安检。她穿过整个房间,跑过去找鞋子和她的泰迪熊。妈妈过去挡住了她的视线,不让她看到我的窘态。

"小姐,我快脱光了,"我指着内裤,补充道,"如果能让我快点过去,这我也可以脱了。看起来我似乎在里面藏了东西是吗?"

安检员皱着眉,眯着眼看我,戴着手套的手伸向我的脖子,像是要掐死我的样子。这种恶作剧的笑话估计她一天能听两次。"电子产品放进箱子里了吗?"她胖胖的手指快速划过我的肩膀和胸口,又绕到后背摸了几下,就像我皮肤下面能藏违禁品似的。

妈妈爆发了，声音响彻整个房间。"这位女士凭什么摸我儿子？她是瞎了吗？我儿子才15岁，他是个合法公民……"她不停重复这些，直到所有旅客都望向我和那个非礼我的人。

我装作这是一种正常接触，向围观路人点头致意。"我妈上周就把我的电子产品没收了，我被禁足了。"在她摸我赤裸的大腿时，我解释说，"虽然我即将登机，但事实上，我被禁足了，因为我是个坏孩子。"

她嘴里咕哝着起身，拍了拍我的屁股，示意我往前走，一点儿也不温柔。我在上千双眼睛的注视下穿好了衣服。那些眼睛闪着微光，像是航站楼灯光下的玻璃。

我跟着愤怒的妈妈走向登机口，然而不过只是换张椅子等待而已。陪我们一起等待的只有嚼腻了的口香糖和字幕滚动新闻：纽约城依旧大雨倾盆；凤凰城依旧干燥；跨国公司从灾难中牟取暴利——这就是我们周遭，我们必须忍受的一切。

如果能早点回家，我不介意再脱一次。又延误了一个小时，五百个人盯着五百个屏幕，有五百种消遣方式：读书、玩游戏、发信息或是和别人眉来眼去。这其中不包括我。我的 RIG 躺在妈妈的手提包里，那是一个即时通信器，它所连接的世界是妈妈不允许我进入的。

妈妈和艾丽面对面玩着"石头、剪子、布"和"狂野西部"的游戏——那是妈妈上幼儿园时在校车上学会的无聊游戏。她一边玩一边时不时地瞥我一眼，漫不经心地问："想什么呢？"好像她真想知道似的。

延误了好久之后，终于轮到我们登机了。我抢先占领了靠窗的位子，当作是我之前忍耐难堪的奖赏。我的内心充满期待，心脏怦怦直跳，这是我人生中第二次坐飞机，飞行体验肯定比上周那次更好，因为这

可怕的乖孩子

次是回家。

在上一次旅程中，当飞机腾空而起的那一刻，我仿佛被一种奔向自由的晕眩感席卷全身，我拿着我的 RIG 凑近窗边望出去，干枯的草地和机场跑道渐渐离我们远去，变成抽象的绿色和棕色色块，河流和公路星罗棋布，像是千疮百孔的疤痕。艾丽掐着我的腿尖声叫道："我们好像骑在翼龙身上！"一旁的妈妈听了也露出微笑。

那时我的世界闪闪发亮。我们奔向西尔维亚姨妈的葬礼，以为参加葬礼的所有费用都已经有人安排好了。我没有假装悲痛，我跟姨妈本就不太熟。反而是那种凌驾于世界之巅的感觉令我如痴如狂。我在开学第一周飞离新米道尔镇，将沉闷的灰色制服留在原地，升空的感觉像是在宛若上帝调色盘般的星球上空翱翔。

本来一切都很完美，直到飞机升到巡航高度，妈妈收到通知，说当天早上有人从我们住的公寓大楼往学校发送恶作剧炸弹，威胁他们。她一把从我手里抢过 RIG，尖叫着质问："你用卢卡斯的身份登录了？"

"为什么你认为是我干的？"

她气鼓鼓地翻了个白眼，仿佛没有其他孩子会像我一样不守规矩。

"只是个玩笑而已。"我解释道，"他把 RIG 落在大厅了，他的密码是 Lucas1。"

"你和卢卡斯曾经是朋友！"

我满不在乎地耸了耸肩："他是个被人放弃的差生。"

其实我不该这么说的。这是学院生对职校生的蔑称。但如果我能管住自己别嘴欠，上周我就拿回 RIG 了。妈妈拽着我往返于殡仪馆和法务办公室之间，走在没有关卡的城市中，穿过没有守卫的街道，我的 RIG 在她包里瞎闪，却什么记录都没留下。

亚特兰大是我离开新米道尔镇之后抵达的第一个城市，因疯狂扩张而有一种美感，却也因贫困而遭到严重损毁。强风从宽阔的街道一路吹进窄巷中，有人住在纸箱子里，乞丐和窃贼潜伏在阴暗的角落中伺机而动，或是大力敲击堵在路上的豪车车窗，直到警察赶到将他们拖走。整座城市沉浸在一种充满敌意又绝望的气氛中，令人感到深深的不安。

然而在车流和人潮的掩映之后，是我从未见过的无比炫目的涂鸦艺术——巨大、瑰丽、充满愤怒感。艾丽悄悄递给我她的RIG，我将一小部分图像记录了下来：巨浪冲垮了不平衡的天际线，一队眼神空洞的囚犯，一片布满蜜蜂尸体的盐滩。

总有一天我也能创作出这样的作品。

妈妈按部就班地为姐姐处理好后事。到了第三天，再引人入胜的艺术作品也无法说服人们继续待在这里忍受噪声、脏乱和恶臭。表亲丽贝卡本应处理好这一切的，但她十年前移民加拿大，不允许回国。她从母亲那里继承了一小部分遗产，但被政府夺走了。他们能给我妈的只有丧葬费而已，我们全家的机票、这一周以来在酒店吃的早餐费，还有晚上的开销，都令我们在亚特兰大酒店的紫色床单上一筹莫展，度日如年。

现在，我们带着好几箱丽贝卡童年时期毫无价值的破烂玩意儿回家，手写信件、相框、成绩单复印件什么的，仿佛我们继承了一个资源回收桶。但在这些纪念品中，有十六支彩色马克笔，装在一个塑料盒子里，还有三个灰色速写本，我在上面画满了地球抽象画，任何边边角角的地方都不放过。拿回RIG之后，我会发一幅抽象拼贴画上去，画作的名字就叫《逃离学校，危险星球上的抵抗》。

可怕的乖孩子

当我们坐的飞机滑行到跑道尽头时，艾丽紧紧抓住我的手。机身振动，轰轰作响，机翼鼓动起来，轮胎开始盲目地转动。我们紧紧抓着座椅扶手，陷入沉默。在飞机起飞的时候，我们并没觉得速度有多快，只觉得它在尖叫咆哮着，试图脱离地面，看起来近乎愚蠢。但随即发觉，我们已经飞在空中了，真令人难以置信，我大声笑起来。脚下的城市看上去像是布满一块块补丁，我们腾空而起，飞向纯白闪耀的光芒。我希望能和朋友们说："抬头看！看到一道银色光线滑过天际了吗？那是我！"但我只能等到回家后才能发这条信息，不过等到那时，就没人在意了。你的信息已经是过去时了，你的事情已经是历史了，没人有空关心你的历史。

椅子上的口袋里有飞机上赠送的小零食。薯片的味道跟发霉了似的。我很快就干掉一袋，越吃越觉得失望。妈妈把她自己那包零食递给我，我也吃完了，心情仿佛跌入绝望的深渊。"RIG 现在能还给我了吗？"

"不行。"

艾丽放下她前排座椅上的小桌板，将她那袋薯片放在上面，又把泰迪熊放在薯片上，让它的头搭在上面休息。

"不打算吃零食？"我问道。

她飞快地抓起零食包装袋，藏到桌子下面，放在膝盖上。

"你不吃的话给我吃。"我说。

隔着过道，一个胖子对着我妈挤眉弄眼地，他搭话道："孩子真是永远都不满足。"

每次看见这样的人，我都对自己做过基因测试充满感激。不管未来会变成什么样子，我都永远不会变成一个肥硕的秃头白人。他一人占了两张座椅，肥嘟嘟的肉将座椅内的空间塞得满满的。我指着他肚子上的薯片问："你吃吗？"

"请不要管他。"妈妈对他说。

他用又白又胖的手掌盖住薯片，冲着妈妈眨了眨眼。

艾丽拍拍我的肩膀，用柔软又尖细的声音问我："你要是不看窗外的话，能和我换座位吗？"

"不要。"我假装伸了个懒腰，趁机从她膝盖上偷偷拿走她的薯片，然后一边望着窗外的云朵，一边若无其事地撕开薯片包装袋。我貌似漫不经心地伸手进去拿了几片，丢进嘴里，艾丽完全没留意。"来点儿吗？"我主动询问。

"不用，谢谢你，我自己有一包的。"艾丽把手伸到小桌板下面，随即面露惊惶之色。她把泰迪熊举起来，在腿上摸来摸去，扫视地面，又在脏兮兮的地毯上摸索。

"什么东西找不着了？"我问。

"我的薯片不见了！"

"长什么样子？"

她伸手探进椅背后面，一边摸索一边回答："包装袋是红色的！"

我把薯片挪到窗框中间，"上面有白字的？"

"对！你看见了吗？"

"马克斯，把薯片还给她。"妈妈说。

艾丽看看妈妈，又将目光移到我身上，之后看向我手里的薯片。

"给你吧，拿去。"我说。

"真的吗？"艾丽问道，"我们可以猜拳决定。"

"不用了，你拿去便是。"

可怕的乖孩子

她看着那包只剩下一半的薯片,露出微笑。"谢谢你,马克斯,你真是个好人。"

妈妈在旁边叹了口气。

那个胖子清了清嗓子说:"孩子们真可爱,是你家孩子吗?"

妈妈的肤色本来就比我和艾丽深五个度,听了这话脸更黑了。她上下打量一番,对着那个胖子翻了个白眼。原以为谈话应该就此终结了,没想到那个胖子的情商低到残废的程度。"他们的父亲呢?"他一边问一边色眯眯地盯着妈妈的胸部。

"我爸死了。"我说,"三年前,患了流感,被自己的体液淹没了。"

"拜托别说了,马克斯。"妈说。

"所以她现在单身。"我又加了一句。

那个胖子听了有点局促,嘟嘟囔囔地说了些抱歉的话。

他旁边的男人朝他的肚子瞥了几眼。我哀号起来,是艾灵顿·理查蒙德,我最好的朋友达拉斯的父亲。他讨厌我,讨厌我们全家人。父亲还健在的时候,他并不怎么讨厌我们。但父亲过世之后,我们失去了一半的家庭收入来源,他似乎就变样了。我向他礼貌致意,然后便转过头看着窗外的阳光。

我想给达拉斯发个信息,跟他说他父亲正在三万英尺①的高空上用审视的目光盯着我,但是没有 RIG,我就无法联系别人。另外,我也接收不了作业通知,"真幸运,开学第一周晃过去了。"我小声对艾丽说。

她皱了皱眉,说:"我喜欢学校。"

---

① 1 英尺 =0.3048 米。

妈妈亲吻她的头顶，艾丽用双手捧着妈妈的脸亲了回去，她亲吻着妈妈的脸、鼻子、眼皮，一遍又一遍，直到这种腻腻乎乎的劲儿让人觉得恶心。"好了，宝贝，够了。"妈妈说。

综艺节目《畸形秀》的主题歌盖过了飞机上的闲聊声，我前面有谁在看这个节目，我立刻就被吸引了，从椅背间的缝隙看了过去。

前面坐着个少年，摇头摆脑地哼唧着，要不就是我的呼吸里带着强烈的薯片味儿，要不就是他有着傲人的视力，他发现了窥视中的我，随即拿出耳机戴上，迎上我的视线，满脸写着自己是个完美小孩，就算只是坐在那里，看起来也像个巨人，他父母在挑到他之前，肯定测试过很多次，淘汰掉一打胚胎。

我不是那种完美小孩，我是三选一的，即三个胚胎里面质量最好的那个。只有富人才能继续挑选，直到挑出最完美的一个，孕育出完美小孩。新米道尔镇有很多富人，我要和这些人的完美小孩竞争，但总是他们赢。

大部分人都是免费的赠品，在家里完成受孕和生产，只要简单扫描筛查一下是否畸形就行了。他们说起完美小孩和三选一小孩，认为我们是基因工程的产物，不是这样的，我们是在生物诊所孕育的，并不是拼接出来的，也没有什么其他的干预手段，我们的出生更像是赌博，而不是所谓的工程。父母支付一笔款项，获得一定数量的胚胎，胚胎在质量上是随机的。在基因被读取之前，他们不知道自己会得到何种质量的胚胎，之后他们会挑一个自己满意的，放入子宫让它成长。那些不健康的胚胎会被终结掉，落选的那些则会被放入冷库中冷藏起来备用，等将来爆发不孕危机的时候可以偷偷拿出来再用，也有可能会被卖掉或者被用来做某种实验，或者就让它们成长起来以便于摘取器官——怎么看这个问题取决于你相信哪种阴谋论——但这并不是基因工程。

我是三个破烂中相对来说最好的一个,这也没什么好扬扬自得的。坐我前面的那个少年是更多破烂里面相对好的一个。他回过头来,用探究的目光看着我,眼睛闪闪发亮,"哟,这不是那个跳脱衣舞的吗?"他窃笑着说,"内裤很不错啊,烂货。"

我粗鲁地招呼了他一声,身体后倾,猛踢他椅子宣泄情绪。"哎哟,不好意思。"我道歉,然后再猛踢。保安从他的座位上往这边看。

"别闹了,马克斯。"艾丽对我说。我的妹妹不是完美小孩,也不是三选一,她是免费的赠品,是父母在六年前的某个挫败期,自然受孕生下的。妈妈说艾丽是上帝给她的礼物。艾丽有宽广的胸怀和脑容量狭小的脑袋,上帝在送出更多礼物之前,应该仔细检查一下自己做的东西。

"我们不可能都像你一样。"我告诉她。

理查蒙德博士在一旁窃笑。

妈妈的视线扫过去:"艾灵顿?真意外啊,你过得怎么样?"

那个胖子将自己的视线从妈妈身上转到理查蒙德博士那边,就跟他也是参与谈话的一分子似的。

"我挺好的,卡瑞娜。我刚从得克萨斯州回来,参加了一个全球教育大会。本来是计划坐高铁的,但墨西哥人把车站炸了,你听说了吗?你们直接从亚特兰大回来的?有亲戚在那边吗?带孩子去那边过周末一定花了一大笔钱吧。"

"并没有。"妈妈回答,然后开始不厌其烦地解释葬礼和我们旷课一周的事情。

"下次开会你应该带达拉斯一起去，"我插嘴道，"他会爱上飞行的。"

理查蒙德博士皱了皱眉，"他们这个年纪的孩子真是爱顶嘴，不过还好你不用再忍受多久了。"

妈妈看了看表，"还有二十分钟就到了？好快啊。"

"我的意思是，过不了多久，我们就会在学校里矫正马克斯威尔的行为。"理查蒙德博士解释道。

我轻哼了一声，妈妈脸上的笑容凝滞了。

"新的教育支持项目要启动了。"他接着说，"我想上周你已经看到了小女儿的矫正成果，这个项目是为那些动机不足型的孩子提供的，就像你的孩子一样。"

妈妈的笑容完全消失，"像我的孩子一样？"

旁边的胖子冲理查蒙德博士摇头，等着他道歉。

"当然了，我相信他们都是好孩子。"理查蒙德博士说，"他们只是和别人不一样，不是吗？"

这时机舱广播提醒我们系紧安全带，放好行李，收起小桌板，准备降落了。理查蒙德博士向后靠，消失在我们的视线中。妈妈狠狠地盯着他刚才在的地方，他旁边的胖子将薯片塞进胸前的口袋。

我偷偷地把我吃剩的空包装袋放到艾丽面前的小桌板上，接着收起我的小桌板，使劲将它压进前方座椅中，直到听到那个完美小孩的怒吼声。

"这哪儿来的？"艾丽拿着空袋子问。

我耸了耸肩，"那肯定是你的啊。"

她把袋子翻过来看了看，感到很困惑，然后把袋子塞进椅子里的垃圾袋中。接着她倚靠在我胸口，把泰迪熊举到窗边。

我亲了亲她的头顶，真是个天真好骗又心地善良的妹妹，我好爱她。

飞机倾斜机身，准备降落，我看见旁边的军方护卫队和下方跑道的点点星光，仿佛这条路的尽头是监狱。"我们的假期结束了。"我轻声说道。

从布拉德福德机场回到新米道尔镇，需要穿过国家森林公园，车程半小时。妈妈仍旧不打算把 RIG 还给我，我只好紧盯着窗外，欣赏宾夕法尼亚州荒野的景色，没事找事，踢艾丽的脚取乐。

"你再不停止，从现在开始就永远别想要 RIG 了。"妈妈说得超大声，引得周围乘客纷纷侧目，我继续凝视窗外，假装置身事外的样子。

新米道尔镇的车站不能租车，我们只好打车回家。司机的证件上写着他的名字：阿布达尔·萨兰·阿尔·富林。我刚系紧安全带，他就迫不及待地开了口："你们听说了吗？西南边，高铁爆炸了！死了三百多人，现在哪儿都不安全了。"

我们向一名警卫出示证件之后，车子放行，穿过新米道尔镇金碧辉煌的关卡。"我觉得这里就特别安全啊。"我说，心想下车之后，我们会觉得更安全的。

艾丽和妈妈并排坐在后座，看着一个野生动物节目。在父亲过世前，妈妈曾经一度对 RIG 很上瘾，她喜欢随时随地用 RIG 记录我们的生活并上传网络，但是现在这些对她来说只是过眼云烟了。

"我喜欢开着车在这个城镇里穿行。"司机告诉我们，"所有街道都是笔直笔直的。"

"这是出于高效节能的考虑。"我告诉他，"新米道尔镇是东北地区最棒的环境友好型智慧城镇,但为了建造这座城镇,十平方英里①的森林遭到砍伐,真是一个巨大的讽刺。"

"我不喜欢森林。"司机说。

我耸耸肩,"森林很美丽。"其实我从没和森林真正意义上地亲密接触过,但我喜欢坐车穿行森林,看着或深或浅、层次分明的绿色。新米道尔镇的风景单调乏味,镇上的一切都有着相同的年龄、相同的风格、相同的颜色,个性让步给安全性。一半城镇与森林毗邻,另一半则被围在高墙中,能进城的路只有六条,全部戒备森严。我们并没有大肆扩张,城里高楼林立、鳞次栉比。新米道尔镇没有乞丐或窃贼,如果你没有住所,又没有工作,就不能进城。出租司机讨厌森林,也许是因为他不得不在森林里扎帐篷住。

在过去的二十年间,堪姆路斯国际公司建造规划了六个这样的城市,设置了全球六大养老中心,每个在新米道尔镇居住或工作的人都要付租金给堪姆路斯。整座城镇的核心是新米道尔镇马诺尔高地养老院和那三万两千个床位。

"我还从没在城里迷过路。"出租车司机边说边继续往前开着,他并入主干道的车流,一路向北,经过医院、实验楼和办公大厦。

"你生意这么好,真令人意外。"我说。

主干道上满是行人,每一个区域都像是自治的小村落,有自己的学校、诊所、花园和休闲中心,甚至有自己的水耕栽培及处理设施。我们其实不是很需要打车。

"生意也没多好了。"司机承认,"大部分时候我是去送人,而

---

① 1 英里 =1.609 千米。

可怕的乖孩子

不是接人。"

"送到哪儿去?"

他耸了耸肩,"你在城里上学吗?"

"当然,上重点校。"

"真是个幸运的孩子,你长大以后想干什么?"

"做建筑师。"我毫不犹豫地回答。在重点校,我们很早就选定了自己未来的职业发展方向。

"你要建造类似这样的建筑吗?"司机问我。他指着车子左边的新米道尔镇市政厅和安全中心,建筑物在远处闪着微光。这栋建筑矗立在主干道的交叉口,是这个城镇名副其实的中心,28层的彩色玻璃上承载了28个纵横交错的故事,延伸到屋顶,会聚成尖顶。

"希望如此。"我说。

司机对此嗤之以鼻,"我不喜欢这种建筑,看起来像个冰窖。"他拐进地下通道,市政厅大楼从视线中消失了。

"这是城里的艺术中心。"我提醒他。

他又冷哼一声,"在这里我感受不到任何的艺术气息,完全没有,我听不到任何音乐,听不到故事,也没看到任何一家剧院。"

"你说的这些,在任何一栋建筑物中的任何一个房间里都能看到,"我告诉他,"我们有自己的沟通网络。"

他叹了口气,"你喜欢住这儿?"

"当然,谁不喜欢啊?外面的人都排着队想进来呢。"

"说的就是像我这样的人啊,"他说,"我正排队等待中,我拉你们进城,把你们放下,然后离开。"

"世道艰难。"我说。

"不是所有人都这么觉得。"他嘟囔着,车子钻出路面,逐渐驶离市中心。

我出生前,堪姆路斯花了八年时间,耗资数十亿美元建造了这座城镇。城里的街道四通八达,就像巨大的蜘蛛网延展开去。人们蜂拥而至,但并不是所有人都能进来。城市西边的围墙外遍布棚户房和停车场,很多人住在那里,心中满怀希望。他们每天被允许进城几个小时,做保洁或是司机的工作。委内瑞拉流感带给他们致命打击,城里有一半老人在那场浩劫中死去,除了老人,其他年龄段的人也难逃一劫,包括我父亲。那次暴发的流感给堪姆路斯造成巨大损失,不仅赔了大量私人资金,还丧失了公共精神。好在妈妈保住了护士的工作,所以我们的处境还算可以。我们从有四间卧室的独栋住宅搬到了两居的公寓,新搬去的公寓楼坐落在我们曾经居住的住宅区边缘。我和艾丽仍旧在重点学校读书,我们还有希望,在这样的危险岁月,这已可算是罕有的资产,大部分人蒙受了更多损失。

"老了以后我或许能在这儿找到一个床位。"司机又哼唧了一声。

"前面左转。"我说。

我们穿过东北边的居民住宅区,途经过去住过的那个白色豪华宅邸,驶过宛若迷宫般的裸色三层小楼和棕色的联排别墅,开进深棕色的公寓群。"六单元。"我说。

司机像个片儿警一样在公寓群里绕圈,开得很慢,充满犹疑,在经过五栋外观上看毫无辨识度的公寓楼之后,我们住的斯巴达大楼到了——大楼的名字是取自苹果的品种,跟希腊毫无关联。这些公寓楼都用苹果的品种命名:利伯蒂、加拉、克里斯潘、富士和麦金托什。"你住这儿?"司机问着,抬头扫了一眼,这栋大楼激不起他心中的任何

可怕的乖孩子

涟漪。

公寓群散发着寒酸的气息,没有阳台,没有屋顶花园,也没有长椅。只有直角、太阳能电池板和资源回收桶。我过去会嘲弄住在这儿的人,现在只能忍受着别人的嘲弄。

我向妈妈伸出手,她面带狐疑。"RIG。"她朝我翻了个白眼,但还是把RIG还给我了,我立刻像是充满了电一样精神抖擞了。我把两个箱子从出租车后备厢拿出来,拖着它们走到门口。"谢谢你送我们回来。"我对阿布达尔说,"祝你好运。"

"也祝你好运。"他喊道。

还没跨进门,邻居泽维尔·拉维妮就穿过脏兮兮的走廊,向我走来。"我告诉里斯先生,我们的历史作业是谎言。"他说道,"我给他看了一家自由媒体的一篇报道,但他说我现在必须去参加纪律委员会听证会。"这是泽维尔版本的"你好",是他和人打招呼的方式,只要你不走开,他能不停地用十七种语言和你说阴谋论,包括二进制代码。他每周都因为网络非法入侵而遭到逮捕,只是因为他把黑客信息写进了自己的论文。他那个精妙绝伦的大脑有某种缺陷。他觉得我是他最好的朋友,因为我并没有残酷地对待他,我对他也就是轻微嘲弄。对友情的这种最低标准的定义也属于他的缺陷。我没有邀请他进门坐坐,他也没有因此对我产生不满。

"嘿,泽维尔。你照我说的帮我报名越野赛了吗?"

他点点头,说:"在此之前必须伪造你的出勤记录才行。"

"这你能做到?"

他倚着门框,微微笑着,我不禁后退了一步。

最让人觉得不正常的事是，泽维尔闻起来好像很好吃的样子，像是人类的甜点，今天则是橘子果酱的味道。

他有入浴强迫症，会用昂贵的香皂，他同时还是我见过最貌美的人。这么说并不意味着我是一个同性恋，我不是，我只是觉得那张脸非常惊艳。他看起来像个大人，身高一米八，热衷于田径训练，体型健壮。他的皮肤白皙无瑕，金发碧眼，熠熠生辉，眼中闪烁着神经质般的光芒。他那张脸比例完美，和他那个有缺陷的人格简直格格不入。

"这个简单。"他说，"我也帮艾丽伪造了出勤记录，帮她报名了球赛。周三她错过了数学考试，不过我给她登记了75分。周五接种疫苗她也不在，不过我帮她把护士登记表填好了，你最好和你妈说一声。"

"当然。谢谢你。"

"你们没坐高铁？看见爆炸了吗？"

"没有，我们坐飞机回来的。"

"我听说是墨西哥人。我们毁了他们的海水淡化工厂，所以他们就要摧毁我们的铁路。"

"这太疯狂了，泽维尔。海水淡化工厂是我们帮他们修建的，毁了工厂的是亚利桑那州的民兵组织，估计就是这帮人炸了铁路。"

"亚利桑那州的人濒临渴死的境地。"

"那他们应该去炸水库，而不是炸高铁。"

泽维尔皱了皱眉，说："我的父母不让我谈论这些。"

我笑了出来："他们怕你被抓起来吗？"

"估计是，我们抗议的权利遭到限制，这你听说了吗？现在只能在自己的地盘抗议。将来连个人身份信息都要用通用身份证了，法案已经通过了。"

"我们已经有了通用身份证。"我说。

"现在只是新米道尔镇有。马上各地都会有的,通用身份证上会有面部和指纹识别。"

我摇了摇头:"每个地方都有?不可能的吧。"

"麻烦借过,泽维尔。"妈妈在门口说道,"你好,亲爱的。"

"他们要拿监狱里的犯人做测试,给他们注射药物。"他回应道。

妈妈点头微笑致意,领着艾丽回卧室整理行李。

就在泽维尔详细阐述堪姆路斯公司干的下流勾当时,我在过滤自己离线这一周接收到的七百三十五条信息。广告、名人逸事、服务器上的聊天记录、历史消息,等等。然后我惊讶地发现有一条消息来自佩珀·卡西迪,她是 REAL(Reduced Electronic Activity in Life)组织的成员,这个组织的全称是"生活中减少电子产品的使用",她的信息真是稀有,又充满了诱惑力。

我点开信息,佩珀的脸开始在屏幕上闪耀着光芒——棕色的双眼、粉嘟嘟的嘴、肉桂色的皮肤。"我需要你,马克斯!我们所有人都需要你!"镜头扫过一排漂亮女孩,正噘着嘴窃窃私语。"我需要你,马克斯。"我做梦都不敢想。佩珀靠近镜头,对我露出微笑。"这学期只有两个男生报名了舞蹈课,你懂的,他们根本毫无节奏感,你来试试好吗?"

我把这条信息存了起来。

"参与测试的孩子都是收容所里的。"泽维尔说。

"舞蹈测试?"

"药物测试。你能帮我传播请愿书吗?"

我笑了："我只是个十五岁的孩子，泽维尔，我顶多只能传递烤面包片上的花生酱。"

我筛选出达拉斯·理查蒙德给我发的九十八条信息——这说明在我离线时，他除了睡觉时间，每小时都会给我发一条信息。而这些信息中，有九十条的开头都是同样的简单问句："你觉得他们打架谁会赢？"另有七条信息则罗列出了我们班上每个女生的名字及内衣尺码。还有一条信息则是绰号大全。因为我没去参加橄榄球队的训练，埃默里教练给我起了很多难听的绰号。"我是个软蛋，还是个混账东西。"我告诉泽维尔。

他点点头，没有丝毫同情心。

"泽维尔，爸爸叫你！"塞莱斯特·拉维妮沿着走廊走了过来，她和泽维尔比起来，更加柔和，也更有曲线。她和我是整个公寓楼里唯一有弟弟妹妹的人，我以为这个共性应该能让我们彼此贴近，但她显然不这么认为。

"塞莱斯特！"我朝她大叫，"我们回来了！"

她无视了我，对泽维尔说："来看看我的杰作。"

我假装自己也被邀请了，欣然前往。

穿过大厅，拉维妮夫妇在自家门前徘徊。看到他们的样子，你必须用上想象力，才能明白为什么他们能生出泽维尔和塞莱斯特这么漂亮的孩子。拉维妮夫妇异乎寻常的高大，肤白又衰老，像是古老的维京人。他们脸色苍白，肌肉松弛得像海绵一样，穿着粗纺的羊毛衫，扣子扣在错误的扣眼中。

今天的拉维妮先生看起来状态很差，塞莱斯特在他脸上化了特效妆。他脸上的肉黑色和粉色交织，溃烂腐化，像一个被烧伤的人。

可怕的乖孩子

"好厉害的妆效啊。"我说。塞莱斯特在他们那所大学的特效系是一颗冉冉上升的明星。

"进屋吧,孩子们。"拉维妮先生薄薄的嘴唇吐出这几个单词,"别站在走廊上说话。"他的视线扫过角落里的监视器。没人会在走廊上说话,除了泽维尔,他一个人消停了,整个世界都安静了。

"你回来了!"达拉斯在 RIG 银幕中朝我大喊。他向我展露出灿烂、成熟又无懈可击的笑容。我们以前差不多高,但过了十二岁之后,他那昂贵的基因开始显现出来。现在他是十年级最高的孩子,身体结实,有着白皮肤、黑头发和蓝色的眼睛。他的父母为了孕育他和他哥花了大价钱。他是精子捐赠的,这也就解释了他如此耀眼的原因。他的哥哥奥斯丁是一只野兽,是理查蒙德博士自己孕育出来的。"你觉得他们俩打架谁会赢?"达拉斯问我,"拉链头还是果汁?"

他想必是在说《畸形秀》节目,最近的孩子名字真是疯狂,但也没疯狂到何种程度。"我还没看呢,RIG 之前被我妈没收了,刚拿回来。"

"我觉得果汁会赢,要是他没流血身亡的话。拉链头很高大威猛,但他动作慢。老虎估计能一口气扳倒他们俩,我还是押老虎。"达拉斯总是选择支持故事最假、战斗力最弱的畸形儿。这几年我们押注,他从没在本地的《畸形秀》赌池中赢过。

"我缺勤的这周,学校有什么事吗?"我问他。

"泰勒·威尔金斯跟人打架了。"

"不能吧,他被停学了?"

"没,不是在校内打的,和他打架的是小惠顿·史密斯维克。"

"挺好,我觉得挺好,不是说惠顿,是说对我来说挺好。"泰勒·

威尔金斯简直就是学校的神经病患者。去年六月，他要点燃枯叶蛾的巢，我妹妹想抢他手上的打火机，他给了我妹妹一个嘴巴。我当然要为妹妹出头，被他狠狠地在肋骨上打了一拳。我在校园里边追边拦截他，他又打在我脸上，结果是我们两人都被停学处分了。这就很尴尬了，我是个身体结实的橄榄球队员，而泰勒只是个干瘦的烟枪。不过他很高，还有狂躁症。在他八岁那年，学校把他的父母告上法庭，要求强制治疗，但似乎没什么帮助。

这个夏天我增肌了十五磅，我还花钱让达拉斯的哥哥奥斯丁教我怎么打架，一切都为了开学后回学校把泰勒揍到半死。奥斯丁的野蛮程度和泰勒差不多，他横行霸道靠的是泰拳和生长激素。他是个高级格斗教练，就是头脑简单了点——现在我在荧幕中看到的是，他在达拉斯背后，对着他的头放屁。

"我要下线了。"达拉斯说。

奥斯丁将脸贴近屏幕喊道："通话结束，同性恋！"

我陷在皮质沙发里，拿着 RIG 翻着名人绯闻，妈妈正在厨房炸培根，准备明天的午饭。我爱这个家，尽管屋子里有腐败的味道，墙体斑驳，空间逼仄，又不太牢固。和我们相比，随着父亲骨灰一起带回来的柚木桌子和油画似乎和这房子更搭，不过我还是很高兴能回家。

艾丽站在客厅窗边，和 RIG 说话，"我要打电话给我最好的朋友梅丽莎。"她轻轻地说。

"我还以为你最好的朋友是花生。"我说。

她咯咯地笑着回答："我有很多最好的朋友。"

我查找学生期刊上关于性和暴力的内容，但没找到什么。

可怕的乖孩子

另一边，艾丽皱着眉头关掉 RIG，"他们说除非学校有事，不然别打电话。"

我耸耸肩。"时间太晚了，明天就能见到梅丽莎啦，来吃甜点吧。"

我们轮流吃着奶油芝士饼干，最后只剩下一块。艾丽在我们两人之间指来指去，想用"点兵点将"的方式决定。

没等她数完，我已经把最后一块吃掉了。

"我还没数完！"

"第二个被点到的人就是被选中的。"我已经跟她说过上千次，但她还是会念完全部口诀，才会对结果的公平性感到满意。

妈妈把脚伸进难看的白色矫正鞋里，说："最近几周我都是晚班。"

"你这就要去上班了？"我说道，"我们才刚回来。"

她耸耸肩："明早回来，我会租一辆车送你们去学校，你做早餐，然后帮艾丽收拾书包，行吗？"

"好吧。"我答应了。我讨厌准备早餐以及打包午餐便当。

我把头探出窗外，呼吸着新米道尔镇暖融融的粉尘。现在的时间是晚上八点，三十八度，在九月来说有点太热了。这样的温度下，公寓里的味道像是腐烂了的水果散发出的。街上的公告牌通知大家，冬天的时候新米道尔镇将有另一家堪姆路斯水培法工厂开业，未来会更好，公告上成群结队的男女青年穿着蓝色的制服，露出幸福的笑容。

"妈妈明天开车送我们去学校。"艾丽说。她为能坐车去上学感到兴奋，连续两天都叫车，我们可能支付不起油钱。

父亲过世之后，生活很艰难。找个后爸其实很容易——在遭受了多年的疱疹、荷尔蒙和重金属威胁后，男人们的精子活性很低，那些难有后代的男人喜欢找有孩子的女人结婚——但这让我无法忍受。妈妈说她只要艾丽和我就够了。我们拥有彼此就够了，只要我们一家人在一起，日子总会好的。

"我希望我们不会因为缺席了第一周而惹上麻烦。"艾丽说。

我在她头顶亲了一下，说："没事的，一切都会很顺利的。一年级很精彩，大家都会很喜欢你的。你觉得呢？一年级会很精彩的。"

她点点头，说服自己道："这将是最棒的一年。"

2

送我们去上学的车子里有一种化学制品的味道,但不用走路,而是坐车上学,这让我们觉得很荣幸。虽然上学之路不到一英里,我们也没拿太多东西,但我喜欢假装我们仍旧很有钱。艾丽坐在我后面,她的红色书包放在膝盖上,里面塞满了应急用的内衣裤、体操鞋、跳绳、午餐便当盒、白板和二十支我十分垂涎的粗马克笔。

她先一步下车。她的学校被混凝土围墙围起来,上千个一到四年级的孩子在附近嬉笑玩耍,扬起阵阵泥沙。女孩子围着游乐设施尖叫嬉闹,男孩们在走廊上追跑打闹,还有些人独自靠着围墙等待上课铃响。艾丽满怀希望地在人群中搜寻着她的朋友,然后一个人走开了。

"梅丽莎肯定是病了。"妈妈说。

"不是。"我指着门口处,让她看那边。离学校开门还有八分钟,已经有好几百个穿着校服的孩子等在门口,手上拿着身份识别证件。"门口那个不是梅丽莎吗?背着黄色书包的那个。"

妈妈点了点头。"他们整个班的人都站好队了。我想艾丽上周可能错过了什么重要的事。"

"哦,对了,泽维尔说艾丽错过了数学评估测试和疫苗注射。"

"泽维尔怎么知道一年级的事?"

"他知道任何一件事。"

"流感疫苗?"

"这我就不知道了,你去问问他。"

她朝我翻了个白眼,就像我应该对妹妹的疫苗记录知道得很详细似的。

高中部要沿这条路继续开五分钟。比起小学部和初中部来说,高中部更大更有型,有六幢装着黑色玻璃的混凝土建筑单元,看起来野心勃勃,占地宽敞到令人不安。新米道尔镇的每一个区只有一所重点高中,在这里,有四分之三的孩子只能上职高。重点校的学费更高,且竞争激烈,从一年级开始,平均成绩要达到 B,才能保住在重点校的念书资格。一旦成绩不够,被建议转学到职高,就再也不可能回来了。

我现在念高一,也就是十年级。我们不被允许进入十一年级和十二年级学生的校舍。年级越高,保持 B 的成绩就越难,每个学生享有的空间和关注也就越多。他们需要这些,因为一旦毕业,他们就要和外国学生以及自学的人竞争。花了十二年时间,又花了数十万元上了重点校,毕业了却不如那些没上重点校的人是不划算的,那还不如在网上免费自学。

昂贵的学费掏空了我们,但妈妈从来不和我们提这些。她在学校门口停车,面带微笑,仿佛不希望在其他地方见到我。"十年级的第一天。"她语气中透着骄傲。

"然而我已经落后别人一周了。"我补充道。

校长格拉罕先生冲到门口,向我们微笑致意。他一定是看到了门口的车,以为我们非富即贵。看到我从副驾驶座上下来,他显得很困惑。汗水从他的鬓角滴落,洇湿了领口,又是个怕热的秃头胖子白人,

可怕的乖孩子

军队应该征召他们,而且他们连制服都不需要,看起来已经非常整齐划一了。一队武装起来的秃头胖子白人肯定能把任何敌人吓退,光是一个就能让我战栗了。

我靠着引擎盖,双手交握,听着妈妈告诉校长我是个多优秀的孩子。"马克斯知道自己能上重点校有多幸运,他向我保证绝对不会逃课,或是跟人打架。"

"我会试着不和人起冲突。但如果别人先动手,我也得保护自己。"我说。

他们盯着我,仿佛我是个烂货。

"我的成绩是最好的。"我提醒他们。

妈妈叹了口气:"他会尽量不惹麻烦的。"

"不用担心,康纳斯太太。"格拉罕先生说道,"一旦我们的支持系统开启并开始运作,一切都会好的。我更关心的是上周五在家长委员会上没看见你,你在家里收看了吗?"

她摇了摇头:"我完全忘记了。"

"我希望你能出席本月底的资金筹集活动。"他说。

妈妈耸了耸肩。她从不说谎,只是回避问题而已。

格拉罕先生皱了皱眉:"我相信在这样的境遇中,你已经努力做到最好了。"他用鼻尖俯视着我和车,记下车牌号,以免下次把我们和他在乎的人弄混。

"告诉过你他是个禽兽。"他走后我和妈妈说,"他假装对你充满善意,好利用你,然后就拿你去喂鲨鱼。"

"已经不再有鲨鱼了。"妈妈说。

"他有私人鲨鱼池,我在留校察看时跑掉了,被他抓住,他会把我吊在鲨鱼池上面。"

她笑着打断我的想象,告诉我她爱我,祝我今天过得愉快。

我在五百个穿着校服闹哄哄的九年级生和十年级生中寻找达拉斯。他们在学校围墙边成群结队,聊天、拍照、疯狂发信息。一旦我们进入校园,所有的 RIG 就只能上学校内网的"黑板"系统,因此大家都待在外面,直到铃声响起。我看见橄榄球队的队友们聚集在餐桌旁,检讨着我上周错过的比赛。教练的儿子布伦南·埃默里喊道:"欢迎回来,马克斯!很遗憾听到你阿姨的事。"

"嘿!"我回应道。我找不到任何合适的词来形容布伦南,他在各个领域都远胜于我。他身材高大、待人宽厚,是个常胜的四分卫,还是有色人种学生会主席。他有世人所说的那种天生领导力——但因为他是个完美小孩,所以也不完全算是天生。

达拉斯从餐桌凳上跳起来,猛拍我的肩膀。他的夹克紧紧地绷在身上,裤腿悬在鞋面以上。我们八月才定做的校服,现在他就穿不下了,人真是生来就不公平。"你听说了吗?有个可怜的中国小孩被围墙砸死了。"他说道,"真是令人作呕。"

"啊,我看了报道,这都什么怪事?"

"你选择被什么打?围墙,还是带刺的铁丝网?"

"围墙。"我说。

"我也是。"

泽维尔独自站在操场的另一侧向我们挥手,阳光洒在他的头发上,像是一轮光晕,在他朝我们走过来的时候熠熠生辉。在他的声音传过来之前,他已经讲了三句话。

泰勒·威尔金斯猛冲过来,把泽维尔绊倒在地。他摔倒在人行道上。周围的人散开来，确保他狠狠地砸在地上。泰勒一边大笑一边喊："走路走多了啊？你个蠢货。"

泰勒和泽维尔相比，简直就像是哈哈镜里的反相，虽然身高超过一米八且有一头金发，但他骨瘦如柴，长得又不怎么样，浑身散发着熟食的味道和烟臭味。我们都知道，总有一天他会因为嫉妒划伤泽维尔的脸，我们中的每个人都知道这一点，但大家一定会装作非常惊讶的样子。

泰勒身边的暴徒们嬉笑着从泽维尔腿上跳过，泰勒一只脚踏在泽维尔背上，不让他站起来。

围观的人就像在看九大行星连成一线似的。

我趾高气扬地朝泰勒走过去，一记右勾拳把他揍得直踉跄。围观群众后退，围出一个竞技场，泽维尔匍匐着爬到竞技场的边缘。

泰勒一边揉着下巴一边咒骂："你死定了，康纳斯。"

我脑中的某一部分在思考着是否应该感到紧张，答案是否定的，为了这一时刻，这个夏天我已经花了两百二十小时练习格斗，我兴致高昂，蓄势待发。

我让泰勒先出招，用左前臂轻松挡下，再用右拳瞄准他的肚子给他一记重拳。他被我打得喘不过气来。接着我肘击他的脸颊，一种兴奋嗤笑爬上我的嘴角，围观群众开始起哄。

我踮起脚尖跳了起来，大笑不止，泰勒血流如注，整个人都惊呆了。他明明知道我是赢家，却充当一个好战者，神经麻痹又自视甚高——像他这样的人根本不懂退缩，不撞南墙心不死。他用袖子擦了擦脸，啐了口唾沫又朝我冲了过来。

我用勾拳连续不断地打他的脸，并用手肘对他展开猛烈攻击——

砰、砰、砰。他想还手，被我抓住手臂扭到身后，我迫使他跪下，把他踢倒在地，比我计划中的打架下手更重。我听见了围观的女孩子们的抽气声，又夹杂着男生们的笑声。

泰勒挣扎着站起身来，试图攻击我，他又生气又尴尬，我能在他动作之前看透他接下来想干什么。他向我发起攻击，我跳开躲掉了，他朝我的方向猛冲过来，结果被我冲过去绊倒了。他狠狠地摔在人行道上，简直和五分钟前被他绊倒的泽维尔一模一样。围观群众都倒抽一口气，大笑着看戏，这些声音成为他们录制的打架视频的旁白。

我本来准备把泰勒·威尔金斯剁成肉泥，但格拉罕先生张开双臂将我们隔开了。泰勒一把推开他过来抓我，我大笑起来，心想：推开校长可没什么好果子吃！然后他被我扣住手腕重摔在地。

两个保安上来将我们拉开，围观群众骚动着喊道："是泰勒先挑起来的！""是马克斯先动手的！"

校长气得浑身颤抖，简直气疯了。他被一群青少年围在中间。"你们俩停学一周，"他从牙缝里挤出几个字，"在校门口等着父母来接回家。"说完他转身就走，估计是要去洗手。

所以我现在和两个保安，以及全世界最讨厌的人一起站在校门口，等着告诉我悲痛的母亲所遭受的最新的劫难。我的心脏剧烈跳动，双手隐隐作痛，但心里感觉棒极了。

他们说暴力行为是不可取的，还有很多类似的说教，但我觉得现在是我人生中最开心的时刻，此前从未体会过。我从受泰勒欺辱的境遇中解脱出来，用拳脚杀出一条血路，现在我可以去任何我想去的地方。

当然，也许明天泰勒和他的朋友们就会用勺子把我的眼珠子挖出来，但此时此刻，他在流血，而我满脸笑容。每次他朝我这边瞪过来，我都笑得更开心。他的鼻子浮肿，眼睛的状况也令人不忍直视。

"你什么时候学的格斗？"他问。

我冷哼一声，露出森然的白牙。

他摇了摇头，擦了擦沾着血的嘴唇，说："我一定最近没练习，生疏了。"

我希望他拿我当练习对象，我可以在周一的日程安排中为他挤出时间：准备午餐便当、送艾丽去上学、把泰勒揍得找不着北，然后被勒令停学。

然而我的好心情在妈妈一脸疲惫地走上学校车道时完全烟消云散了。"我才刚把车还了，就接到校长的电话。"她说。

我低垂着头，希望自己的样子看上去像在悔过。

"有人来接你吗？"她问泰勒。泰勒耸了耸肩。

最高的那个保安走过来说："他只能由监护人带离。"

妈妈点了点头，这些人要是知道等泰勒的父母需要在门口台阶上花费一整天时间，一定会后悔制定了这项规定。"好吧，马克斯，咱们回去吧。再见，泰勒。"

"再见。"他随即又加了一句："再见，马克斯。"我吓了一跳，这么说好像我们是朋友一样，相约一起惹麻烦一起逃课。

"会再见的。"我说。我本来没打算用威胁的口气，但这句再见说出口之后，我又挺喜欢这句话背后的意味。

我和妈妈一起走路回家的时候，她什么都没说。

"我可以登录黑板系统了解作业内容。"我说道，然而她甚至看都不看我一眼。"我是为了保护泽维尔。"我又加了一句，但她听了也只是叹了口气。

回到公寓，我想立刻冲上楼去，但碍于妈妈在旁边，影响了我的速度。她边打哈欠边说："从周六晚上直到现在，我都还没合过眼。"

"准确地说应该是周日清晨。"

她盯着我看，好像我是天底下最混账的孩子，或许是吧，但是当我在脑海中回想起我和泰勒打架的场面——我在背景中加入解说员，旁边还架设了摄像机——观众都疯狂地为我呐喊尖叫。

我以为在停学期间，时间全由我自己支配，我可以用来练习格斗、看《畸形秀》的节目，但那天下午妈妈午睡起来之后，终结了我的美梦。她没给我做三明治，取而代之的是一个家务活待办事项清单：洗碗、打扫灰尘、洗衣服、清洁艾丽的房间、监督艾丽写作业。我说是不是还得再加一条：帮艾丽擦屁股，她并不觉得这很好笑。

"知道了，我会做的。"我答应着，接着看我的《畸形秀》，直到迫于她紧盯着我的压力而开始干活。

我一项一项地做着清单上的家务活，一直干到下午六点。在妈妈准备做晚餐时，我还在指导艾丽写作业。但我不是个好老师，每当艾丽遇到搞不懂的问题时，我都有点受打击。因为这会让我觉得她是个劣质产品，但我讨厌自己这么想，我很爱她。

她的拼字作业看起来很奇怪，但很简单：责任（duty）、工作（job）、欣喜（joy）、爱（love）、力量（power）、帮助（help）、伤害（hurt）、好（good）、坏（bad）、男孩子（boy）、女孩子（girl）。把这些单词放在一起看起来很怪，但他们音形一致，除了爱（love）这个词——这个词在任何规则里都不规则。

可怕的乖孩子

"不对!"这是我说的第四遍了,"hurt是h-u-r-t,不是h-e-r-t!"

"我来吧,马克斯,你去把桌子收拾一下。"妈妈吩咐我。接着她对艾丽微笑:"记住,是U(谐音同you)会受伤,不是E。"

艾丽大笑着说:"E不会受伤,是吧?"

我摆着刀叉等餐具,听着对话觉得起了一身鸡皮疙瘩。

"我们学校的同学有点毛病。"艾丽关掉屏幕,对我们说,"我觉得他们病了。"

恐怖的情绪爬上妈妈的眼睛,有四百万个孩子死于流感的暴发。"他们咳嗽吗?"

艾丽摇头,"不是那种病,他们的毛病是好像脑子不太清醒。"

"说话口齿不清?还是身体打晃失去平衡?"

"不,他们就是有哪里不对,大家都变得迟缓了。"

妈妈看着我,仿佛我能做出解答。

我耸耸肩,说道:"明天送她上学时,我去看看再说。"

早上离开公寓时,想到可能会遇见泰勒,我做好了准备。我将一把牛排刀塞进夹克口袋,但完全不知道怎么用。幸运的是他还在睡懒觉,我们没有碰上,所有停学的孩子都不会早起。

艾丽在上学路上絮絮叨叨地说着啮齿动物的话题,还有一系列没什么用的常识,比如"老鼠视力不好""花栗鼠会在地下打洞筑巢"。快到学校的时候,她终于停了下来。在我想拥抱她和她道别时,她推开了我。

我在学校围墙边转悠，和八岁的孩子聊天，他们冲过来朝我做鬼脸，闲扯着朋友的八卦，问我是谁。

"嗨，马克斯。"泽维尔气喘吁吁地和我打招呼。他站在我旁边简直像一座高塔，还裸着上半身，像是刚从健身房瞬移出来的。闻起来像一块覆盆子蛋糕的泽维尔对我说："我刚跑了五英里的越野，现在打算跑着去学校，你和我一起跑吗？"

"我这周不能去上学啊。"我提醒他。他看上去很困惑，我举起发肿的双手给他看，"你还记得昨天泰勒是怎么欺负你，然后我把他打趴下的事吗？"

"记得。"

"因为这件事，我这周被停课了。"

四个高中女生走近泽维尔时突然安静了下来，她们痴痴地望着泽维尔，他全身上下只穿了一条长度到膝盖的运动短裤，以及一双高帮胶底运动鞋，赤裸着上身，挂着一身晶莹的汗水。

我对女孩子们眨了眨眼，她们咯咯地笑着走开了，边走边回头看，窃窃私语。

"你该去上学了。"我微笑着说道，仿佛被停课是多么有趣的事，接着我转身回到艾丽的校园。

一年级的学生早就已经排好队了，队列因为吸收了几十个二年级学生而拖长。梅丽莎站在很靠前的位置，凝视着闭合的大门。一名指导老师沿着队列向前走去，朝我藏身的围墙处张望，我向她挥手致意："嗨！"她没有挥手回应。

年龄稍大的孩子在攀爬设施上玩耍，他们跑到围墙边扔球，想吓唬我。上课铃声响起，那名苦瓜脸指导老师一边喊着拖在后面的孩子，

可怕的乖孩子

一边朝另一侧的另一个指导老师大喊:"我不能等到下周了!"艾丽朝我在的方向看了一眼,没有挥手回应我。指导老师朝她大吼一声,叫她站到队伍里。

靠近门边的地方,一群低年级的孩子等在那里,他们的队伍异常整齐,无人推搡,没有活蹦乱跳的孩子,甚至连两个女孩手牵手都没有。队伍越往后排就越不整齐,蜿蜒曲折,四年级的孩子简直乱成一锅粥,他们互相交换位置,叽里呱啦说个没完没了,在队伍中推推搡搡。指导老师拉着胳膊维持秩序,但没什么效果。

到最后,大门一开,大家鱼贯而入,只剩下我还站在原地,我的手指扒着围墙,望着已经空无一人的场地。泽维尔还在我身边原地慢跑,"你怎么还在?上课要迟到了。"

"你和我一起跑吗?"他又问我一遍。

我笑了。"我得回家了,泽维尔,我救了你的命,因此被停课了。"

泽维尔迅速摧毁了我精心构建的个人神话,摧毁的速度比我构建得还快,"我不喜欢你打架,"他说,"我喜欢为人友善的你。"

有时泽维尔会让我想到艾丽,因为他又温柔又纯真。但当他语速超快地说话时,又会让我想到我爸——因为那种时候他看起来岁数很大,皮肤很白,又一脸严肃。这让我觉得很难过,尽管我也不知道为什么。

"快去上课吧,不然真的要迟到了。"我对他说,"今天不能和你一起跑步了。"

"好吧,再见,马克斯。"他加速离开,跑得飞快,在三十秒内就从我的视线中消失了。要是他擅长处理人际关系和暴力问题,我会拉他进橄榄球队的。

有几个孩子横冲直撞地从我身边掠过,赶着准点上学。另有一些年龄稍长的青少年以及成年人骑着自行车上班。我看了他们好半天,然后不得不认清一个现实,这就是——我无处可去,只能回家。

"你忘了把垃圾扔出去。"妈妈两点起床后跟我说。

我从 RIG 上收回视线,抬起头说:"对不起哦。"

"这周不扔的话,垃圾积到下周就太多了,马克斯。罚款金额被提到四十美金了。"

我耸了耸肩,说:"我可以把垃圾扔到公园里。"

"这样不好。"

"这样有些人才会有工作啊。"

她挤出一丝笑容,问:"今天都干吗了?"

"没什么事,今天在线的只有差生班的人和泰勒·威尔金斯。"

"我的意思是,有意义的事。"

"哦。"我环视厨房,看见我吃麦片的碗粘在灶台上,麦片已经泡发了,碗底黏糊糊的,旁边是我吃意面的碗,干掉的番茄凝结成团。接着妈妈打开了微波炉的门,倒吸一口凉气,好像有只小兔子在微波炉里爆炸了似的,其实就只有一点飞溅出来的意面。"我会打扫干净的。"我说。

她在脏兮兮的微波炉里热了一杯水,然后加了一勺咖啡粉进去,一边搅拌咖啡一边用脚打着拍子。"过不了几分钟你就要去接艾丽放学了,现在开始清理吧。"哒、哒、哒——这个仿佛正在鞭挞我的人真是我的母亲吗?!

当我接上艾丽回到家里时,发现妈妈已经出门了。厨房的屏幕上

可怕的乖孩子

显示着她的留言：接到电话要提前上班，你们要乖。

"你想去公园吗？"我问。

艾丽跑去打开食品柜，抓了一把瓜子给她的松鼠朋友。妈妈年轻的时候住在乡下，那时她经常用花生喂松鼠。她有很多关于动物的故事，艾丽最喜欢的故事讲的是有一年秋天，一只母熊带着两只小熊到外祖父家的果园偷吃苹果。它们只用了不到十分钟，就吞食了上百斤苹果，吃饱之后它们就在大树底下打盹，小熊趴在妈妈的大肚子上。最后它们醒来想再吃更多，却被我的外祖父用猎枪威吓。母熊就把小熊推走了，它们甩开步子跑远了，哪儿来的回哪儿去。

艾丽很爱听这个故事，但妈妈没有告诉她故事的结局：母熊在下一次偷吃苹果的时候被射杀了，而它的小熊宝宝一辈子都被人关在笼子里。在妈妈的故事中，它们一家仿佛在某个森林公园，过着幸福快乐的生活。而妈妈只是用熊的语言讲述了某一天下午，它们偷吃苹果，并躲过了子弹的故事。

我很想相信她讲的这个故事是真的，我也希望告诉艾丽这是真的，然而并不是，事实是那几只熊都死了。

艾丽想见到一只，或是见到任何野生动物。在去公园的路上，艾丽救了一只淹在水坑里的小虫子。她把虫子捡起来，放回草丛中，对它说："往这边走。"仿佛帮助一个老奶奶过马路。

公园和我们的公寓楼在同一条街上，有一个很大的运动场，两旁种着橡树和枫树，还有两个秋千和适合玩单杠的攀爬设施。两个八岁的孩子——扎卡里和墨尔本在那里玩耍，仿佛那地方是个罗马斗兽场。他们朝对方扔沙子，把对方的头猛推到单杠上，将旁观的孩子击倒，踢打并尖叫。扎卡里把墨尔本从攀爬设施上推了下来，墨尔本脸部着地，摔了个狗啃泥。墨尔本的妈妈见状从长凳上跳了起来,抬手要打扎卡里,扎卡里的妈妈一看也跳了起来,要去打墨尔本的妈妈。就在这时,墨尔本抓住了扎卡里的脚踝,把他从平台上拉了下来。妈妈们又重新坐下来,仿佛一切都相安无事。

"看,梅丽莎在那边。"我告诉艾丽。

梅丽莎站在人行道上,穿着镶褶边的上衣和花朵图案的短裤,露出纤长的四肢。她牵着父亲的手,盯着自己的脚面。父亲将她带到游乐设施旁边,把她轻轻推到沙地上,她走向滑梯,自己爬了上去,看都没看就往下滑。她父亲又带她去荡秋千,"腿先伸直再屈膝!"她父亲大喊着,"积聚能量荡出去!"

她在秋千上来回荡着,直到墨尔本和扎卡里抗议道:"快下来!该轮到我们了!"

"好吧,"她父亲说,"我们走。"

我指着他们的方向对艾丽说:"去打声招呼吧。"

艾丽摇了摇头。

"嘿!梅丽莎!"我大喊,"和艾丽一起玩吗?"

梅丽莎看着艾丽,像是之前不认识一样。她父亲看了看表,说:"我不知道还有没有时间。"

"没关系的!"艾丽朝他们喊道,"我们也没什么时间玩。"在他们离开公园时,她转过身,背对着她的朋友。

"你为什么要说这些话?这不像你,艾丽,你伤害了她的感情。"

艾丽摇了摇头:"她已经没有感情了。"

我笑了,以为她在开玩笑,但当她抬头看着我时,我才发现她要哭出来了。"嘿,嘿,这是怎么了?今年交朋友不太顺利吗?"我问。

可怕的乖孩子

"他们都有问题，大家都迷迷糊糊的、慢吞吞的，只会听老师的。"她环顾四周，确信没人偷听。"刚开始只有我们班是这样，现在所有一年级生和二年级生都很奇怪。"

我亲了亲她的小脸，旋转着她的发辫，问："你究竟有没有朋友啊？"

她叹了口气，不再看我，说道："我想去找花生。"

她坐在最高的那棵橡树前面，从喉咙里发出"咔、咔、咔"的声音，一只黑色的松鼠从窝里钻出来，抖了抖尾巴，从树上跑了下来。"花生。"艾丽轻声叫它，往地上扔了几颗瓜子。

松鼠顿了顿，战栗了一下，跑上跑下，最后终于跳到地面上，一点点接近我们。它用橘色的牙齿嗑开了瓜子壳，把里面的瓜子仁掏出来，快速咀嚼，还用警惕的黑色眼睛瞥了我一眼。

艾丽捧着剩下的瓜子，当松鼠的嘴轻轻触碰她的掌心时，她咯咯地笑了起来。她抚摸着松鼠的头，说它很漂亮。后来瓜子全部吃光了，但松鼠还是待在她身边，用呼噜声和尖细的叫声来回答她的问题，直到秋千那边传来一声尖叫，它才吓得跑回到树上。

"我们走吧。"我说。

艾丽抬起手挥舞着，向松鼠道别，她的眼神闪烁着充满爱意的光芒。想到她必须长大，要和人类结交朋友，我就感到一阵难过，我听见未来正踏着粗重的步伐呼啸而来——咚、咚、咚。

3

停课期的最后一天早上,我对着加了软垫的树干打拳、画素描、读《畸形秀》的参赛者基本信息。我把钱押注在拉链头身上,他今年二十二岁,脑袋像颗大卵石,身上遍布着连体婴分离手术的疤痕。

这个赛季有两名参赛选手来自新墨西哥州,这很少见,通常的情况是所有选手都来自畸形镇。我不记得这个镇真正的名字叫什么了——从未出生起,它就被称为畸形镇。名字的由来可以追溯到二十五年前,有两辆卡车在圣劳伦斯河岸边倒未经检测的农药。一开始大家都不太在意这件事,直到镇上陆续出现先天畸形的胎儿:连体婴、脊柱异常、肢体残缺、多指、大头症、肠子外露、生殖器缺失、拥有额外器官,等等。当相同的生理缺陷在全国各地农户的婴儿身上显现出来时,有毒物质才被清出市场,河岸边的环境也得到了治理。

但所有的挽救措施都太迟了,直到今天,在畸形镇出生的婴儿仍有三分之一是畸形儿。不再有人会去那座城市,但奇怪的是,也没人离开过。

有身体缺陷的畸形儿令人感到难过,但畸形的成年人却有一种异样的魅力。四年前,一家有预见性的媒体公司开始制作关于畸形镇二十多岁年轻人生活的周播纪录片,这就是《畸形秀》的前身。一开

可怕的乖孩子

始是教育性质的节目,但很快就变成了竞赛类节目,还设有投票环节,有奖品和赌池,现在则被称为慈善节目。泽维尔说这是有组织的犯罪。

两年前,我在新米道尔镇的《畸形秀》赌池中位列第四,但因为不到法定年龄,无法领奖,妈妈也不支持我,她说这个节目应该受到谴责。但我知道现在时机到了,不管赚得的钱是什么来路,妈妈都不会拒绝,我决定在拉链头身上押注。

吃过午饭后,我开始写作业,把家里收拾整洁,然后慢跑着去接艾丽放学,等着三点的下课铃声。在步行回家的路上,她说了些什么,我都没注意听,我的注意力都集中在游戏上,我在 RIG 上玩中国游戏——红蓝对抗。不同于差生班的人,我不经常玩,但这个名叫《落水狗》的游戏才刚在新米道尔镇的网络上上线。网络服务供应商标会自动标记出你的同盟。

一个士兵在我的游戏界面中出现了,他呆呆地站了好久,没有任何动作。我怀疑他是红方的间谍。就在我准备拔刀干掉他的时候,他对我说:"马克斯,别荒废青春了,下线去报名参加手工艺术展吧。橄榄球队的练习结束后我就过去。"不知何故,达拉斯总能发现我正在网上闲逛,我在他退掉游戏之前把他干掉了。

我在家里浏览手工艺术展的报名申请材料,提交我的作业集,还附上一篇论文说明我为何应该成为一名卓越的艺术家。我说谎的时候脸皮简直比地毯还厚,我为三次胡乱涂鸦的犯罪行为道歉,吹嘘我在艺术和建筑上的成就,并且宣称我会是个高效人才。

艾丽猛地拉下我的耳机说:"门口有人。"

一名红色头发、留着八字胡的男人正站在我家门口,他手里捧着一碗苹果,歪着嘴笑,牙齿被抹成了黑色,但我认得他的声音,不会错的。

"他们说这些苹果是有机的，但我在上面发现了农药残留。因为他们不合理地曲解了认证的定义，我决定将这些样本送去实验室做进一步检验。"

我面带微笑，说："进来吧，泽维尔，我们来切苹果。"

当妈妈六点轮班回家时，泽维尔和达拉斯正懒洋洋地赖在沙发上，看一部机器人称霸世界的老电影。达拉斯戴着红色的假发和八字胡，泽维尔则边打游戏边聊天。

"你为什么不和朋友们在一起？"妈妈问我。

我指着厨房的屏幕，艾丽的作业投影在上面："我正在指导艾丽写作业。"

妈妈快速浏览了一遍艾丽的思想品德课作业：一只恶魔兔在杂货店的外墙上涂鸦，附近的植物都中毒了，精力不集中的司机开车撞上自行车，杂货店遭到洗劫，一片狼藉，直到两只爱打小报告的兔子跑去告发了那只恶魔兔，才挽回了局面。在接受讯问时，恶魔兔表示忏悔。回答问题：成为一名优秀的社区成员需要具备什么品质？你看到有人毁坏公物的时候你该怎么做？"哇！这对一年级的学生来说也太超前了吧。"妈妈皱着眉，表示担忧，然后她在艾丽身旁坐下，叫我去把晚餐加热一下。

我戴上耳机，试图隔绝艾丽努力念出的每个句子。我不明白妈妈为什么不让她用语音编辑器，全国有差不多一半的人不会读或不会拼写，除了偶尔会错过疏散通知之外，他们也没损失什么。在我盛汤的时候，她们正在做十题中的第四题。"达拉斯！泽维尔！你们吃吗？"

泽维尔正在用他的 RIG 下载电影，他拿着 RIG 走到餐桌旁坐下。妈妈讨厌别人在餐桌上使用电子产品，但她从不伤害泽维尔的感情。

可怕的乖孩子

"伊莱恩今天问起你。"妈妈告诉我。伊莱恩是养老院里的一个病人,七年级时,为了完成一个令人抓狂的作业,我认她做我的祖母。"明天不去看看她吗?"妈妈问。

我有点退缩,宁愿吃呕吐物,也不愿再回到那个地方。虽然伊莱恩待人亲切又很有趣,但她和成千个小便失禁、慢慢腐烂的老人困在一起,这只会越变越糟糕的。"我明天打算去理发。"

"不要剪,"艾丽叫道,"我喜欢你的长发。"

"我也是。"泽维尔加了一句。他自己的头发在番茄汤上晃来荡去。

达拉斯笑了,他的八字胡从脸上掉进碗里。他用手指捏住八字胡,捞起来沥水,动作就像抓住动物断掉的尾巴一样。"马克斯的头发很难打理的。"他说,"我们应该帮他剪剪。"

"我姐会做头发。"泽维尔说。

"哦,我希望她也能帮我做。" 达拉斯说。我笑了,妈妈翻了个白眼。艾丽和泽维尔没听懂,真是万幸。

我去了这个街区最便宜的理发沙龙,名字叫"金氏理发店"。店内空间和我的卧室差不多大,墙上有一面镜子,扩展了视觉空间,店内弥漫着发胶和金的麝香香水味。她是个中年的美容师,住在城外高速路边的停车场。她和其他三个造型师在店里轮班,她可能在我洗头的澡盆里洗过澡。

妈妈说从前大家会在早晨开车来这里,把车停在停车场,然后乘坐公交车上班。工作结束后,他们坐公交车回到这里,再开车回家。他们的车里有汽油,轮胎安全稳定,甚至音响系统也完好无损,就跟车主离开时一样,这是一种全民就业带来的安全感。

而现在，停车场里都是些不能动的车，有人住在里面。停车场是现代化效率的标志，当有一堆车我们开不起，还有一堆人买不起房时，停车场能带给你尊贵的体验，尤其是对于像金这样的独居者来说，空间其实还挺大的。

金是个话痨，她给我剪了一个半小时，却只剪下来两寸[①]。大部分时间她都举着剪刀，盯着镜子里的我，等我回答她最新的问题。

"啊？"我说。

"我在你这么大的时候，学生会和学校董事会每周都要开会，沟通交流。但我侄子说，现在的学生会只负责选年刊的颜色，不能影响学校的政策。"

我耸了耸肩，"我没加入学生会。"

"你应该加入。"

我笑了，"他们不会让我加入的，我刚刚旷课两周。"

"如果你让其他人做决定，就不能抱怨他们所决定的事。我是这么和我儿子说的。他总是埋头在引擎里，对外部世界发生的事毫无兴趣，等他抬起头时，还在想事情怎么变得这么糟了。"

我应该去告诉泽维尔，理发这个职业好适合他。这是把别人困在椅子上，强迫他们听你说上好几个小时的合作途径。

"就像今年秋天即将实施的新教育项目，没有任何一所学校的学生会插手这项决议。"金又说。

我真希望给我剪头发的人是达拉斯。

---

① 1 寸 =3.33 厘米。

"我的头发是我妈给我剪的，"达拉斯对着 RIG 轻声说道，"这就是有钱人如何保有财富的原因。"他不会向其他人说出这种信息，这就好像承认你父母做肉类养殖或编织露指手套，那样你还不如到精神病召回中心报到。

　　他用手指拨弄着如丝般光滑的刘海，"《畸形秀》你打算投给谁？"

　　"拉链头，你呢？"

　　"果汁和老虎。"

　　我没有评价。老虎还是个青少年，身上有条纹状文身。这与他尖尖的耳朵以及可能是塑胶制品的金色眼睛很搭。果汁将近二十五岁，缺陷很多，简直多到漏洞百出，他不可能赢的——要么就是被爆出是个冒牌货，要么就是因为流血过多而死。

　　"你觉得一只老虎和两只美洲狮打起来的话谁会赢？"达拉斯问道。

　　"已经没有老虎了。"

　　"动物园里应该还有几只吧。"

　　"那肯定是老虎赢。"

　　"我想也是。"

　　这时奥斯丁的脸晃进了屏幕。他的嘴唇破了，眼睛肿着，眼周一片瘀青，下巴还挂着白色黏液。"冰激凌！冰激凌！"他像个智障小孩一样大喊大叫，"打架后爸爸给我买了冰激凌，没你们两个蠢货的分儿。哈哈！"

　　达拉斯无视了他，问我："如果在剩余的人生中只能吃一种甜点，你打算吃哪种：巧克力蛋糕还是冰激凌？"

　　"泽维尔跟我说，巧克力蛋糕里其实是不含巧克力的。"

"那又能怎么样？冰激凌里也不含奶油啊，不过还是很好吃。"

"我大概会选巧克力蛋糕吧。"

"我也是。"达拉斯说道。

奥斯丁猛拍他的脸："冰激凌更好啊，蠢货。"

达拉斯大力推开他的手，不小心将他手上的冰激凌打翻在地，在短暂的安静之后，奥斯丁爆发了，他跳上达拉斯的头，然后屏幕中的画面就消失了。看来每个有两个孩子的家里，都只有一个孩子是正常人。

开学两周后，我才第一次出现在学校。见我能缺勤这么久，大家都很生气。幸好我最喜欢的老师利兹先生正因臆想症而休假，每周一次。于是上午的休息时间没人来唠唠叨叨。一名历史课代课老师站在讲台前，我们坐下时她一直紧张得搓手。她很年轻，很不起眼，看起来战战兢兢的，这让我无法忍受。

点名时我在佩珀·卡西迪举手答到之前就先替她应声了。代课老师半眯着眼睛看我，在她的印象中佩珀应该是女孩子的名字，但这谁说得准呢。"马克斯威尔·康纳斯？"她接下来点到我。

我等着有人替我答到。开这种玩笑是要冒险的，我可能会领着全班同学一起玩，或许会演砸。幸运的是，上周我殴打泰勒的消息已经传开了，布伦南·埃默里举起了手，替我答到。我过关了，老师在点名簿上勾了我的名字。

点到布伦南时，有三个人举手，大家都想成为他。啦啦队领队蒙哥马利站了起来，压低声音，挺直肩膀，回答："我是布伦南。"试图让自己看起来挺拔一些。

达拉斯替蒙哥马利答到，他咬着手指唱道："我不害怕！我就在

可怕的乖孩子

这里！"达拉斯是个相当出色的演员，他曾经在九年级的圣诞节晚会上饰演一个小精灵，是个变装皇后的角色，从那以后，橄榄球队的人躲了他好几周。他抓住这次机会重新演绎了这个角色，对一个全家人的名字都以德州城市命名的十五岁壮汉来说，这样的机会实在是不可多得。

佩珀替啦啦队队长凯拉·法默点名，凯拉是个完美小孩。她一边扭着手指，一边轻摇胸部，情绪高昂地说："是我！我是凯拉，K-A-Y-L-A，这就是凯拉！"

很快大家都有了新名字和新人格，除了名字是 A 或 B 开头的诚实小孩，还有泰勒·威尔金斯，因为没人替他答到。

我表演得很好，但被达拉斯抢了风头。当他模仿蒙哥马利时，没有人能将视线移开。达拉斯演得淋漓尽致，他打开一包薄荷糖，就着华尔兹舞步跳到过道上——旋转着翩翩起舞，一、二、三——经过了所有女孩和那些凡胎俗子之后，来到扮演我的布伦南面前，"嗨，马克斯。"达拉斯说。他倾身过去，隔着桌子将布伦南的衬衫从结实的腹部拉起来，忽闪着睫毛轻声问道："吃薄荷糖吗？"

布伦南努力憋着笑。

坐在他们前面的华盛顿·安德森骂了起来。他是泰勒最忠诚的狗腿子，是个厌恶娘娘腔的激进分子和种族主义者，点名时他坚持做自己，维持着自己那受损的人格。"你嘴里全是恶心的味道，理查蒙德，"华盛顿嘟囔着，"回你自己的座位去。"

达拉斯把薄荷糖含在齿间，嘴唇内收，将薄荷糖顶出来，靠近华盛顿，料想华盛顿绝对不敢接他的糖。

华盛顿整个人都跳了起来，举起了拳头。

代课老师发出了尖叫声。

达拉斯从布伦南的桌子上起身,身高足有一米八六,瞬间从一个欢快的娘娘腔变身为一个严肃的战斗者,他将薄荷糖狠狠地咬碎了。

泰勒跨过一张桌子,在华盛顿身边徘徊。我则跳到达拉斯旁边,想到又有机会可以殴打泰勒,就没忍住脸上的笑意。布伦南以及橄榄球队里最大块头、最黑的贝站在我身边,"别冲动啊你!"布伦南对华盛顿说。教室里一片寂静,气氛相当紧张。

代课老师的视线越过我们的头顶看向教室里的监视器,又看向门口,吓得话都说不出了。

达拉斯微笑着问华盛顿:"薄荷糖有什么问题吗?这难道不是你最喜欢的口味?"

华盛顿从鼻子里哼了一声,发出一串咒骂声,眼睛含着愤怒。但他成绩不佳,只能勉强及格,被停课一次就有可能被踢到职高去。于是他一边往后退,一边嘟嘟囔囔地说:"到外面去。"代课老师开始继续讲课,内容是关于二十一世纪气候变迁的,她讲得磕磕巴巴,声音小到我几乎听不见她在说什么。

"上这种课简直是浪费时间。"凯拉说。

"比虚拟教师更差。"蒙哥马利也同意。

紧张的气氛渐渐解除了,我们又重新开始了角色扮演。布伦南画素描,我跳舞,蒙哥马利开小会,达拉斯和佩珀充当啦啦队。

在走廊上,每个人都来拍我的背,对我活跃了课堂气氛表示感谢,这让我有点飘飘然了——我需要这样的成功来提升地位,尤其是对于我这种身材矮小的人来说。

"练习时再见哦。"布伦南和凯拉离开时在走廊和我打招呼。四

可怕的乖孩子

分卫和啦啦队队长的爱情故事永远不会过时，只会更加弥足珍贵。

佩珀最好的朋友塞奇·特纳在那两人身后斜睨："你觉得布伦南是咱们学校最帅的吗？"她问。

佩珀看着达拉斯，看了很久，然后说："不知道。"

达拉斯没有戳我的痛处，他说："怎么可能是他，你们知道咱们学校最帅的男生是谁吗？"他朝我微微一笑，我们同时喊出了那个名字："泽维尔！"

达拉斯、佩珀和我偷跑到路边的溜冰公园去吃午餐。公园里没什么人，只有几个看上去和我们年龄差不多大的孩子，大概是翘课出来的职高生。四个男生沿着圆形溜冰场转圈，两个女生靠着栏杆，边看他们边喝苏打水。

佩珀一边和她父亲打着电话，一边盯着场子里的几个男生。"妈妈替他们找到住处了吗？就咱们之前聊到的那些人。"她父母的工作是重新安置那些房子淹没到海里的纽约人。他们的家庭关系非常亲密。我妈妈从来不会跟我聊她病人的事，达拉斯的父亲也只会对他呼来喝去。

达拉斯重拾他的标准话题："你觉得他们俩打架谁会赢？穿黑色T恤的还是亚裔的？"

那个亚裔的孩子滑上圆形溜冰场，来了几个空翻，屈膝蹲伏，之后快速倒退。穿黑色衣服的白人小孩试图模仿他，但在空翻的时候退却了。

"打架的时候穿溜冰鞋还是普通的鞋子？"我问。

"溜冰鞋。"

"亚裔小孩吧，如果另外那三个人没有合伙对付他的话。"

突然达拉斯猛拍我胳膊，指着公园另一头。"你看！"

泰勒·威尔金斯趴在那两个女生附近的栏杆上，看着男生滑冰。华盛顿·安德森走到他身边，眼中仍旧满是愤怒。

亚裔男孩和白人男孩从圆形溜冰场的两侧快速接近对方，然后在场中央手拉手，猛地疯狂旋转，接着放开手，笑着快速滑开。亚裔男孩飞上水泥看台，在空中翻转，然后用溜冰鞋的顶端稳稳地落地。女生们在他鞠躬致意时报以热烈掌声。

华盛顿轻轻地推了推泰勒，他找到了宣泄愤怒的出口。

这些日子有种强烈的反中国的风潮，新闻说是因为干旱、饥荒和食品价格上涨，这全是扯淡。像泰勒和华盛顿这样的人总是充满仇恨，现在他们打算拿亚裔撒气，因为黑人和拉美人已经受够了。

泰勒对那个亚裔男孩喊了几句——我听不清他具体喊了什么，但就这个剑拔弩张的气氛来说，他的意思很清楚了。亚裔男孩的笑容从脸上消失了，他环顾四周，忖度着自己的处境。

"哼！"达拉斯嘟囔着。

"我要挂了。"佩珀对着 RIG 说。我们三个站起身。

"我们怎么办？"达拉斯问。

我耸了耸肩，"他有三个朋友。"

"我不太确定那几个人是他的朋友。"佩珀说。

亚裔男孩溜到圆形溜冰场的尽头，想和其他几人会合，另外三个人看着泰勒和华盛顿，接着竟然跑掉了，留下亚裔男孩一个人。

"我们怎么办?"达拉斯再次问道。

"我们可以开打,也可以直接走掉,置之不理。"佩珀说。

"是的,现在我们选哪种?"达拉斯问道,"马克斯,你说我们怎么做?"

去年遇到这种事,我们肯定会偷偷溜掉,然后在网上公布此事,再配上几张照片。然而一旦你已经树立起了某种形象,别人就会对你有所期待,你就不得不努力维持下去。

我翻了个白眼,叹了口气,对接下来要做的事其实并不怎么热衷。

我把比萨饼皮扔进垃圾堆,走到溜冰场边。达拉斯站到我旁边,看起来很有气势,但相比之下显得我更矮了。

"你们两个想干什么?"华盛顿嚷道。

所有人都朝我们这边看了过来,女孩们从栏杆边后退,窃窃私语。溜冰男孩用手遮住阳光,抬头看着我们。我觉得我应该穿件斗篷。

大家被分散了注意力,那个亚裔男孩打算趁机开溜。他捡起地上的背包,迅速走出滑冰场,与我们擦肩而过,走上人行道,打算快速离开公园。

达拉斯大笑:"我想现在正是逃跑的好时机。"他转头对华盛顿喊道:"我们也想学溜冰!像刚才那孩子一样。"

华盛顿环顾公园,一边摇头咒骂,一边看表。

泰勒用手上下搓着栏杆,对女生们说着粗鲁下流的话,又和华盛顿嘟囔了几句,两人就离开了。

溜冰男孩一直盯着我和达拉斯,女孩们则在等待,想看看接下来会发生什么。

"我们该回学校了。"佩珀说。

达拉斯用双臂环绕她:"如果你被逮到怎么办?"

我把她拉出达拉斯的怀抱:"想想就觉得屈辱。"我说。

佩珀从我们身边离开,说:"我嫌麻烦。"

达拉斯和我都抢上一步去追赶她。我不记得这场竞争是从什么时候开始的了。其他的竞争结果都很清晰明了,谁更快,谁更高,上一场比赛谁打得更好之类。但关于佩珀,我们都觉得自己才是赢家。

回去的时候发现一个保安等在学校门口,不用怀疑一定是泰勒告发了我们。在达拉斯和我慢悠悠地往校长办公室走的时候,佩珀躲到灌木丛后,然后悄悄溜进了学校。一进校长室,就发现埃默里教练和格拉罕先生都在。"这两个孩子得来参加练习。"他说。于是我们不用被留校察看,取而代之的是午休时间到走廊上巡逻。

实在是太丢脸了。我们穿着黄色条纹背心在角落里张望,寻找闲晃的人和违禁品,历史课后拍我背的那些同学现在又跑来嘲笑我。

高中是个变幻无常的斗兽场。

"你两个礼拜没来练习了,我爸很生气。"布伦南在球队拖车上警告我。

"我们输了第一场比赛。"贝补充道。

"我知道。"我说,"他骂我是猪狗不如,是个蠢货。"

正说着,埃默里教练探头进来喊我:"滚出来!康纳斯!"他让我把水瓶灌满,把长凳抬出去。按照传统来说,这应该是九年级学生的工作,我原本指望着今年就能卸下这个活给九年级的人干了,结果却是他们用嘲讽的眼神打量我。

布伦南抬起我正拖着的长凳的一头,他爸喊道:"不许帮忙!上

可怕的乖孩子

一场比赛他都没来帮你!不是吗?让他自己干!"

教练装作很强势的样子,但我知道他爱我。上个赛季结束时,他对我妈说的话是:"别担心,他会变得更好的。"

不幸的是,练习时他并没有向我释放爱意。他先让我短跑到累瘫,然后在球场上来来回回做伏地挺身。然后又让我们列队做冲撞练习,我和贝一组。在打树打了一夏天之后,我期待着今天能猛烈撞击活生生的人体。但和贝一组,好像跟和树一组没什么区别。在我们进行分组练习时,我真是"痛并快乐着"。

助理教练里德先生带领我们这一队。之前我们有两位助理教练,另一位是贝的父亲,但他父亲找到工作后便离开了,这时,也没有其他志愿者,就只剩一位了。我在泽维尔的老电影中看过小镇高中的橄榄球比赛氛围,他们有阶梯型座位、强光灯以及与之相称的队服,镇上超过一半的人会去看比赛,女孩们会为所有队员脱下内裤,教练下班后会在放映室里重温比赛。新米道尔镇的橄榄球比赛气氛完全不是那样的。

可能其他城市的公立学校还是这样,也可能这样的场景只在电影中才能见到,总之我们这里是没有的。我们没有钱,就算有,也会用来升级化学实验室。我们是一个崩溃的帝国里的学术精英。城外可能有十五岁的孩子,他们会为了运动不惜拿自己的韧带冒险,但我们永远不会见到他们——达拉斯会发明出交通工具,带着少数几名幸运儿到他们的比赛场地;我要设计工厂和监狱,用来安置剩下的人。我们不会因为不需要就抛弃大脑细胞。

所以说,新米道尔镇东北区中学的橄榄球队实在是太弱了,我们把其叫作蝎子队,却没有蜇针。没人来看我们比赛,唯一拿到的内裤还是蒙哥马利的，助理教练更是不足挂齿。今年我们有三十六名球员，半数的人不懂规则，他们之所以参加橄榄球队，只是因为必须选修两门体育课，而越野那门很快就报满了。队上真正的球员只有四分卫布伦南和接球手达拉斯，他们的父亲都是狂热的橄榄球迷，七岁起就给他们穿上了球队制服。我们只和其他重点校进行比赛，通常都是我们赢。我们的战术就是布伦南一再传球给达拉斯达阵，直到此战术被对手察觉；这时候布伦南会改把球传给我，在贝的掩护阻挡下，由我带到达阵区。需要替补队员时，就把冷板凳上的萨拉·哈弗洛克叫上场。这就是我们全部的战术。

爱跑步是我参加橄榄球队的主要原因，还有就是我乐于承受疼痛与暴力。埃默里教练说，我跑步的样子就跟后面有恶魔在追赶一样。我告诉他，我看着球场的时候，眼中根本看不到球员，只看到球员之间的空隙，就像艺术作品当中的留白。他让我闭嘴，只管跑就是了。

今天我跑得比之前更快，动作也更灵活，里德先生问我是不是吃了加速度的药了。

"学打架让你打橄榄球也变强了。"清理球场时，布伦南这么总结道。

达拉斯也表示同意："你再也不是从前的那个胆小鬼了。"

埃默里教练慢跑过来问道："你那小短腿是怎么跑得这么快的？"

我向他解释腿的长度和摆动幅度之间的数学关系，但他明显不关心这个。

"接下来每周六你要去初中部校队报到。"他告诉我，"他们需要一名助理教练，我决定让你去。"

"真的假的？给七年级生和八年级生当助理教练？他们才一米

五吧。"

"所以你正合适啊。"埃默里教练说完就转身离开了,除了我自己,大家都哄笑成一片。

"你怎么没写完作业就看电影?"妈妈问我。她刚从杂货店买完东西回来,她花完钱之后,心情总是不太好的。

"你上学时从没想过要在放学后放松一会儿?"我问道。

"我都先写作业,除非忘了。"

我无法想象带着书本在学校进进出出,我肯定每次都忘,这样我妈就有具体事由可以严厉批评我,而不是泛泛地说什么"再多加油"这类的话。不过,就现实情况来说,这个说法很不恰当,因为油价太贵了,"再多加油"很不合情理。

"吃完晚饭就做。"我说。

"我看看都有什么作业。"我仿佛听到鞭子凌空抽打的声音。

我向下滑动 RIG 给她看今天的作业。"人体有机体——描述人体解剖图;法律评论——三页,我上课时写完了;北美历史两章——但泽维尔说这些全是谎言;翻译一篇精神分析的宗教文件——我在数学课写了;三角函数——小菜一碟。我还要酝酿艺术展的参展作品,说不定能入选。"

妈妈吹了声口哨:"现在的学校要求真高啊。"

"只有重点学校这样,职高生只需要会识字和算数。"

"别这么说人家,他们跟你和艾丽都是一样的孩子。"

她打开黑板系统的公告:四年级学生将于下周打肝炎疫苗,急招会打针的护士,志愿者将得到报酬。她上传了自己的简历,用几个小时的睡眠时间换取兼职赚钱的机会。

"不要来我们学校。"我说。

"不是你们学校,是艾丽他们学校。"

"不管他们什么时候来,你都别来。"

"为什么?"

我耸了耸肩:"学校护士不是个好的职业,妈妈,他们是赚取最低薪资的废物,你不能让我跟这种形象联系起来。"

妈妈的语气冷下来:"你的意思是我是个废物吗?"

"不是,但如果你来我们学校,你看起来就像废物了。"她瞪着我,眼睛黑得像炭一样,但我继续说:"我们本质上是什么样的人无所谓,妈妈,重点是我们看起来像什么样的人。别来我们学校打针,这跟杀了我没什么区别。"

幸运的是,这时候刚好达拉斯打电话来,要我去他家一起研究科学,我跑到门口,妈妈把我推了出去。在这点上我们终于达成共识了。

我慢跑着去找我的老邻居达拉斯,在理查蒙的博士开门的时候,我展露出最灿烂的笑容向他打招呼,他嘟嘟囔囔地把门打开一小条缝,只够我的肩膀通过。

奥斯丁从沙发上一跃而起,他身形高大,朝我举起拳头。他爸在我耳边窃笑。就在他的拳头落下来要打我下巴的时候,我躲开了,奥斯丁一拳击中了他爸的喉咙,理查蒙德博士暴怒,一边咳嗽一边骂骂咧咧。

我全程保持微笑,飞快地溜进达拉斯的房间。

"嗨,马克斯,你画画了吗?"达拉斯坐在一张巨大的金属书架后面,图表在他面前发着光,准备为了将来的进步和发展做出贡献。

他给我看他在呼吸系统研究上的进展，我则打开自己在循环系统上的成果给他看。

奥斯丁被踢出了客厅，于是在达拉斯的房间门口晃来晃去，说我们变态。我在他这种白痴行为的干扰下很难集中注意力。

"你应该强化记忆力。"达拉斯说。

"不，那样对青少年的大脑会造成损伤。做过药物测试的孩子现在都成了劣等的烂货，只要是药物都有危险。还记得你那次的尝试结果吗？"

他笑了："记得我爸吗？"他模仿他爸生气的样子，晃着手指说："总会有一段调整期，这样的行为是完全正常的。"

"我当时真以为你要死了。"我说，"你精神错乱了，不断重复着你的幻觉。"

他摇着头回想起那段过往："感谢上帝，幸好我妈让我停药了。"

"你不需要吃药，达拉斯，你的脑袋是最棒的。"

"你也是，马克斯。"

"父母总是要求你超乎寻常的努力，这很没必要。我付出一般的努力就能得到九十分，但我妈觉得这还不够好，她要求我穷尽心力去拿到一百分。"

"这可真不是开玩笑的，我爸会尽一切可能让我成为一个更有竞争力的人，他一直鞭策我前进，直到我被逼疯为止。"

"这可真是要死了，"我说，"这是一种非自然的状态，我们不需要更努力了。"

奥斯丁猛敲达拉斯卧室的门："救命啊，兄弟们！"他大喊道，"我被卡住了！"

达拉斯为他高大威猛的哥哥开了门,奥斯丁一弯腰,裤子掉了,他丧心病狂地开始大笑。

"不过话说回来,"我说,"也许我们中的某些人并不打算努力。"

我和艾丽走到学校的时候下着雨,她低头寻找淹没在水洼里的虫子。她很开心,我却为此而感伤,她是这残酷的世界上的可怜虫。如果她必须过河,而有只鳄鱼对她说:"踏到我身上来,我是一条圆木。"她会说:"真的?你看起来是只鳄鱼。""不,不,"鳄鱼说,"我是一条圆木,你踏上来就知道了。"然后她就会踏上去,从此消失不见。

我一路陪她走到学校,在她救起最后一只虫子的时候帮她打伞。

我自己没打伞,快到学校时我会把帽子摘下来,戴着帽子上学不合适,但走在路上的时候我要靠帽子保护头发。

但不幸的是,帽子阻隔了我的部分视线,因此我没看到泰勒·威尔金斯和他的狗腿子鬼鬼祟祟地从背后接近了我。他们牢牢地抓住了我,华盛顿抓住一只手,另一个九年级的畜生抓住另一只手。我甩脱了艾丽的伞,吓了一大跳,泰勒猝不及防地揍我的肚子,我几乎没时间吐出一口浊气。

我迅速回过神来,暴怒起来,然而我并没有像他们想象的那样挣扎不止,我靠近华盛顿,为手臂留出一点空间,接着就用肘部猛击他的喉咙,他很快就撒了手。我腾出一只手,抓住那个九年级畜生的头,把他扭到泰勒下一拳瞄准的地方,砰的一声!我像个电影明星一样。但之后我被艾丽的雨伞绊倒了,又吃了泰勒一拳。

我简直气疯了,我用尽全部的力气猛踢泰勒的膝盖骨,连踢两次,他尖叫着向前扑倒,我又用膝盖猛攻他的下巴,他的头向后仰去,发出破碎的声音。

艾丽尖叫起来。

我掐着泰勒的喉咙,这么做一部分原因是为了表现出我的强悍,更主要的原因是不想让他的头在我妹妹眼前摔落在地。我看着他的眼睛说:"不会有下一次了,如果你需要超过两个人帮忙才能放倒我,你就应该放弃。"我从泽维尔的那些电影里找出一句话:"你这么做一点都不光彩。"

泰勒的狗腿子后退,华盛顿摸着自己的喉咙,另一个男生则忙着止鼻血。

我甩掉脸上的雨水,把泰勒拉起来,对他说:"我不想再跟你打架了,你现在不是我的对手。"

他紧紧地盯着我,停留了好几秒钟,我看不出他是要拿刀砍我还是打算跟我表达爱意。他点了点头,往地上啐了一口——但离我和艾丽都很远。如果他敢啐在我们脚边,我敢保证我会把他的头扭下来。他擦了擦脸,朝学校的方向瞥了一眼,想看看有多少一年级的孩子在看他的热闹。"噢,天哪!"他轻声惊呼。

我也朝学校的方向看过去,华盛顿和另一个狗腿子同样看过去,艾丽也看过去,我们全部站在原地盯着校园说不出话来。

没有任何一个人围观我们打架,游乐设施那边的人也没有往这边看,没有人在泥泞的路上停下脚步,没有人打着伞对我们指指点点或拼命想抢个好位置好围观打架。一个都没有。

整个校园是个无声的混凝土乐园,一千两百个学生站在紧闭的门前,举着雨伞,将证件别在胸前,等着进入学校。他们距离我们只有几尺^①远,但没有一个人分神看向我们这边。所有的一年级学生在大雨中排队,形成一条笔直的长龙,他们双眼直视前方,嘴巴紧闭,每个人站位的间距都一样,简直像墓碑一般。

一名辅导员老师站在屋檐下,盯着我们的样子好像希望我们立刻去死。她勉强挤出一丝假笑喊道:"艾丽珊德·康纳斯!过来站到队伍里去!"

艾丽拖着被我弄坏的雨伞,在雨中穿过大门,甚至没有和我说再见。

---

① 1 尺 =33.33 厘米。

4

"我们去初中监视他们吧。"

达拉斯轻蔑地看了我一眼,开始吃第四块比萨,牛奶也喝到第二盒,感觉上又要再长高半寸了。"为什么要去?"

"我想去看看那边的情况,是不是和艾丽他们学校一样。"

他摇了摇头,似乎很困惑,但还是陪我去了。

初中部的一切看起来都又矮又胖,就跟这里的学生一样。"我一直都很讨厌这里。"我嘟囔着。

五年级到八年级的一千个学生挤在三栋仅有三层楼高的混凝土建筑单元里,还有一栋单层的是音乐教室。音乐在空荡荡的校园里回荡,这本该是多么美好的事情,但音乐教室有隔音设备,他们连偶尔振奋人心的机会都不肯给你。

"你在这里惹过太多麻烦了。"达拉斯面带微笑地说。

八年级的时候,我第三次随手涂鸦被抓,差点被学校开除。校长不懂一面光秃秃的白墙对我这样的孩子来说有着怎样致命的吸引力。我被停课了,我妈大哭起来,我爸跑到学校,在他们用强力水柱冲掉我的涂鸦之前,赶来欣赏了一下。

"太热了。"达拉斯一边抱怨,一边闻着自己的腋下。"这里的一切看起来都比我印象中的小，车道看起来比以前更长了。你还记得有个人总爱躲在水沟里吗？"

"惠顿·史密斯威克。"我说。

"对，就是惠顿，开学第一周我就没见过他。"

"可能被留级了吧。"

达拉斯指着音乐教室说："有一次我们是爬上那个屋顶把他抓下来的，记得吗？那个时候屋顶显得比现在高，足球场也更远。"

我们跟着两个八年级学生，往音乐教室走，其中一个比我还高，头发很短，高高瘦瘦的，化着浓妆。她把矮个子的同学往水沟里推。

"有些事是永远不变的。"我说。

达拉斯笑着推了我一下，差点把我也推进水沟。我们拦住三个五年级学生，他们把领带紧紧地系在脖子上。"我从没长过小个儿头。"达拉斯说。

"麻烦问一下，"我对那几个白人小屁孩说，"我们在做一项调查。"

他们和我擦肩而过，走掉了。

我抓住最后一个人的胳膊，他灰色校服下面的胳膊瘦得跟卫生纸的卷筒一样。我拍了拍他，微笑着说："能问你几个问题吗？"

他摇了摇长着一头金发的脑袋："我不和陌生人讲话。"

达拉斯把手搭在他肩上："就几个问题，小孩。"

那个男孩直勾勾地盯着达拉斯的胸膛，视线在我们之间来来回回，然后开始尖叫："救命！你们不是这里的！"

我们缩回手，后退了几步。

那个男孩的朋友也转过来面对我们开始尖叫："救命！你们不是这里的！"车道上一个黑人女孩见状也跟着喊："救命！你们不是这

里的!"

那几个八年级女孩开始偷笑:"你们有麻烦了!"

金发男孩盯着达拉斯,眼神空洞,像个洋娃娃一般。"救命!你们不是这里的!"他冷不丁又开始嚷嚷。他的尖叫声引来了一群人,有十几个五年级学生也加入进来,他们的尖叫声在混凝土建筑间回荡,渗进水沟。

"我们快走。"达拉斯说。

我们快速冲到车道上,开始拼命地跑,直到跑进我们自己的学校里才停下来。

"太危险了,"达拉斯说:"我应该录下来的。"

"他们今年肯定是换了一种教育方式吧。"

"对,大概是戏剧课之类的吧。"

"这句话提醒了我,"我说,"《畸形秀》淘汰赛打赌来着,你欠我十块钱,果汁已经被淘汰了。"

橄榄球队全员在周五午餐时间出发,准备去参加下午的比赛。我们屡次用这则出征的通知刺激同学,我们离校的时候被他们嘘了,这是新米道尔镇的学校精神。

外面呈现出夺目的三原色——清澈的蓝天、刺目的黄色阳光,还有远处鲜红如血的枫叶。空气干燥,充满粉尘,令人呼吸困难。球场地面硬得跟水泥地一样,长满了死去的杂草。

埃默里教练努力鞭策我们,但他絮絮叨叨的样子非常惹人讨厌,让我们做这做那,还要把那群魔鬼碾压成渣。和我们比赛的那一队叫蓝山魔鬼队,来自东南区,都是有钱人家的小孩。他们去年在季后赛大胜我们，因为布伦南患了肺炎，我们队里除了他没人会丢球。

魔鬼队的队员从大巴上下来，穿着新的蓝白双色相间队服。一些人的父亲应该是花钱大方的球迷。而我们只能穿着洗褪色的黑白色球衣嘟嘟囔囔地抱怨着。

三十个学生陆续来看比赛，佩珀坐在露天看台上，戴着蝎子队的帽子，为我们摇旗呐喊。我每次看向她时，发现她都在注视着我，几乎没有看过达拉斯。

魔鬼队没带自己的啦啦队，于是我们的啦啦队缺乏竞争对手，变得有些懒散。队长凯拉就着三首沉闷的歌跳了一会儿，然后就和朋友们一起坐下了，只有蒙哥马利边扭边喊："加油，蝎子队！"

比赛一开始就陷入胶着状态。魔鬼队的两个新队员和贝一样高大，又和职高生一样好斗，我们拿着球跑不到两码①就被他们扑倒在地。他们对达拉斯采取紧迫盯人的策略，在布伦南每次举起手臂时冲撞他。我们当然也拼命还击，但他们真是人如其名，不多一会儿就带球到了达阵区。

上半场的分数是七比零，最后一节只剩五分钟时，分数依然是七比零。我们叫了一次暂停，用仅存的精气神召开了战术会议。凯拉趁着空当重新点燃了啦啦队的激情："加油，蝎子队，加油。"

埃默里教练没有把暂停时间浪费在自己的嚷嚷上："球一旦被抛到空中我们就会失去控制权。"他说，"传球给康纳斯，给他清出一条路，不要丢给他，他接不住，直接塞到他手里，让他带着球跑，儿子。"

---

① 1 码 =0.9144 米。

可怕的乖孩子

"儿子"这个字眼让我和达拉斯同时皱眉：我是因为父亲过世，再也没人这么喊我了；达拉斯则是因为他父亲只会将这个称呼留给大儿子奥斯丁。

就在此时，理查蒙德博士咚咚咚地从看台上走了下来，硬是加入了我们神圣的团队训话中。他看起来像是穿了制服——黑色的长裤，背心马甲、白衬衫的领口和腋下留有黄色污渍。他整个人都散发着呛人的酒臭味，这令人感到震惊，毕竟现在才下午四点，学校里是禁止饮酒的。他一只手搭在埃默里教练肩上，"你们现在需要做的就是脱掉该死的裤袜，开始打球！"他喊着，"我这辈子都没见过像你们这么娘的男孩子，相信我，我见过很多娘兮兮的人。"他醉醺醺地爆笑着，呼吸粗重，打着酒嗝，从喉咙深处发出令人反胃的声音。

达拉斯盯着他父亲，震惊不已。

"你！"理查蒙德博士咕哝着，"你是最差的，你竟然会输给体型只有你一半大小的孩子！需要奥斯丁换上队服帮你搞定吗？"

达拉斯面罩下的脸腾的一下红了。

"或者叫那个漂亮的啦啦队长来？"他父亲看着凯拉，加了一句，"我打赌她能激励你们起来战斗。"他挑了挑眉毛，笑着环视我们。

"滚出去。"达拉斯说，但这句话从他口中说出来显然没什么气势，像是从喉咙深处发出的轻声细语。

埃默里教练假笑着将理查蒙德博士拉到一旁，理查蒙德博士跟跟跄跄的，不忘朝着啦啦队员微笑挥手。

"天啊！快看，那人喝得烂醉。"长凳上有人喊道。

达拉斯在护具底下颤抖。

奥斯丁从看台上慢跑下来，把他爸带回到座位上："坚持住啊，小姐们!"他大声喊着。

埃默里教练转向达拉斯:"你负责掩护康纳斯,我希望你能把现在心中的愤怒化作力量,干掉那个魔鬼73号白人大块头,我要他直接出局,明白吗?"

达拉斯不停点头,直到我制止他:"别再点了。"

比赛重新开始,达拉斯的力量简直无人可挡,缺乏家庭关爱的耻辱和愤怒在他八十公斤①的身体里爆发了。比赛才开始八秒钟,73号就一瘸一拐地下场了。我敲了一下达拉斯的肩膀表示感谢,他却一把将我推开,表情空洞。

我曾经见过这样的达拉斯。十一岁的时候,我们从废弃的木材厂捡回来一些零碎的木头,在他家后院搭了一座城堡。我们耗费了整整两周的时间,每天从早到晚不停工作——敲击,锯木,量错了还得再重新锯一次。那座城堡摇摇欲坠的,窗户也是扭曲不平的,但那是我们的堡垒,整个夏天我们都窝在里面玩虚拟游戏、喝偷来的苏打水,向全镇的孩子炫耀我们的劳动成果。夏天结束后,开学了,奥斯丁有一项数学作业:要建一个比例正确的模型小屋。回家后,我们发现理查蒙德博士正在后院拆我们的堡垒。"你哥哥要用点木头。"他说。第二天达拉斯照常到校上课,但整个人都心不在焉,不看任何人,也不和人说话。那天他用垃圾桶殴打一名老师,打掉了他的牙齿,看见那个老师的血滴在鞋子上才缓过神来。纳瓦罗先生是个好老师,自己竟然伤害了老师,达拉斯感到难以置信。奇怪的是,人可以很轻易地做出自己曾经发誓绝不会做的事。

---

① 1公斤=1千克。

可怕的乖孩子

他现在的情形和那时候一样——他的眼睛里没有任何感情,甚至连恨意都没有——但这更令人恐惧,因为他高大威猛,可以打断别人的骨头,甚至把人的头骨打得粉碎。我们看着他,瑟瑟发抖。

"把注意力集中到比赛上。"布伦南提醒我。

拿到球的那一刹那我就知道我能得分。尽管每次拿到球我都这么觉得,但这次肯定不会错。魔鬼队的防守分散得太远,达拉斯又一个接一个地把他们撞倒,我抢到一个无人防守的路线,狂奔了三十二码,躲闪过一个个身影,直到他们全部被我抛在身后。我感到视线模糊不清,异常亢奋,头部也隐隐作痛,就像有颗定时炸弹在脑中倒计时,冲到最后我把所有对手都远远抛开,只身冲进达阵区。

我翻滚旋转,兴奋地大吼大叫。我看向看台上的佩珀,朝她挥手,模仿她跳了一段。她站起身来尖叫,挥舞着手中的棒槌,像是享受其中的样子。

达拉斯没有冲过来和我一起庆祝,只是在原地来回踱步,看上去很消极。

萨拉又为我们再得一分,我们燃起了胜利的希望。

之后魔鬼队逮到机会进行反攻,我们紧紧地盯着他们,就像是心理变态的爱人疯狂地想把心爱的球抢回来,他们跑不到一步就会被我们的人扑倒在地,控球时间只能维持三秒钟,过程大概是这样:欣喜若狂、疯狂撞击、摔成一片。四分卫一记长传,看来可能有机会,但达拉斯像头发疯的公牛,冲向对方的接球手,那个架势我看了都想闪避。果然,魔鬼队的那个球员丢了球。达拉斯从空中跃起,重重坠落在那人身上,手里拿着抢来的球。随后他起身,脸上毫无笑意。

埃默里教练对接下来的事态进展表示担忧,要么就是魔鬼队再次得分，要么就是达拉斯把某个人杀了。比赛只剩二十秒了，我们现在是平局，在第三次进攻时，达拉斯说："球给我。"这是他爸出现后他第一次开口说话，他不需要再重复一次，没人和他争。他挺起身，在距离达阵区十八码线处定位。

"别让他这样回家。"布伦南在我们跑向自己的位置时，在我耳边轻声说道。

比赛重新开始，布伦南一记长传给达拉斯，达拉斯撞开围绕在他身边的所有对手。他推开他们的头盔，扭他们的手，差点把一个队员的胳膊卸下来。在比赛结束的前一秒钟，他带球冲进达阵区得分，我们赢了！

然而他没有笑，也没在佩珀面前耀武扬威，甚至没有等到比赛结束和对方握手，就直接离开球场进了淋浴间。

当我们其他人走进淋浴间时，发现他还在那里，浑身赤裸地站在喷头下面，双手抵着墙，头发垂下来盖住眼睛，水顺着脸颊往下流。

理查蒙德博士出现的时候，坐在板凳上的几个孩子都看向达拉斯，小声交谈，但因为没人加入讨论，他们的声音渐渐低了下去。我们安静地淋浴，达拉斯依旧站在那里，纹丝不动，偶尔抽动一下鼻子，我不知道他是在哭还是在发脾气。我和队友们交换了一下眼神，大家都不知道该怎么办。

我穿好衣服，坐在储物柜旁边的凳子上，直到其他人都走光了。达拉斯依旧站在他的私人瀑布里，浑身闪闪发光，不着寸缕。他皮肤苍白，看起来像具尸体，而淋浴间这个地方还散发着浓浓的氯气味。

我走到他旁边，拍了拍他的胳膊，"嘿，我们该走了，布伦南说我应该送你回家。"

可怕的乖孩子

他咬牙站在那里，没有睁开眼睛，热水落在他肩膀上，又溅到我脸上，他缓缓吸了一口气。

我不能留他一个人在这儿，又不想再拍他一次，眼前的状况让我不知如何是好，我打算讲个笑话缓和一下气氛："布伦南刚才盯着你那白胖的皮肤足足有二十分钟，然后说：'马克斯，如果我是你的话，我会带这个大男孩回家的。'"

达拉斯绷不住笑了，虽然只是嘴角轻微上挑，轻哼了一声。他透过遮住眼睛的发丝看着我，含混地说："我还在想你到底什么时候才会注意到我。"

我笑了。他的蓝眼睛是像是充血的一汪池水，他的状态比我想象中要好。我使劲拍了他胳膊一下："走吧，我们去老雷诺之家，涂鸦或者干点别的什么。"突然间我意识到那就是我们几年前为了建造城堡跑去偷木材的地方，不禁浑身一震。"我不知道怎么想到这个，我是想说，咱们去做一些有建设性的事吧，你想做什么都行。"

他叹口气，扬起脸把水抹掉："我知道你为什么这么说。"他关掉水龙头，拿起自己的毛巾。

出去之后发现，球场上的人都走空了，连佩珀也没有等我们。埃默里教练等在拖车旁边，在我们收拾护具时，他扶着门说："比赛很棒。"

达拉斯试着朝教练微笑，随即发现他爸和他哥还在停车场等着，还有布伦南和凯拉，两人在停放自行车的地方等着，我们想离开这里，必须穿过他们所有人，才能走到马路上。

我们回避他们的视线，装作这里只剩我们两人："去我那儿吧。"我说。

"好啊，我想点个辣味汉堡什么的。"

理查蒙德博士摇摇晃晃地走过来喊道："你知道马克斯和他妈去不起餐厅的，他们家的钱全都交了学费。"

布伦南和凯拉看着我，仿佛我是个没胳膊的小矮人，正被幼儿园小孩殴打。要是我也有这么愚蠢的父亲，那真是我唯一觉得可悲的事了。

理查蒙德博士试图把一只手搭在达拉斯肩膀上，被他推开了。达拉斯整个人都因愤怒而浑身颤抖。

"都去我家怎么样？"理查蒙德博士大喊，他朝凯拉抛了个媚眼，"我们来做点有趣的事吧。"

布伦南厌恶地摇了摇头，说："我们还有别的事。"他心地善良又为人宽厚，又加了一句："对不起了，达拉斯。"

"你今天表现得特别好。"凯拉说完，跨上了自行车。

理查蒙德博士身体前倾，色眯眯地盯着她的屁股瞧。

"他们才十五岁。"埃默里教练走之前提醒道，"别忘了。"

理查蒙德博士的视线扫过教练，仿佛他是个端盘子的服务员，接着他的视线落在我身上，好像我是他鞋子上的一坨屎："就剩你了。"

达拉斯逼近他："我们不会跟你去任何地方，别给我安排什么社交活动了，我不是你的小男孩。"

理查蒙德博士后退几步，歪着头试图对准焦距，不停地眨眼："跟你哥哥一起回家，我们点个比萨吃。"

达拉斯再次逼近他，低头看着他的眼睛："别再在比赛中走到运动场上来。"

理查蒙德博士的目光在达拉斯和我身上来回移动："你们俩在学校待了这么久，都在干什么？"

可怕的乖孩子

达拉斯爆发了:"别跟我朋友说话,别跟我队友说话,别跟我说话,不要再来看我们比赛,我不希望在这里看见你!"

"我是在帮你!"理查蒙德博士吼道,"如果有孩子需要帮助,那就是你。我等不及要让你接受那个教育支持措施了,你简直太需要了。"

"我不需要来自你的任何帮助。"达拉斯说,"我恨你,我恨和你有关的一切,你这个浑身恶臭的酒鬼。"说完,达拉斯朝着公路走去。

"我可以送你们一程。"理查蒙德博士喊道。

"滚你大爷的!"达拉斯喊了回去。

在父亲已经没有精子可以再生个孩子的情况下,孩子能这么对待父亲,也是令人啧啧称奇。

泽维尔在我家客厅扎了个帐篷,正在用大屏幕看一部老电影,他姐姐在厨房的桌子上指导艾丽写作业。塞莱斯特的金发垂下来,贴在胸部的粉红色衬衣上。

达拉斯在门廊那边练肌肉,展示着他的肱二头肌,仿佛不这么做,塞莱斯特就看不见他这么高一个人似的。

"妈妈还没回来?"我问道。

"她多值了一个班。"塞莱斯特说,"最近暴发的疾病让很多老人丧命,好像和老鼠有关。她大概晚上八点到家。"

我亲了亲艾丽的头发:"我们赢了比赛。你吃饭了吗?"

她点点头,小声说:"吃了汉堡觉得不太舒服。"

"要不要躺下休息?"

她笑着从桌子旁边逃开了,没写完的作业还留在厨房的屏幕上。我开冰箱前把屏幕关掉了。

"停！我们点外卖吧。"达拉斯大喊，然后猛地拿出他的RIG。"你还是要辣味汉堡和薯片吗，塞莱斯特？"

"你真是个小甜心，丹尼斯，不过我和艾丽都吃过了。"

我大笑："达拉斯啊，他叫达拉斯。"

她耸了耸肩，似乎觉得名字怎么都无所谓，与她无关。"泽维尔，咱们该走了。"

泽维尔毫无动作。

"你看什么呢？"我问。

"《异形基地》。"

"看起来很疯狂啊。"

塞莱斯特用她的RIG下载了这部电影，试图吸引泽维尔跟他一起回家。

泽维尔的脸上被画了一道假伤疤，从左侧眉骨一路横过鼻子和脸颊，一直到下颌骨。"外星人让自己成了地球人的克隆人。"他说，"他们杀了所有地球人，然后取代了其社会地位。"

"他们为什么不干脆自己组建自己的社会？"达拉斯问道，"为什么要费心复制我们呢？"

泽维尔一边思考这个问题，一边心不在焉地擦着假的伤疤。

塞莱斯特抓着他的手说："这只是个比喻。"

泽维尔笑了起来："对，确实是，是个比喻。"

"比喻什么？"达拉斯问。

"生而为人的特征。"

"这样啊。"达拉斯说完，转向我，耸了耸肩。

塞莱斯特走后，我们不用再假装自己很成熟了，达拉斯和我舒适惬意地边吃辣味汉堡,边看《畸形秀》:"哎呀!"老虎的排名掉到了倒数第三名,他发出一声哀号,抱住沙发上的抱枕寻求安慰。

"喂,这是什么?"我在抱枕下面翻到一台轻薄的黑色 RIG。"是泽维尔的,网还连着呢。"

达拉斯高声大笑,脚后跟敲击着地板,发出咔嗒声。

接下来的两个小时里,我们开始一系列恶作剧。我们拆散情侣,替单身的人配对,解雇了学校里的所有老师,告诉几十个老太太她们中了大奖,还和我那个话痨的发型设计师预约了三天后去她那边理发。

妈妈回家时,看到我们笑到几乎要尿裤子的场景,就知道我们没干什么好事,但我们的快乐极具感染力:"你们是不是疯了!"她说。

之后我们发送了最后一条消息给格拉罕先生,说他是新米道尔镇近十年来最伟大的校长。

"够了啊你们!"妈在厨房大吼,"你妹呢?"

"床上躺着。"

"这是辣味汉堡吗?"

"对,达拉斯订的。"

"随便吃。"达拉斯说,"我要回家了。"

"你不带走吗?"妈问。

他笑着垂下眼睛,摇了摇头。他知道我们日子过得紧巴巴的,但他想象不到我们竟然会担心厨房吃剩下的东西。

他走了五秒之后又折返回来。

"你不能拿走了,我都已经吃完了。"我骗他。

他笑起来:"谢谢你等我,马克斯,在学校的时候,我不想回家。"

"我也不想去你家。"我告诉他。

周一早上没有老师到校上课，但格拉罕先生办公室前出现了一块牌匾，恭喜他成为近十年来最伟大的校长。人们总是愿意相信别人告知的一切。

5

我在大众传播课上举起了手。

"马克斯?什么事?"埃姆斯先生叫我名字的时候拖着长音,就跟我已经烦了他一下午似的。

"小学换新校长了吗?"

他摘下眼镜,揉了揉鼻梁,然后摇摇头,冲我翻了个白眼,重新戴上眼镜。

我又举起手来。

他艰难地吐出口气,嘴唇随着气流振动着:"又怎么了,马克斯?"

"那些小学生,跟之前不太一样。"

"因为每年学校系统都有新孩子进来。"

"呵呵,真是个好答案。我指的不是这个,我的意思是他们的行为不一样了。他们不玩闹了,大家整齐划一,特别安静。"

"哦。"他的脸上浮现出一抹淡淡的微笑,"这是新的管理办法,政府主导的激励措施。"

我联想到团体颂咏,净身教室,回避讨论等场景——需要用超过一版的奖励贴花,才能让那些小崽子们乖乖听话。

坐在前面的蒙哥马利举起了手。

"什么事？"埃姆斯先生问。

蒙哥马利抬腿晃到过道上，视线扫过全班同学。"这个方法在家里仍旧有效。"他告诉我们，"我邻居家有个小孩上三年级，之前特别烦人，现在整天待在自己的房间里写作业。"

"你不觉得这是毁了孩子吗？"我问。

他瞪着我的样子仿佛用目光甩了我一耳光："我希望每个人都能像她一样。"

埃姆斯先生点了点头，这种言论才是他想听到的。

"你就和她不一样。"我告诉蒙哥马利，"你哪次在走廊上走路不是连蹦带跳的。"

蒙哥马利举起手，像是准备反驳我，但我没给他这个机会，继续说道："这样才是正常的，这才是你。你做音乐，振奋大家的情绪。你也没成天到晚待在房间里写作业，没人这样。为什么对邻居家的女孩反而是好事呢？"

他笑了："因为她很招人讨厌！"

"学校里有过半数的人都觉得你挺讨厌的。"我提醒他。

教室另一头的华盛顿偷偷笑起来，泰勒则狠狠地瞪着我，眼睛仿佛要喷出火来。

"我没觉得你招人讨厌。"达拉斯微笑着对蒙哥马利说。

周六早上，我忍着烦躁的心情到了初中部橄榄球场，看着七年级学生穿着大大的护具在操场跑步。他们没有肌肉、没有荷尔蒙、没有怒气。球场的设施也很简陋，没有长凳、没有球门柱，甚至连存放球具的拖车都没有，他们用三角锥来标识码数，跟玩过家家似的。

太阳刚刚升起,体育老师亨德里克斯先生已经喝了三杯咖啡。"全体集合!"他大喊。

于是大家小跑着朝我们过来了,我就觉得我应该换个称谓,因为他们当中最高的学生比我还高。教练大声吵吵着教他们橄榄球的基本规则,接着分组练习,让大块头去对抗矮小的孩子。"他们到底什么毛病?"他问我。

"他们只有十二岁。"

球队里表现抢眼的队员只有一人——萨芙蓉,一个八年级的女生,她扔球比其他男孩更有力量,跑得也更快,没人能追上她。她让我联想到初中时期的自己。

两个高大威猛的七年级学生弗兰基和芝加哥不想让萨芙蓉拿到球,他们无视比赛规则和团队精神,不帮她防守,在她被对手擒抱时甚至击掌庆祝,他们无法忍受自己不如一个黑人女生。

亨德里克斯嘟囔着:"下周的新教学计划,我都等不及了。"

"新教学计划?"我问道。

"是的,下周就实施,这年头只能用这个方案才能使学校正常运转起来,我们正在逐渐失去竞争力,需要激励性措施。"

我朝音乐教室的方向看过去,有两名年纪较大、打扮时尚的白人少女正对着墙壁丢球:"我知道你需要什么了。"我说。

我昂首挺胸地走了过去,问那两个女孩:"两位小姐愿意来看橄榄球练习赛吗?队伍刚组建,正需要你们的鼓励呢。"

金发女孩冷哼一声。我觉得似曾相识,可能在高中校园见过她,但不确定。她看起来和成千上万的女孩都差不多:长发、短上衣、粉红色的妆容、丰满肉感的身材。"我们看上去像啦啦队的吗?"她问。

"挺像的。"

她翻了个白眼："我们是陪我弟来的，但不是来帮他加油的。"

"你们不用加油呐喊，随便看几分钟就行。"

她细细打量着我，检查我的鞋子和发型，像要把我放到显微镜下观察一般，衡量着我的价值。

"像是评论员那样对他们品头论足？"她朋友问。她娇小可爱，有一头黑色短发，眼睛是绿色的，腰很细，细到我用双手就能围拢的程度。

"当然，"我说，"可以评论他们。"

她们的视线从我身上移到橄榄球场，然后两人无所谓地耸了耸肩，微笑着跟着我走向球场。

队员见状都立刻挺直了身板，尽量让自己显得威武一些，连萨芙蓉都在她们的刺激下仿佛变得更强了。

女孩们大呼小叫着，用赞美和谩骂来炫耀她们的影响力："使劲撞他！"金发女孩喜欢这么喊，娇小玲珑的那个女孩则蹦蹦跳跳，鼓掌叫好。

就在我开始享受其中的时候，泽维尔出现了，他穿着无袖T恤，浑身大汗淋漓："嗨，马克斯，你妈告诉我你在这里。练习结束后要不要去跑个越野？"

"好啊。当然可以。"

女孩子一见到泽维尔，就再也不在意橄榄球练习赛了。她们环绕着泽维尔，卖弄风骚，非常直接，毫不矜持。她们的声音从口中倾泻而出，轻柔的笑声像是小刷子一样拂动，她们放低声音问了些什么，还舔了舔嘴唇。

可怕的乖孩子

"再见，马克斯！"三十秒后泽维尔喊道，"跑步的事得取消了，我要去吃冰激凌！"女孩子们笑着把泽维尔拖走了。

亨德里克斯先生看了看表说："哦，孩子，我十点钟要去取车。你放她们回家之前，带他们做丢球练习好吗？练习结束后把球和三角锥放回储物间，然后一定锁上门，好吗？谢谢你，孩子。"

我的周六早晨就是这么过的。

十分钟后练习结束了："做得很好。"我对萨芙蓉说，至于那两个霸占着球的大块头——芝加哥和弗兰基，我则对他们说："你们两个的表现就差强人意，下次按规矩来，每个人都有自己的工作。"

"好的，随便你怎么说，小矮子。"芝加哥说，弗兰基在一旁大笑。

"给你，教练。"一个身材矮小的金发男孩抱着回收的三角锥走过来。他是队里最胆小的球员——整个人都淹没在蓝宝石色的球衣下面，是个七年级学生。他看起来很软弱，但我喜欢他叫我教练的样子。"你知道我姐去哪儿了吗？"他问。

"抱歉，我不太清楚，孩子，但我想她应该已经走了。"

他环顾四周，点了点头，说："好的，谢谢你。"

他们没有拖车，体育馆的门也上锁了，因此孩子们只能穿着秋衣和钉鞋步行回家，头盔在手指上晃来晃去。

我把三角锥和橄榄球塞进储物间，那里面堆满了各种维修器具、健身器材和学校的补给品：呼啦圈、足球、梯子、灯泡、垃圾袋、园艺用品、清洁剂、成卷的胶带、很多瓶胶水和墨水、一桶一桶的存储晶片、一打纸和硬纸板，还有很多美得令人窒息的颜料。

自从三岁时，我拥有了人生第一盒六十四色蜡笔，我就发现美术用品对我有着致命的吸引力，令我心跳加速。颜料、墨水、妈妈的指甲油，甚至并排的干湿水泥墙都令我兴奋到颤抖。各种不同的颜色，数量繁多，简直令人目不暇接。

储物间里的颜料多到令人难以置信，像是一道彩虹被切片了，脱水干燥之后变成颜料饼，放在地板上，堆到膝盖那么高的位置。上面还有一个架子，架子上摆着几十罐红色、品蓝、象牙白、亮黑色的铝罐喷雾。

简直太多颜料了，令我无法抑制。

我拿起一只篮球，从一只手抛到另一手，装作轻松随意乱抛的样子，结果越抛越高，我把球抛离身体两次，然后用力往墙上丢，最后不小心砸坏了门上的监视器。我拿了两个垃圾袋，用来装颜料饼和铝罐，一边装一边兴奋地吐着舌头。我没把所有的都拿走，但也拿了不少。

接下来的三个小时我都在初中音乐教室的墙上涂鸦。我迅速画好背景，还被喷雾呛到了，接着花时间画上主题。我的画作头尾相接，形成一个整体：两个像弗兰基和芝加哥的白人宝宝穿着脏兮兮的蓝色尿布和针织运动衫挖着鼻屎，十一个杰出的黑人女性穿着干净的红色制服慢跑着与他们擦身而过，她们把头盔夹在摆动的手臂下面。领头的球员有一张萨芙蓉的脸——充满力量、专注、庄严肃穆，仿佛即将出征的将士。

我让画面尽量简单一些——蓝天、绿地、棕色和米色的人体，红色非常克制地用在制服和芝加哥的鼻涕上。在这幅作品干掉之前，我用纸袋轻轻扫过，甚至还用袖子和指尖去完善画作。画到下午，我的脸上和手上都沾满污垢，衣服也乱七八糟的，但心情无比愉悦。

我带着偷来的颜料回到家中，妈妈正在小憩，泽维尔和艾丽在客厅看电影。

可怕的乖孩子

"那些小孩在你身上涂鸦了?"他问。

"没有。那两个女孩在你身上画画了吗?"

"她们太好动了。"

"我看也是。你们看什么电影呢?"

"《复制娇妻》。"

"看起来怎么那么诡异!"

"是关于一个男人复制了妻子的故事。镇上有个男人,造了个和妻子看起来一模一样的机器人,然后他们把真的妻子杀掉了,用机器人来代替。"

"他们可以留着机器人,然后离婚就行了。"

"这是个比喻。"这次他没有丝毫犹豫。

我只得以笑回应。

我停在小学校园外的人行道上,伸手拥抱艾丽,她的手自然下垂,无力地搭在身体两侧,"抱一下!"我对她说。

她听话地伸直胳膊。

我蹲下来,紧紧搂着她。

"我必须假装自己和其他人一样。"她轻声说道。

我的视线越过她的肩膀,穿过围墙,一千个僵尸小孩在学校门口前排队等候:"他们有点吓人,是不是?"

她慢慢地点了点头。

一个指导老师站在攀爬架旁边,拿着 RIG 闲聊,注意到我在看她,就朝着我们的方向拍了照片。

"做所有需要你做的事,"我告诉艾丽,"融入他们,和他们好好相处。"

她走近僵尸的队伍中,脸朝前,我说不出她和其他人的区别在哪儿。

"嘿,康纳斯!"泰勒·威尔金斯叼着烟,昂首阔步地走在街上,他抬起一只脏兮兮的手跟我打招呼,"这个周末我在初中看见你了。"

我自视清高地点点头:"我做他们橄榄球队的教练。"

他偷笑起来:"你做的事可不止这个。午餐时间我路过那边,看见你正在创作呢。我还从来不知道你会画画,你应该去读职高啊。"

"笑死人了,我也一直觉得你该去职高。"

他把烟掐灭了,将自己的 RIG 举到我面前。看着自己涂鸦初中音乐教室墙壁的画面,我尽量憋气,避免将他的味道吸进去。当时我脑中的念头竟然是:我有那么矮吗?

"你真够聪明的,选了一面没有监视器的墙。但还不够聪明,没有时刻留意周遭,我站在那里足足有二十分钟之久。"他说。

我叹了口气:"你打算怎么做,泰勒?"

"你什么意思?"

"这个视频你打算怎么处理?发到网上吗?"

"不知道,我只是拍下来。"

"如果你害我为此被停课,我就先揍你一顿好了。"

他往水泥地上啐了一口,在我脚边留下一摊黄褐色的唾液:"你为什么一定要这么说我?你以为我会拿着你的画跑去跟校长说?"

"不然你为什么拿给我看?打算敲诈勒索?"

"你有什么值当我勒索的吗?你这混蛋。"他一脸怒气地摇着头,"你对我一无所知,根本不了解我,我不想跟你说话了,你这个白痴。"

可怕的乖孩子

他挥舞着拳头离开了。

他看起来有些驼背,摇摇晃晃的,难过又步伐缓慢,像个佝偻的小老头。我突然明白了,他在尝试着赞美我。像泰勒这样的人,永远不会成为其他人。我想大喊:"对不起!"但没等我鼓起勇气,他就走远了,这句话仿佛一块压在我心底的巨石。

我说:"服泽维尔,把学校的监视器系统黑了,让十年级学生储物柜的某一面监视器被切断电路。"他很开心地照我说的做了——他喜欢破坏那些他不相信的规矩。午餐时我在 RIG 上拉近镜头,看着蒙哥马利输入自己的储物柜密码,两分钟后,我看见华盛顿输入他的密码。

我们达拉斯趁大家都在自助餐厅吃饭的时候,打开了蒙哥马利和华盛顿的储物柜,把里面的东西交换了位置。华盛顿最爱的蟒蛇裸女照片正挂在蒙哥马利的门上,蒙哥马利的建筑工人及合唱队的照片则被放进华盛顿的储物柜。

男生们吃完午餐回来后,我们在附近徘徊,达拉斯录下了蒙哥马利的视频,他浑身颤抖,挥舞着双臂仿佛被人侮辱了:"我的夹克呢?"他尖声惊叫,"这是个什么玩意儿?"他看了看周围的储物柜号码,又回头看了看自己的,像是在确认自己是否找错了位置。他从储物柜中拿出一件蓝色运动服,小心翼翼地用两根手指捏着,就跟上面沾了屎一样。他凑过去闻了闻味道,嫌弃地把衣服扔在瓷砖地面上,转身离开去找老师。

华盛顿、泰勒还有泽西一行人步伐轻快地走了过来,一边走一边吹嘘着骚扰十四岁职高生的事迹,然而就在华盛顿打开储物柜的同时,吹嘘的声音停了下来,泽西大笑着问:"这就是你沉迷其中的变态行径吗?"

有几个路过的学生透过他们的肩膀看过去,随即爆发出笑声,他们的笑声如滚雪球一样越滚越大,华盛顿窘迫得满脸通红,又有更多的学生围拢过来,欣赏着帅气的建筑工人和合唱团。"这东西不是我的!"他大喊。

"你有一件跟蒙哥马利一样的夹克?"泽西嚷嚷着。

我笑得太厉害,为了避免暴露自己,只得躲在角落,达拉斯镇定自若,继续录着像。

华盛顿把储物柜里的所有东西都扫到地上,浑身发抖,喊着:"这不是我的!"

达拉斯把镜头拉近,可以清晰地拍到他额上青筋暴起。

蒙哥马利领着校长走了过来,看到地上的东西,蒙哥马利倒吸一口凉气,他在自己的东西前蹲下来,抓着一个合唱团女孩的照片,仿佛那是他死去的母亲。

"把这些衣服捡起来。"格拉罕先生对华盛顿说。

"这些东西为什么在我的储物柜里?"华盛顿大喊。

蒙哥马利愤怒地走到自己的储物柜前,把华盛顿的东西都扔到地上,朝着那张裸女图重重地踩了上去。

"喂!那是我的东西!"华盛顿大叫,他的眼睛整个都亮了起来,仿佛有惊人发现。过了五分钟,他才明白这一切都是恶作剧,他和蒙哥马利都是这场闹剧的受害者。

泰勒环抱着双臂,盯着走廊另一头的我和达拉斯,得意地笑了。

格拉罕先生喊道:"做了这些事的人,我知道你正在看着!我警告你,你的恶作剧已经被记录下来了!"他指着头顶已经废了的监视器,"将自己的快乐建立在别人的痛苦上,以牺牲别人为代价,这是最后

可怕的乖孩子

一次了!"

代价?这个白痴,造成他们二十分钟的困扰好像能有多大牺牲似的。

"我知道是你干的。"地理课上,佩珀轻声说道,"储物柜内容交换?别对我开这种玩笑。"

"所以我是不是该把我的球具从你装舞衣的柜子里拿出来?"

她笑了,头微微后仰,伸直脖子,仿佛在邀请我。"我正在脑中想象你穿着我的舞蹈服接球的样子。"

"真是我梦寐以求的场面。"

她用肩膀轻轻撞了我一下:"你还能搞怪的日子所剩无几了。"

"你觉得今年开始要搞视网膜扫描了吗?"

"我不知道后面还有什么事等着我们,"她直视我的眼睛悄声说,"我父母正在讨论搬家的事。"

"不!你们要去哪里?"

她耸了耸肩。

雷诺兹老师提醒我们专心听讲,她正在讲已经绝迹很久的土著成年文化习俗。这其实可以为我提供很多恶作剧素材,但我现在相当沮丧,没有捣乱的心情。

"佩珀要搬家,跟你说了吗?"上科学课的时候达拉斯问我。

"她也跟你说了?"我悲泣一声。

"上课时间不要讲话,马克斯威尔!"汤普森先生朝我大喊。接着他继续讲消化系统,一步一步为我们解说汉堡是如何变成屎的。

大众传媒课上,我们用五种语言朗读童话故事,故事关于包括青蛙变王子、穷人变有钱人、甜言蜜语变成言辞锋利。今天在学校上的每堂课都在讲转变，但我被堵塞在这里，日复一日，找不到出口。

泽维尔接过埃姆斯先生的话茬，开始讲解英雄主义童话故事中的心理学要素。

泰勒打断他问："你怎么不去上大学，拉维妮？你看起来像个成年人，想法也像，你为什么还在这儿上学？"

泽维尔看上去一脸困惑："我需要一纸文凭，教育是自由的关键因素。"

"泽维尔跟你一样也是十五岁，泰勒。"埃姆斯先生说，"但他的课余时间都用来学习，而不是打架。"

"这么说对泰勒不公平。"我说，"他学习的时间和打架的时间一样多。"

全班哄笑，泰勒对我竖起中指。

"我说的是真的，"我说，"我们学校才没有懒惰的人呢。"

埃姆斯先生冷哼一声，用力之大，眼镜都差点掉了。

"是真的！"我喊道，"我们都知道啊，如果成绩低于七十分，就要被送到那种吊车尾的烂校去。"

"那叫职业学校。"埃姆斯先生纠正我的措辞。

"好的，职业学校。真棒，去那儿学习拆解旧的科技产品，回收旧零件，以此为职业。"

"你想表达什么，马克斯威尔？"埃姆斯先生叹了口气。

"我想说的是，我们当中没人是蠢货，也没人拖学校后腿，或许你认为我们当中的某些人不够优秀，但没有一个学生每晚的学习时间是少于两小时的。"

"不少于两小时,那到底是几个小时?"埃姆斯先生问,"七小时,还是八小时?你们有那么多作业吗?"

"你是认真的吗?"我问道。

他微笑起来,说:"我们再来看看大灰狼。"

"已经没有大灰狼了。"我嘟囔着。

达拉斯靠向我小声问:"你觉得她们俩打架谁会赢?小红帽和奶奶。"

历史课的内容是比较近几年的委内瑞拉流感和十四世纪的黑死病。

"这两个时代都加强了社会控制。"利兹先生说。

泽维尔对"社会控制"这个充满魔力的字眼侃侃而谈,他靠向走道,引导我们去考虑不同的话题:比较我们的国家政府和中世纪的天主教会。这两者显然和医疗卫生没什么关系,但利兹先生为人友善,又有点神经过敏,他允许泽维尔尽情发挥。

布伦南的忍耐已经到了尽头,"我明白你想说什么,泽维尔,但在现代社会,社会控制是必要的,否则疯狂的人很容易会使其他人也陷入灾难。"

"别跟我说委内瑞拉流感是恐怖分子传播的。"蒙哥马利叹口气说,"我对这种阴谋论已经厌倦了。"

布伦南垂下眼睛,"我们知道加州核事故是一项恐怖活动,如果类似的事情发生在我们的城市呢?我们有上百万个环境难民,从干旱地区或海平面上升的地区逃难而来,不能再让工业破坏和恐怖主义活动增添我们的负担。"

"我们多年前就该关闭边境了。"华盛顿说。

"不，是移民让我们的地区经济保持强势的，"泽维尔说："兼容并包是我们强大的原因。"

"问题是，"布伦南说，"我们的科技变得极具毁灭性，导致政府不容许我们拥有和过去一样的自由。看看畸形镇发生了什么，那还只是个意外。"

"那是加拿大人搞的。"华盛顿说。

"那是我们自己的工业。"泽维尔争辩道。

"那是我们的敌人想复制的意外。"布伦南说，"为了保障安全，我们必须限制公民自由。"

"为了我们的安全，必须限制企业的自由。"泽维尔争论道。

"你说的是哪一种自由，布伦南？"达拉斯问，"在这座城市的每条街上，在学校的每间教室里，我们都受到监视。"

"这应该在全国所有地方推行。"布伦南说。

"至少他们正逐步获得通用身份证。"蒙哥马利说，"这是第一步。"

"他们永远不可能实施。"我说，"西南区已经签署文件，要拿回他们的水资源供应，但他们永远不会强制实施。德州几乎没有区域法令。"

达拉斯笑着说："我要搬到那儿去了。"

"你们认为应该有不受监视的地方吗？"利兹先生问道。

泽维尔喊："应该！"布伦南则认为："不应该！"

"这事问康纳斯啊。"泰勒说，"他知道所有不受监视的地方。"

我微笑着说："某些人喜欢观察别人，但如果他们开始监视我的每一个动作，那就是个问题了。"

"他们是谁？"利兹先生问。

"堪姆路斯公司。"泰勒回答，"政府、警察、学校，还有你。"

利兹先生倒吸一口凉气，"我？"

泰勒靠向椅背，咬着他发黄的手指甲，用凌厉的眼神观察着全班。他指着布伦南，说："还有你，四分卫、完美小孩、这个那个的主席，你当然希望有更多控制权。"他又指着达拉斯说："你爸掌控学校董事会，不是吗？"接着转向我，说："康纳斯，你也想成为他们的一分子，对吧？但你无法融入他们。"

"我们都是他们。"佩珀说，"你也是，泰勒。相比这个世界的其他地方，甚至相比我们国家的其他地方，我们拥有一切。"

"不是因为我们享有特权，我们就可以控制任何人。"我说，"或是想要控制他们。"

"你也没那么多特权，马克斯。"达拉斯笑着说，"而且如果你在他们背后偷偷搞点什么事，你也无法加入他们，是吧？"

"我并不是要蓄意破坏监控系统，做黑客控制通信网的那个人。"我边说边扫了一眼泽维尔，"即便是我干的，我也不是个危险分子，不需要被控制。"

布伦南挑了挑眉，耸耸肩。

"不管是好人坏人，人们总能找到方法逃离社会的控制。"泽维尔说，"这正是问题所在，而且没完没了。如果我们放任他们这么做，政府和企业就会设定更多控制，直到把我们全都扔进监狱。"

"住监狱也许比住停车场强。"我说。

"这不是玩笑。"泽维尔说，"我们的种种权利正在逐步被剥夺——迁徙自由、言论自由、组织集会自由。你不在乎是因为你已经待在你想待的地方，但总有一天他们的控制方式会影响你。马克斯，到那时你就只能做出选择,是任由他们摆布,还是反击?"

泰勒歇斯底里地大笑起来,他并不相信泽维尔的话,摇了摇头说:"你疯了吗?他们永远不会给我们选择的权利,你个蠢货。"

周五达拉斯来我家看《畸形秀》淘汰赛,看到老虎排名垫底,他呻吟道:"不!"

接着老虎谈到他最近死去的女儿,主持人皱了皱眉,她觉得这不算什么重大损失,因为她们是连体婴儿。

"他还太年轻,要孩子太早了。"达拉斯说,"他只比我们大三岁。"

我耸了耸肩:"在畸形镇无事可做吧。"

本身也是连体婴的拉链头拖着他巨大的头颅靠近麦克风说:"老虎,我对你失去了女儿深表遗憾。人们不知道畸形会给我们造成多大的痛苦与折磨,而那些有毒物质依旧污染着我们的城市……"

主持人飞快地移走了麦克风,无视拉链头。

达拉斯笑了出来:"我敢打赌他本来想说:'我们都失去了自己所爱的人,但回忆令我们继续前行。'这是每个参赛者在被问到死亡时都会回答的固定台词。"

就在他们宣布淘汰者是谁之前,妈妈和艾丽回来了。"我们刚开完家长会,我的门牙掉了!"艾丽边喊便从门牙的豁口中发出咯咯的笑声,"我要拍照。"

"你吃晚餐了吗,达拉斯?"妈妈问道,"家里有鸡肉,是人造肉(即通过生物工程培养动物的肌肉细胞而得到,并不是直接从动物身上获得的肉类),完全符合人道主义标准。"她的声音沉重而缓慢,她略显疲倦地垂着头。

可怕的乖孩子

"不用了,谢谢。"达拉斯说,"看完节目我就走了。"他身体前倾,以便能听清每个字。

"你们当中的一个人将晋级到下期节目,"主持人宣布,"另一个人将回到畸形镇,余生将被社会抛弃,靠乞讨或偷窃度日。"

镜头拉近,他们畸形的脸上写满了羞辱与恐惧。老虎的眼睛像塑料的一样,乌贼的眼睛则几乎要凸出眼眶,他有三条胳膊,长度都只到手肘,脊椎弯曲,前额很宽,且几乎无法连续说出三个词。他应该能留下来。

"八千万人投票决定,"主持人说,"能够留在舞台上,下周继续和我们在一起的是……乌贼!"

乌贼墨黑色的笑容相当恶心,以至于连主持人都不禁畏缩了一下。老虎垂着头,耳朵微微抽动着。

"哼!"达拉斯说,"抱歉,康纳斯太太,但是,真的太……我喜欢这家伙,但他要沦为乞丐了。"

"是小偷。"我说。

"你真这么想?畸形镇有什么值得偷的东西?"

四名晋级到下周的选手台上站成一排。

"关了吧。"妈妈说,"这真令人难过。"

"这给了他们赢得奖金的机会。"我说。

"我们已经讨论过这个话题了,马克斯,关了!"

"我该走了。"达拉斯说,"奥斯丁要参加大学的入学考试了,我答应今晚帮他做测验。"

"今年这么早?"妈妈问。

达拉斯点点头:"如果没考上,需要时间准备申请州立学校。再见,康纳斯太太。再见,艾丽!"

浴室传来艾丽的歌声:"再见,再见,好人达拉斯,再见!"

他笑了:"再见,马克斯。"

门关上的瞬间,妈妈就针对乱成一团的房间、忘了做家务以及功课没写完等事项开始训斥。

"我要等到周日越野比赛之后再做,那时候青少年的大脑处于巅峰状态。"

她甚至笑都懒得笑。

我跟着她进了厨房:"别生气了好吗?我可以帮忙洗碗。"

她摇了摇头,叹了口气,从包里拿出一份纸质文件:"艾丽要转学了。"

我脖子上的汗毛竖了起来,焦虑不安:"什么?"

"她被转学了。"

"转到吊车尾的烂校?"

"别这么说他们。"

"但你说的确实是那个学校吧?"

"除了现在上的这家,也只有那家。"

我倒在琉璃台上:"我应该在课业上多帮帮她的。"

妈妈的手抚过我的头发:"这么做也无济于事,马克斯,她学习跟不上。现在每一百个一年级学生只能分配到一位老师,而且新的课程太难了。"

"吊车尾的学校在哪儿?她怎么去上学?"

她用手扳着我的下巴,迫使我看着她的眼睛:"别再这么叫,那叫职业学校。"看见我点头,她才放手。"学校靠近市中心,离这儿不到一英里,以前互动嘉年华都在那儿办。她和公寓里的其他孩子一起去,我这儿有一份名单,你的老朋友卢卡斯也在名单上。"

我内疚地呻吟了一声。刚搬到这里时,我和卢卡斯混在一起,但他是个懦弱的人,和我们又不是一个阶层的,我就撇下他了。感觉有点沉重。

"我今晚会给他父母打个电话,确认一下他们能一起去上学。"妈妈说,"他们学校早上八点上课,到下午四点。"

我用头猛敲琉璃台,额头磨着一块面包屑,我想象艾丽从六岁开始,每天八个小时都要练习回收铜线,并从厨余垃圾中挑出塑料制品。"她知道吗?"

妈妈点了点头,"开会时告诉我们的,他们让这个消息听起来很有趣,也许确实很有趣。"

"但——"

"别说了。"

我闭上了嘴。

6

周六一大早艾丽就叫醒了我,在去当助理教练之前,我先带她去了公园。夏天的暑气被前夜犀利的冷风吹散,突然间就消失得无影无踪了。我们在毛衣底下冻得瑟瑟发抖,风同样吹去了树梢所有的颜色。

"秋天是爸爸最喜欢的季节。"她说。我不知道她怎么会记得这个。

扎卡里和墨尔本在公园里,和他们的母亲在一起。他们小心翼翼地荡秋千、滑滑梯,彼此心平气和地聊天,对骄傲的家长保持微笑。扎卡里的妈妈说:"到点该走了,小甜心。"她的小宝贝儿走过去,牵起她的手。

"我今天不喜欢这里。"艾丽说。

"要回家吗?"

她耸耸肩。

"通过歌词来决定怎么样?"我说,"点到我,我们就留下;点到你,我们就离开。"

她一边点一边小声嘟囔着:"一、二、三,大黄蜂,叮了我的鼻子就飞走了。"她点到自己。

我微笑着说:"咱们走吧。"

她低垂着头。

可怕的乖孩子

我蹲下亲了亲她的脸,是潮湿的。"艾丽,你在哭吗?"

她从口袋里掏出一把瓜子。

"嘿,嘿,我们不是非走不可,要去喂花生吗?"

她抽泣着擦了擦眼睛,"要!拜托带我去吧。"她牵着我的手,带我和僵尸墨尔本擦肩而过,走到橡树旁。

"说出来就好了。"我告诉她。

她摇摇头,说:"说出来不好。"

在初中部的球队中,我教的孩子有一半不太对劲。所有七年级学生看来都变了,我说不清楚他们哪里不同,但感觉他们虽然不如八年级学生——跑得快、奋力撞击,跟球也跟得很紧,他们的思想像是放了层坐垫,所有的傲慢都没了,但很难看出还剩下什么。

达阵区附近有个泥泞的水坑,就是他们冲掉我在音乐教室墙面的画作时水流的汇集处。八年级学生走路会避开水坑,弗兰基和芝加哥却啪啪作响地踩了过去。当身材矮小的孩子丢了球时,弗兰基大喊:"再试一次!"要是大个子球员在场上一瘸一拐地走着,芝加哥就会因为擒抱得太粗暴而向他们道歉。

"这些小孩怎么了?"我问亨德里克斯先生。

他微微一笑:"新的教育计划——新教育支持办法。这是未来的发展趋势,孩子,是激励领导的基础,会带领我们的社区走该走的路,带领整个国家走该走的方向。"

萨芙蓉在一次抵达达阵区后侧翻在地,八年级学生兴高采烈地猛捶她肩膀,七年级学生则拼命鼓掌,仿佛他们是同一队的。

"你看到上周音乐教室墙上的画了吗?"亨德里克斯先生说,"再也不会发生这种事了，我们可不愿意花时间去解决麻烦事。"

"不是我干的。"我说。

"我知道不是你，但不管是谁，都不会再发生这种事了。一直以来我们太把孩子当宝贝了，但事实上全世界有数十亿个孩子，他们中的大多数人根本一无是处。我们必须教育他们，无论得到什么工作都要努力去做。"

"嘿，马克斯，你今天怎么不教他们？"达拉斯大喊。他在球场的另一头，和奥斯丁一起放好编织折叠椅。他们穿着皮衣和牛仔靴，看起来更显得高大。"泽维尔告诉我，他在这里遇见几个女孩子，我希望她们还会来。"

"振奋起来，防守！"奥斯丁大喊。

年纪大点儿的孩子对他比中指，年级小的根本懒得看他。

亨德里克斯先生眯起眼："那位是阿灵顿·理查蒙德的大儿子吗？"他走过去和奥斯丁握手。

"练习怎么办？"我嚷道。

达拉斯帮我将球队分成两个练习队伍，"你宁愿跟谁打架？"他问道，"大块头还是那个女孩子？"

我看着芝加哥为萨芙蓉的达阵鼓掌，他和其他孩子一直维持着某种节奏，拍、拍、拍，停，拍、拍、拍。"都不要。"我说，"我不想接近他们。"

周一早上，妈妈在厨房的屏幕上给艾丽留了信息：希望你在新学校玩得愉快，我们爱你。上面有我们挥手的照片，花生的照片也在。

艾丽兴奋得把麦片和果汁都弄洒了："现在我要释放出笑容，"

她说,"在学校里是不准和人咯咯笑的。"我挠她痒痒,她笑了起来,笑声止不住地从门牙缺口倾泻出来。

卢卡斯和另一个跟我年级差不多的白人男孩走到我家门口,他们穿着灰色的聚酯纤维制服,比我的制服颜色浅,也没我看起来时尚——没型的裤子松松垮垮地挂在膝盖上,夹克上的金属圆纽扣一直扣到脖子。我觉得他们差不多该带我去参观博物馆了。

"嗨,马克斯威尔,"卢卡斯说,"我们来接艾丽珊德去上学。"他的声音又年轻又诚恳,没有丝毫怨恨。

"谢谢你,卢卡斯。拿上书包,艾丽。"

艾丽挺了挺肩膀:"但愿我会喜欢那里。"

"会的,只要你找到自己感兴趣的事。"卢卡斯说。

她微笑着说:"我对动物感兴趣。"

"挺好。"卢卡斯说,"学校有关于害虫控制的训练课程。"

"她喜欢动物。"我说,"控制害虫什么的她可能吃不消。"

他不停地眨眼,似乎不太赞同。"迟到会被留校察看,今后你就和我们在大厅会合。"

我亲了亲艾丽的脸,她用双臂环住我的脖子说:"我会喜欢新学校的。"

"嗯,会的。"卢卡斯打断了正在道别的我们。"在重点学校学习上遇到困难的学生会被分配到职业学校,你会更早毕业,准备好投身专业领域的工作。"

"我会想你的。"我说道。

"嗯。"艾丽轻声回应。

她走出门口,脚步很轻,往楼梯间走去。在油腻的走廊上,她看起来十分娇小,穿着橡胶靴,背着后背包。发型凌乱。她才六岁,就已经是吊车尾的职校生了,我只想大哭一场。

卢卡斯伸出手来握我的手,我本能地想抽回去。"我们不是吊车尾的班级。"他说,仿佛看穿了我那点小心思。"我们学校的毕业生就业率高于你们,能去那家学校,我们觉得很幸福。"

"听到了吗,艾丽?"我大喊,"能上新学校,是你的幸运。"

"艾丽珊德!"卢卡斯喊道,"回答你哥哥!"

"不需要你来告诉她该怎么做。"我咆哮着往门厅走,他一脸茫然。

接着他回头看了看监视器,又看了看我,他身后的孩子也做了同样的动作。我估计接下来他们就要喊:"救命啊!你不是这儿的!"

艾丽转过身,脸上没有笑容,也没有皱眉,神情看起来和卢卡斯一样,空洞又茫然。"我知道这是我的幸运,马克斯,能有学上的孩子们都很幸运。"

"是的。"卢卡斯说,"再见,马克斯。"

接着他和他的僵尸朋友带着我妹妹一起走了。

我之前对和艾丽一起上学这件事总是怨声载道,因为她每走十步就要停下来,移动虫子或者收集羽毛,为此我总是在上课铃响前一刻才赶到学校,没时间早到一点和同学闲扯聊天。现在我被一堆同学用手肘推来搡去,周围充斥着他们的笑声,这令我感到厌恶。

"嗨,马克斯。"泽维尔说,"我从没想过你会准时上学。"

我给妈妈发了十七条消息:"要是艾丽被分配到不喜欢的专业怎么办?要是卢卡斯把艾丽抛弃到荒野怎么办?要是艾丽因为走得太慢,被留校察看怎么办……"

可怕的乖孩子

妈妈只回了一条信息:"我必须工作了,马克斯,这次的病毒来势汹汹,伊莱恩向你问好。"她似乎以为伊莱恩爱的问候能让我振作起来。

我正要去练橄榄球,佩珀走过来挽住我的手:"陪我回家好吗?"她问。

达拉斯朝体育馆慢跑过去,没注意到我们。"当然。"我说。

一路上她都没怎么说话,但让我牵她的手,我紧张得几乎要尿裤子了。

她住在一栋四层楼的排屋里,比我现在住的公寓高级,但远不如我以前住的地方。她家在排屋的最后一栋,楼前有个花坛。我们站在门口,距离很近,在监视器下道别。

我把手伸到她脑后,俯下身去亲吻她,她闻起来像是樱桃口味的糖果,她的后颈是我摸过最柔软的东西。她热情地回应我,又很快推开我。她的手停在我胸膛上,小巧又纤细,我分不清她是在感受我的心跳还是抗拒地想要推开我。

"谢谢你陪我走回来,马克斯。"

我轻轻地抚摸着她的手,沿着手臂一路往上,触碰她赤裸的脖子,再次俯下身想亲吻她,但她低下头去,我只吻到了她的头发。

"我只是想让你知道我曾住过的地方。"她说,她用的是过去时态。

我的肩膀垮了下去,重力把我往下拉。我踉跄了一下,后退一步,抓着头,伸出一只胳膊朝她挥舞。"我们会再见的,佩珀。"然后我转身离开,没办法看她当着我的面关上门。

我也不能回家,妈妈和艾丽在家,我不想听她们说职业学校有多好。

看了看时间,橄榄球练习已经迟到了,我满不在乎地跑回了学校。我到球场时他们还在练习,我冲进拖车拿我的球具。

"你还来干什么?"踏进球场时,埃默里教练朝我喊道,"练习时间都过去一半了!"

我认真练球,希望借此将佩珀、艾丽和我所有的无望从头脑中抹去。教练最终放过了我。

在最后一场练习中,达拉斯丢球给我。我紧紧地抱着球,在场上清出一条路,我的速度异乎寻常的快,轻松躲闪,猛冲前进。贝替我挡住了所有试图靠近我的人,但没过多久他也被我远远地抛在身后。我已经能很清晰地看到达阵区了,跑得像是有恶魔在背后追赶似的。

我看见布伦南突破贝的防守,从侧面过来袭击我。他速度很快,或许比我更快,他也很强壮,以他这个速度从这个角度上来擒我的话,我肯定会被他扑倒的。

就在布伦南倾身向前准备抱住我的时候,我加快了速度,一跃而起,跳过了他,用手猛推他的头盔,翻过他的胳膊,越过了他的防守范围,稳稳落地,继续在场上狂奔,接着冲过四十码的无人区域,心跳因肾上腺素的关系猛烈跳动。

我带着球冲进达阵区,尖叫跺脚,倒立行走,用脚踢地,直到我的队友过来扑倒了我。达拉斯几乎要把我的肩膀拽下来,他笑得太夸张了,口水都喷到头盔上了。

埃默里教练和布伦南一起慢慢跑过来,看到他们肩并肩的模样,我真心希望我爸还活着。

布伦南猛拍我的肩膀,拥抱我,把我抛举起来又扔下去,再次冲撞。"一流的闪避,太厉害了,马克斯,你真棒,下场比赛的时候你

可怕的乖孩子

一定要用这招。"

我摆出王者般的气势，拍拍布伦南的背说："虽败犹荣！"队友们大笑不止。

我是第一个离开球场的，埃默里教练在拖车附近追上了我："很高兴你今天来参加练习了，康纳斯。那一跃真令人难以忘怀。"

我估计现在正是好时机，于是告诉他我周四不能来参加练习了。

他的笑容从脸上褪去："为什么？"

"初中的橄榄球队要去参加第一次比赛。"

他皱了皱眉："认真当教练是很好，但也不能影响自己的练习啊。"

"我必须到场，教练。我要求我妈也出席，你也应该来看看。"

队友们走向拖车，经过我们："干得漂亮，马克斯！"他们说。

教练一只手搭在我肩上，把我摁在楼梯下端，问道："我为什么要去？我还要在这儿指导大家练习。"

"你该去看看那些孩子，他们有点不对劲，就像是——"

"我听说过那个学校的乖孩子，"他打断我的话，"你觉得给他们当教练很愉快，我替你开心。"他抬头瞥了一眼监视器，拍着我的肩膀，后退的时候和贝撞在一起。这场景十分诡异，即使余光的视野不佳，贝这么高大威猛的人也不至于没看见，这太奇怪了。

埃默里教练直起身子说："咱俩别挡路。"然后他把我拉到拖车后面，那里没有监视器。"这场比赛你有什么安排？"他低声问。

他过去都是用大喊大叫的方式说话，突然轻声说话让我有点不安："我只是想找人去看看他们。"

"你都找谁了？"

"我的家人，还有达拉斯。"

他倒吸一口凉气:"理查蒙德的家人?"

"不是,就达拉斯自己。"

"不要邀请阿灵顿·理查蒙德,也不要邀请别的老师。"

"为什么?他们应该去看看那些孩子,你也该去看看,他们很不对劲。"

"千万别把你的想法流露出来,康纳斯。"他抓着我的后脖领子,直直地盯着我的眼睛。"我是认真的,别这样四处嚷嚷。"

我不知道这是劝告还是威胁。

"我没时间去看比赛。"妈妈说,"看你的比赛也就罢了,看你比赛我还是喜欢看的;但看那些小孩子的?我不去。上了一天班已经很累了,我这个月的排班都是从早上五点开始的。"

"你必须来,妈妈。"

"我知道很用心地教他们……"

"我跟你说过了,和这无关!"

"我们老师说你不能对大人大吼大叫。"艾丽说。她正坐在我对面吃着三明治,"新学校里的孩子几乎都不说话的。"

"这太糟糕了,艾丽。"妈妈说,"但我和马克斯正在说悄悄话。"

"我们老师说了,说悄悄话不好。"艾丽说,"我们整天都在安静地工作。"

妈妈哀伤地凝视着她。

"其实也没那么糟。"艾丽说,"学校里有各种各样的颜色和建筑。"

我在她要开始讲这些令人感到寂寞的细节前打断她:"我想让

你来,妈妈,我需要确认这些不是我想象出来的。"

她叹了口气:"比赛要比多长时间?"

"一个半小时,你可以赶上比赛尾声。"

她思考着损失的金钱和睡眠时间。

"求求你了。"我央求道,"我什么时候这样求过你?"

她想了想,诧异地说:"从来没有。"

初中部为了勇士队的第一次比赛搭了露天看台,上面坐满了学生,都穿着制服,他们一排排地坐好,间隔整齐。

十多个家长站在边线上,絮絮叨叨地念着即将落下的雨。爸爸们皱着眉,手背在身后来回踱步,肚子松松垮垮地挂在聚酯纤维材料的裤子上,妈妈们则把裤子的弹性撑到极限,跟便秘似的眯缝着眼睛,看着球场。

酋长队是坐着大巴车从西南区来的,他们并不比勇士队高大,但红橙相间的制服看起来很高级,阳光穿过云层照射下来,照在身上闪着光芒。

亨德里克斯先生摇了摇头:"他们的新教学计划进度比咱们落后,打不赢了。"

勇士队跑操场热身的时候经过我身边,我对他们大喊:"慢点跑,弗兰基,保留体力!没错,芝加哥,脚抬高点!"

亨德里克斯对我翻了翻白眼。

"萨芙蓉呢?"我问道。

他指着露天看台,萨芙蓉坐在最上面一排的末端,看着她的队友绕着球场慢跑。

"她骨折了？"

"她退出球队了。"他告诉我，"这样也好，男孩们那样冲撞她，感觉不太好。"

我惊讶地张大嘴，挥舞手臂，好像是手自己要做出动作回应似的。我对亨德里克斯不抱任何希望，自己直接跑上露天看台。

萨芙蓉礼貌地看着我："嗨，你好吗？"

"为什么要退出球队？"我喊道。

"女生需要有自己的球队，才能充分表现自己，我已经厌倦了和男生在一个队伍里争来抢去。"

"但你能把他们打到毫无还手之力。学校有女子橄榄球队吗？"

她摇了摇头。

"去换你的球衣。"

她看着球场，又抬头看我，摇头道："这个球队里没有女生的位置。"

"是教练跟你说的吗？"

她皱了皱眉，说："忘记是谁跟我说的了。"

"你是队里最棒的球员，萨芙蓉，他们需要你。"

"这场谈话真令人不快。"她转向她的朋友——一个穿着白色毛衣、别着紫色发夹、身形小巧的黑人女孩。

"如果一个女孩和男孩的对话令她感到不快，就没必要再进行下去了。"她的朋友说。

最后一排的每个学生都点头，等着我离开。他们有相同的眼神、相同的语言、相同的思想。我浑身颤抖，几乎要跌下看台。

教练召集队伍，比赛开始了。

可怕的乖孩子

亨德里克斯先生说得没错，勇士队毫无赢球的希望。酋长队并不比他们高大，速度也不比他们更快，但他们的优势是没变成僵尸。他们在边线上跳着、叫着："加油，马蒂！冲！冲！冲！"他们就算没有机会擒抱成功，也会飞身去做；他们抱着球跑，像要摆脱挥舞长矛的食人族一样；得分时大家会高兴地大吼大叫，跳起来彼此冲撞。

勇士队站在边线旁，喊着词不达意的老套台词："干得好！我们是最棒的！"他们只在有机会擒抱时才会扑过去，带球跑的动作就像慢跑到学校一样，他们得分时只会优雅地拍手，拍、拍、拍、停、拍、拍、拍，但也只拍了那么一次。

妈妈来晚了，独自站在远离其他家长的另一边，又紧张又不自在。艾丽站在她身旁，像个机械娃娃，等着有人上紧发条。

"你知道我想说什么了吧？"我问道。

"你们那支队伍不是很强啊。"妈妈说。

"不强？妈妈，你看看他们。他们很奇怪，大家都很奇怪。现在连八年级也出问题了。"

芝加哥带球跑，但他失球了，一名酋长队选手扑到球上。芝加哥微笑了一下，挥了挥手。

"看见了吗？"我说，"他丢了球却毫不在意，没有愤怒，也不觉得羞愧。你该看看这个孩子两周前的样子，他原本是个爱吹牛的小混混，自尊心比球场还大。但现在他跟个机器人似的，他们全都是机器人。"

"他们和我们学校的人一样。"艾丽说，她把泰迪熊紧紧抱在胸前，"他们都慢吞吞的。"

妈妈皱了皱眉，说："他们和另外那队跑得差不多快。"

"是内在，"艾丽轻声说道，"他们内部有什么东西慢下来了。"

"他们有点安静。"妈妈说。

"你好，卡瑞娜！"一个体态壮硕的白人太太边喊边走了过来，她面带微笑，气喘吁吁。"我想应该是你。"

"琳达·麦克米兰！好久不见，"妈妈说，"马克斯，这是琳达，以前我们一起在马诺尔高地工作，还有你爸爸。"

我不记得我曾经见过琳达，她令人印象深刻，不是见了就会轻易忘记的人。她差不多有五百磅重，浑身肥肉。

"这周简直是人生中最棒的一周了，是吧？"她喊道，"看看这些孩子，他们有多乖！我对新教学计划真是充满感激。"

"新教学计划？"妈妈重复了一遍。

"新教育支持办法。"琳达看着艾丽说，"她应该是在开学第一周做的，上一年级，是吧？"

妈妈张了张嘴，似乎想说点什么，但随后又紧紧闭上了嘴，一只手搭在艾丽肩上。

"年级越小，效果越明显。"琳达说，"高年级的孩子身上比较难看出来，但等你收到成绩单，就能看出差别了。"她上下打量我一番，冷哼一声："你是个健壮的八年级生，应该上场打球。"接着她朝妈妈晃了晃手指，"我记得你说他很调皮，现在一切都过去了，你一定很开心吧。他现在表现得怎么样？"

"马克斯表现得很好。"妈妈温柔地说。

"乌云变黑得好快，要变天了，希望不会因为下雨而停赛。虽然草地需要雨水的浸润。"琳达说，"看见球场那边那幅乱糟糟的画了吗？颜料就这么直接冲到地上了，这实在不好，不知道他们为什么不

可怕的乖孩子

粉刷一下，直接把画盖住，现在一桶油漆也没多少钱。"她对着音乐教室摇了摇头，嘴里嘟囔着："等这个月他们对高中生也实施了新教学计划后，就再也不会看到这样的涂鸦了。感谢上帝，这些孩子简直要失控了。"

一个胖胖的黑人太太扬扬自得地朝我们走了过来，她伸出手和妈妈握了一下，自我介绍说："我是丹妮斯·阿特金斯，在学校工作，感谢你们专程前来。"她对我和艾丽点了点头，"带两个孩子压力挺大的吧，你以前都是怎么管教他们的？"

妈妈耸了耸肩："他们也没惹多大麻烦。"

"我相信他们现在肯定不会再惹麻烦了。"丹妮斯说，"你不会相信我这学期接到多少电话，许多家庭终于幸福快乐了，没有了无休止的争吵，没有了粗暴的顶撞，不会再为写作业而吵架，也不会再有谎言。"

"更重要的是，不用担心他们的未来。"琳达补充道，"在新的班级规模中，每一分钟都很重要。我可不希望我的孩子因为上课捣乱浪费时间而导致成绩下降。"

"我家萨芙蓉天资卓越。"丹妮斯说，"旧制度埋没了她的天分。"

"你是萨芙蓉的妈妈？"我惊呼。

丹妮斯和琳达转过来看着我，仿佛我称呼她们为肥胖的母牛一样。

"她是个优秀的橄榄球选手。"我补充。

"你注意到有什么副作用了吗？"琳达一边问一边打量我，"有些注射了药物的孩子会产生困惑等副作用，会像这样突然暴发，就像在马诺尔高地一样。"

"什么副作用？"妈妈问道。

琳达和丹妮斯对视了一眼，"你没参加家长委员会吗？"琳达问。

妈妈摇头："今年没去，我连会议记录都还没看呢。"

"那你也不知道激励领导？"丹妮斯倒吸一口凉气。

妈妈还是摇头。

"亲爱的，你必须知道这些。"琳达喊道，"家长的参与对计划的成功是必不可少的，我们不能给孩子矛盾的信息。"

"几周前你就该读指导原则了。"丹妮斯冷笑着说，"不能忽视这种副作用。"

琳达拍了拍她的肩膀，说："丹妮斯，他这周才刚做完。男孩子有太多东西需要摄入。"她转身看着妈妈说："上周他们给七年级学生注射了，芝加哥刚开始有些副作用，但他现在很好，简直太好了。"她指着芝加哥，他在一排僵尸里站得像只僵尸。"他是队上最优秀的队员。"

我扑哧一声笑了出来。在她们面前嗤笑很愚蠢，我知道很蠢，于是马上就后悔了，但我不可能装没听见。

两个肥婆的脸上浮现出猜疑和厌恶。

我挠着鼻子又咳嗽又哼唧，仿佛我呼吸窘迫，直到她们不再盯着我看。

"新教学计划挽救了芝加哥。"琳达说，"他以前从不守时，总要拖到最后一刻才写作业，而且爱在班上瞎捣乱，不过现在一切都改变了。"

丹妮斯十分彻底地审视着我，仔细观察我的脸和手臂，甚至绕到我背后看了一眼，仿佛我是她买来干活的奴隶。"你不去打橄榄球？"她问，"我刚才看见你和教练在说话，你为什么没上场，或是和同学

可怕的乖孩子

们一起坐在看台上观战？"

妈妈把我搭在我肩上，就像她刚才搭在艾丽肩上一样，"我喜欢把孩子留在身边。"

琳达笑了："我们有很多共同点，卡瑞娜。碰到与儿子有关的事我也会变得温柔。"她的视线绕过球场，边点头边说道："他接受注射的时候我也在场，为他高兴，我知道事情顺利完成了，这很重要。另外，这对我来说也是一笔额外收入，今年夏天我被医院开除了，大多数时候我们都只能靠一个人的收入过活。"她伸出一只手在空中挥舞了一下，又补充一句，"抱歉，亲爱的，我说话太不经大脑了，你靠一个人的薪水养活全家已经有一阵子了。"

妈妈点了点头。

"你应该来和我一起注射疫苗！"琳达咧嘴一笑，仿佛在筹划花园派对，"我一直跟他们说我需要助手，他们同意了。"

"我三点才下班。"妈妈说。

琳达耸了耸肩："时间上不一定，有时候注射疫苗的时间会安排在放学后。我明天工作时再确认一下。"

"谢谢你。"妈妈回答。她的站姿僵硬又笨拙，她牢牢地抓着我和艾丽。当雷声在遥远的天边隆隆作响时，她死命地抓住我们，弄得我们隐隐作痛。

"比赛输了，"我在 RIG 上告诉达拉斯，"他们很没用。"

"你根本不用操心这些。"

"你应该来的。"我向他描述了那两个肥婆以及她们对妈妈说的话，这一切与那些对我们喊着"你们不是这儿的"的僵尸小孩高度吻合。

他大笑:"她们以为你是八年级学生?"

"重点不是这个。"

"重点是什么?肝炎疫苗能让孩子变成僵尸?听起来你是这个意思。"

"我就是这个意思。"

他摇了摇头,说:"你疯了,马克斯,她们为什么这么做?我们是他们的孩子,我们是国家的未来。"

"大概这个国家未来需要许多奴隶。"

达拉斯大笑,接着从屏幕中消失了。

7

周一早上,我们接到两项通知:第一,下周五的万圣节舞会我们可以化装出席;第二,午餐时间将接受疫苗注射,今天是九年级,明天是十年级。格拉罕先生出现在屏幕上,"午餐时间你们不能离开校园,任何理由都不行。"

"他们是认真的。"达拉斯低声说。

"我明天不想上学了。"我说。

"怕他们把你变成僵尸?"达拉斯嘲讽道。他伸出舌头,张开双臂,对我翻着白眼,但我一点也不觉得好笑。

我们偷偷溜出去吃午餐——经过化学实验室,穿过停车场,再横跨过橄榄球场,避免让监视器拍到脸。之后我们在溜冰公园吃饭,呼哧呼哧地吃着软绵绵的面条,两个十二年级的完美小孩正在为他们漂亮的女朋友表演滑板特技。

"我十三岁以后就没再玩过滑板了。"达拉斯的口气好像在说十年前的事。

其中一个人滑上圆形溜冰场,快速旋转后坠落,然后后仰着摔在人行道上。他脱下鞋子,用双手扭了扭脚踝。

"我能滑得比他好。"达拉斯说。

另一个人走到栏杆边亲吻他的女朋友,他一只手放到她脖子后面,另一只手转着滑板的轮子。

"也许比不过他。"达拉斯加了一句。

我很想告诉他我吻了佩珀,但我怕他告诉我他们整个学期都睡在一起。

他用手肘撞我:"还记得那次你玩奥斯丁的滑板吗?"他发出救护车般的悲鸣声,放声大笑。

"带轮子的东西我不在行。"我承认。

那个差劲的滑板玩家又摔到人行道上了,他揉了揉屁股,歇斯底里地笑了出来,然后躺在水泥地上点了根烟,对着冰蓝色的天空吐烟圈。

"你选择什么样的死法?"达拉斯问,"被火烧死还是在冰冷的水里淹死?"

"火!另外,我觉得这两个没有可比性。"

"火?你疯了吗?没人选择火。"

我耸了耸肩:"我讨厌寒冷。"

"被火烧死或是在热水浴缸里淹死呢?"

"热水浴缸。"

"好吧,要回去吗?"

"还没。"我拍了张滑板男孩和女朋友的照片,他的手放在她口袋里,她的红色头发在空中飞扬,枯黄的叶子飘落在他们身边。

达拉斯抢过我的 RIG,浏览我的相册,画面停在音乐教室墙上的那张涂鸦上,他冷哼一声,"我不相信你会这么做。"

"那幅画很赞。"

"我说的不是那幅画,你的行为是偷窃,颜料是从学校偷来的,"

可怕的乖孩子

他举起双手仿佛对着天空发问,"孩子们今年上美术课干什么?没事干,因为马克斯把颜料偷走了。"他看着我摇了摇头,"如果你来跟我说,我会给你买的。你拿这些颜料做什么?"

"用在我的艺术展上。"

"你拿了五十块颜料饼,马克斯,你的作品需要多少颜料?"

"我有一幅巨大的画布,我妈在军需用品店找到一个旧的军用帐篷,有个住停车场的人会帮我剪裁好并且拉直。"

"你要画一个帐篷吗?"他对此嗤之以鼻,四处寻觅可以一起嘲弄我的对象。

一个沉默的灰色帐篷跃然眼前:方形帆布墙,平的屋顶,紧闭的门帘遮住内部构造。"我要把它裁成画布,不过或许不该裁。"我看见帐篷四壁因为涂鸦熠熠生辉——零碎的标签、令人惊叹的喷漆,还有一些暂时想不到的杰作。我站起来踱着步子走来走去,对着达拉斯比比画画,"这是一个代表学校的作品,现在我有足够的颜料能画满内壁的四面墙。"

他摇摇头,"你知道这些颜料该何去何从。"

"不行。还回去的话我可能会被人发现,还可能因为这种事被退学。"

"你就该因为这事儿被退学。"

本来还想跟他争辩,但我眼前的景象令我兴奋异常。

"走吧。"他嘟囔着。他仍然不看我的眼睛,但至少不再摇头了。

我们闷闷不乐地回了学校,还迟到了。铃声响起时被校长逮个正着,"留校察看!"他喊道,"康纳斯!理查蒙德!下午三点半到留校察看室集合！"他只说了这几句，他之所以能胜任校长的工作，靠的就是能记住别人姓名的超能力。

利兹先生正在休抑郁假，每周一次，不能来给我们上历史课，代课老师是我最不喜欢的沃顿先生，我们都觉得他是狼人，他的体毛非常浓密，从后颈、手臂、颊骨到脚趾，活像一张毛毯。"哟，够开心的啊。"我和达拉斯进教室时他说道。去年圣诞节的时候我们送他一把刮胡刀，令他难以忘怀。

我坐在佩珀的空座位后面。

"佩珀练舞时弄伤了脚踝。"泽维尔告诉我，"她爸爸来接她，送她去医院了。"

"真的？"

他点点头："我看见他了，是个光头。"

"黑人还是白人？"

"半黑不白的。"

"光头是剃的还是天然秃？"

"留校察看！"狼人对我大吼。"还有你！"他告诉泽维尔，"三点半到蓝色教室，原因是上课聊天。"

"我还没被留校察看过。"泽维尔说。

"那今天就是第一次了。"狼人咆哮。

我一副天要塌了的样子，忙不迭地请求，抱怨说如果我没去练橄榄球，就会被踢出球队，一旦我被球队踢了，女朋友就会和我分手，我的青春期就全毁了。最后狼人终于让步，叫我闭嘴，"好吧，"他说，"但接下来要保持安静。"

"真的吗？"我从椅子上跳起来叫道，"谢谢你，太感谢了，沃

可怕的乖孩子

顿先生。"接着我坐回位置上说道:"不对,等等,我已经因为迟到被留校察看了,不过还是谢谢你。"

全班哄堂大笑,狼人气得脸都紫了。"你很努力了。"我告诉他。

达拉斯大笑,笑声跟巫婆一样。

狼人转身看向他:"留校察看!"

"但是——"

"不用再说了!"

"但我已经被留校察看了。"达拉斯尖声呼喊。

全班跟着他一起笑了。

"你们很快就笑不出来了。"狼人咆哮。

达拉斯和我默默地哼了起来。

留校察看室里散播着《畸形秀》的八卦,孩子们在椅子上转来转去、把脚伸到走道上、抱着椅背和隔壁的人聊天。教导老师还没来,估计是还在休息室里抽烟吧。

泽维尔坐在我前面,沉迷于 RIG,他黑进黑板系统修改科学成绩,"我应该得 A 的。"他辩解道。

忍不了他。

教导老师终于出现了,我哀号一声,怎么又是狼人。他点名时,我高声回答,他叫我闭嘴。整理好在座的学生名单,他在过道来回踱步,然后一屁股坐在我桌子上,得意扬扬地笑着对我和坐在我后面的达拉斯说:"等会儿有个小礼物要给你们,你们父母一定会很感激的。"

"什么类型的礼物?"泽维尔问道,"所有人都有,还是只有马克斯有?"

狼人窃笑着走到教室前方宣布:"你们的同学明天才开始接种疫苗,但你们可以提前。我们知道有些常被留校察看的人会在午餐时间偷溜,我们不希望这些人错过接种。"

"真是的,"我咕哝着看向达拉斯,他对我的忧虑嗤之以鼻,还翻了个白眼。"老师,我不想接种什么疫苗。"我说。

狼人挑了挑他的眉毛:"这对你确实是件坏事。"

我开始冒汗,打算逃跑,但格拉罕先生顶着个秃头挡在了门口。

他和狼人握了握爪子,之后开始发言:"你们都知道接种疫苗的程序。一共两针,每只胳膊一针,疫苗不会影响你们写作业的能力,所以请对护士礼貌一点。"

他朝走廊看了一眼,示意琳达进来——就是初中部橄榄球比赛时遇到的那个白人太太。她走进来,穿着一件粉色化纤衬衫,大小和款式都跟烤肉炉外罩的一样。一个不锈钢推车跟在她身后被人推了进来,车上堆满了棕色小瓶子、注射针筒、无菌针头、一沓沓纱布、大块方形绷带等。推车的一个轮子卡住了,拖过瓷砖地板时发出了沙沙声。

我抬头看那个推车的黑人太太,心头一震,是我妈妈,她盯着地板,仿佛不认识任何人。

"喂,马克斯——"泽维尔说。

"不许说话!"格拉罕先生制止了他,"让我们赶紧安静地打完吧,如果有人随便说话,沃顿先生会将他们列入明天的留校察看名单,你们不想打两次吧。"他咯咯地笑了,狼人冷哼一声,琳达则笑得像个小丑,妈妈低头看着托盘,像个奴隶一样卑微。

狼人把校长送到门口,等他离开之后关上门,靠在门上,像个警卫一样。

可怕的乖孩子

门闩咔嚓锁上时，妈妈抬头盯着我看。搞不懂啊，我完全猜不出她想表达什么，跑？留下？再见？我不知道。她忧心忡忡，双唇紧闭，脸上肌肉紧绷。

"好了，孩子们，"琳达说，"请把外套脱掉，把袖子卷起来。针会打在上臂，我们一人打一边。"她对妈妈微笑着说："你打右边好吗？"

妈妈选了一个棕色的小瓶，她拿起针筒，装上针头，拔掉安全塑胶套，针筒里吸满了某种药物，鬼知道是什么药。她把针筒举到空中的模样就像我的理发师拿着剪刀的样子，她低头看着坐在第一排的男生——叫麦克还是马丁来着，他和我，还有泽维尔是越野跑的队友。他伸出手臂，收缩肌肉，对妈妈眨了眨眼。

"你很迫切啊，"琳达脸上挂着大大的笑容，"卡瑞娜，你拿的什么？抑制剂？那我打肝炎疫苗。"

妈妈毫无表情地点了点头，我怀疑她是不是在走廊上先给自己打了一针。

她把温度计伸进那个男孩的耳朵里，看了度数之后点了点头。

"不会很痛的。"琳达说，"现在的针很细了，你们该看看我妈那个年代的针，粗得跟铅笔似的！你们现在还用铅笔吗？"她捏起那个孩子的皮肤，猛的一针戳进去，一点儿也不温柔，难怪会被敬老院解雇，那里的老人都瘦得皮包骨头，估计她每次都扎到人家骨头。

妈妈戴着手套的两只手指放在那个男孩瘦长的右臂上，接着将针头瞄准手指之间的空隙。她倾身靠近他，在打针之前轻声说了句什么。

我看着针筒里的液体被推进他的肌肉，知道他要变成僵尸了。我想着他以前的样子，他再也回不去了。

妈妈把针头抽出来，然后在扎针的地方覆上一小块纱布，"请按住纱布。"她伸手拿了一大块方形绷带，撕掉包装，拿掉衬纸，检查纱布上的出血量，然后细心地把绷带固定在那个男孩的手臂上。

"纱布和绷带要保持一周。"琳达宣布，"这不是创可贴，是疗程的一部分，如果你撕掉了，会生病的。不用担心，洗澡也可以戴着，接下来几天你们的父母会收到一些指导。"

我僵硬地坐着，像块石头。我看着妈妈走向一排排的学生，沙沙的推车声越来越近了。

"当然了，被留校察看也不代表你是个坏孩子。"琳达絮絮叨叨地说，"只是说明你做了件错事，而且没有逃避惩罚。"

当她们距离我两桌远时，我听见妈妈在每个孩子耳边喃喃低语："抱歉。"

我开始浑身颤抖，想起身离开，但又不能在所有同学面前离开，不能在监视器下，还有狼人和妈妈面前离开。

泽维尔坐在我前面，仍旧盯着他的 RIG。妈妈看到他的时候倒吸一口凉气，他抬起头微笑着说："你好，康纳斯太太。"

她缓慢地深呼吸："你好，泽维尔，你今天觉得怎么样？"

"我很好。"

"哇，天啊，你长得好帅！"琳达问，"你几岁了？十八岁？二十五岁？你应该被贴在大学宿舍的海报上，那才是你该待的地方。"她大笑着看着妈妈，"我知道这年头的孩子都挺好看的，但这个男孩与众不同，你觉得呢？"

妈妈把手搭在泽维尔肩上，说："他是个英俊的男孩。"

泽维尔害羞地朝妈妈笑了一下，不知道说什么好。

可怕的乖孩子

温度计的声音响起,她摇了摇头:"他有点发烧,我们应该等他康复了再打。"

琳达黑了脸,越过泽维尔的桌子,从妈妈手上抢过温度计看了看,然后摇头晃脑地嘟哝着:"只在发烧边缘,无论如何还是要打的。"她把针头扎进了泽维尔的左臂。

妈妈盯着手里的针头,咽了咽口水,试着笑着说:"我觉得最好再等等,我知道他还在服用其他药物,也许会有排斥反应,而且他正在发烧。"

"我们必须赶紧打完。"琳达说,"别让我后悔给你介绍工作。"

妈妈叹了口气,咬住下唇,看着泽维尔天使般的脸蛋,问:"亲爱的,你服用了什么其他药物?"

琳达怒气冲冲地哼了一声,试图从泽维尔的椅子后面挤过去,但没成功。她踏着重重的步伐绕到我的桌子后面,从另一侧过去,肥肥的鞋子在地板上发出嘎吱嘎吱的响声,她从妈妈手里夺过针筒,一把扎进泽维尔的右臂。

"嗷!"泽维尔喊道。

"别!"妈妈哀叹了一声。

琳达怒气未消,她猛地拔出针头说:"这就是犹豫的结果。"然后她递给妈妈一块纱布,"我们来这里是为了给这些孩子打针,要替他们打针,现在我们得加快速度了。"

妈妈在泽维尔的手臂上按压纱布,轻柔地抚摸,让纱布和他的皮肤紧密贴合。

"谢谢你,康纳斯太太。"他说。

接着她转向我,露出爸爸葬礼之后我所见过的最哀伤的表情:

"嗨,马克斯。"她的声音温柔得像个小女孩。

"天啊!"琳达大喊,"这不是你儿子吗!他在这所学校!"

所有的孩子转过头来,紧张地看着我妈为我吸满一管针。

琳达大笑,手臂在空中一挥,说道:"难怪他那天在球场上行为古怪!谢天谢地!打完针你会看到他的变化的,你会爱上他的。"

妈妈把温度计插进我的耳朵,感觉特别猥琐,于是我往后缩了一下,避开了她。她倾身靠近我的桌子,身上有乳胶和毒素的味道,"谢谢你和我解释这些,"她告诉琳达,"我也很高兴能在这儿做这份工作。"

"不用客气,"琳达看着针筒说,"这就是我们在这里工作的原因。"

妈妈读着体温计,点了点头。

"妈妈——"我开始哀求。

她死死地掐着我的手臂,扭动旋转,指甲深深地陷进我的皮肤:"安静点,马克斯!"

我觉得自己像个六岁小孩。

她把戴着手套的手指放在我右臂上:"有我在这里,你会变得不同的。"

我张了张嘴想说话,但什么都说不出来,连气都不会吐了。

她靠近我轻声说:"什么都别说。"

"妈,不要——"

"嘘。"

琳达把针头猛地扎进我的左臂。

"不痛的,对吧?"妈温柔地问道。我抬头看看她,她微微一笑。"痛吗,马克斯?我尽量轻一点。"

可怕的乖孩子

我的右臂并没有被打针，皮肤上有种又冰又湿的感觉，但没有刺穿感，我看见妈妈用手盖住针筒，看不到她在做什么，一股刺鼻的化学用品的臭味蔓延开来。

"马上就好了。"她说。

她把纱布按在我的手臂上，拉住我的手，将我的手指放在那一小块白纱布上，"固定住纱布。"她把针头扔到垃圾桶里，针筒放在白色桌布上，里面是空的。她又从袋子里拿出一块绷带，撕掉包装，固定在我的手臂上。"好了。"她说，"一点也不痛，是吧？"

我不知如何作答。

妈妈转过头看着坐在我旁边的达拉斯："你是下一个。"

"我绕到另一边去，"琳达说，"你待在原地，注射左边，我不介意绕道过去。"她气喘吁吁地从我身后走过去，高跟鞋不断地敲击着地板，"剩下最后一排，还有四个人，我们可以在四点半以前打完，但不用担心，会给我们按整点算钱的。"

妈妈迅速拿起一根新的针，插进药瓶里，我看到针筒吸满了浅色的僵尸药，她放下药瓶，将针筒举高。

"妈妈，你别——"

"够了，马克斯。"妈妈小声呵斥我。

同学们都盯着我看，仿佛我是个怪物。

"小点声。"狼人提醒道。

"他怕打针吗？"琳达问。

"是的，但这次不用害怕。"妈妈说完转向达拉斯，问道："准备好了吗？"

达拉斯露出微笑，仿佛妈妈要买冰激凌给他吃。

我埋头趴在桌子上,好看清楚他手臂的状况。妈妈用左手手掌盖住针头,我看不见那下面的动作,她的右手大拇指慢慢地推着针筒,看起来像是真的给他打了一针,我的心狂跳不止,仿佛血液过于浓稠,冲不过心脏瓣膜似的。

"哎哟!"达拉斯大叫。他抬头看着琳达,她刚给他的另一只手打了一针。

"像你这么高大威猛的男孩子竟然怕小小的一根针?"琳达喊着,"我倒是好奇还有什么东西能穿透你的肌肉,硬得像石头一样。"

"马上就好了。"妈妈温柔地说。

达拉斯看着她微笑,似乎是想搞清楚她到底在做什么。

"好了。"她边说边往达拉斯的手臂上按压纱布。

达拉斯想开口说话,但妈妈说:"别说话,好好休息,把纱布按好。"

她把针头轻轻地弹进垃圾桶,从袋子里拿出另一块绷带,我向后伸了伸懒腰,快速但清晰地看到达拉斯的手臂没有痕迹、没有针眼,只有一片潮湿。

妈妈压了压绷带,拍拍他的肩说:"都好了。"

她沿着桌子往前走,边走边向所有人低声说:"对不起。"除了我和达拉斯。

当她走到泰勒·威尔金斯的桌子旁边时,和他打了招呼:"嗨,泰勒。"她面带忧伤,看着桌子对面的琳达,但她懒得开口。

"天哪,孩子,你身上全是烟味。"琳达唠叨着,"你知道烟里面有多少毒素吗?"她看着妈妈,脸上笑容褪去,"拜托,又怎么了,他也发烧吗?"

"不,但是——"

可怕的乖孩子

"那就打吧,卡瑞娜。我们必须给所有人打完。"

妈妈看着泰勒丑陋的脸,说:"抱歉,泰勒。"

他大笑,一手滑过他刺青的手臂,"没关系,我不怕打针。"

我看着针刺入他的肌肤。

看着泰勒变成僵尸,我并不觉得难受,但我想有人也会这么说我。

All Good Children

好孩子街上有间可爱的小房子
我的心被它温柔地拴住了
那里有悦耳的交谈声和轻快的脚步声
谱出嬉戏时最美妙的乐曲
在那里,爱的光辉照亮每张脸

可爱的小孩玩耍嬉戏
拿着洋娃娃、陀螺和小鼓
他们嬉闹、奔跑、大喊大叫
上床睡觉的时刻总是稍纵即逝
喔,小孩们住在好孩子街的时光
多么美好,稍纵即逝

——尤金·菲尔德,童年的情歌《好孩子街》

PART TWO ADJUSTMENT
第二部分
调整

8

妈妈坐在床上,抱着自己的膝盖,身体缩得小小的,像个孩子。晚餐时间她穿着睡衣,艾丽在客厅边吃三明治边看动画片。

"你是怎么知道的?"我问。

妈妈抽了抽鼻子,耸耸肩,说:"孩子被留校察看,家长都会接到通知。"

"我说你是怎么知道药的事的?"

"哦,琳达打电话告诉我的,我认得药名。"

"是什么?"

"一种我们在敬老院使用的药物的衍生药。"

"用在谁身上?"

她耸了耸肩,或者是在颤抖,我分不清,"每个人。"

"每个人。"我重复了一次。我靠近艾丽的梳妆台,把她的塑料玩具娃娃玩得嘎嘎作响,娃娃们向侧面倒下,头朝后仰着,双腿张开,脸上带着微笑。

"不是你想的那样。"妈妈说,"我们的病人身处痛苦中,他们孤独又无聊,有反社会倾向,这些药是用来治疗情绪障碍的。"

"伊莱恩没有反社会倾向。"我想起三年前和班上同学一起踏入敬老院，伊莱恩在一排瘫在折叠椅上的老人当中，她跳起来大声叫道："哦，上帝啊！世上还有活蹦乱跳的孩子！"

"她没有失常，她是大家的开心果。"我告诉妈妈。

妈妈盯着我，咬着嘴唇。

"我猜她再也不是开心果了。"我说。

妈妈的脸色沉了下去，怒气冲冲地说："这些药能帮助病人们应付生活，马克斯。"

"所有人吗？你怎么能对所有人下药？他们多数人根本没病，只是老了。"

"马克斯，我无法为他们创造快乐的生活，无法让他们的孩子来看望他们，无法为他们找到工作，也无法让他们觉得自己很重要。我只能喂他们吃饭，替他们洗澡，给他们打针。"

"他们主动要求注射了吗？"

"在我每十小时值班的过程中，我要管七十二个病人！我只能分给每个人八分钟，其余的九小时五十二分钟他们都没人管。记得你上次来的时候是什么情况吗？以前他们只是躺在那里哭泣，但现在情况完全不一样了，他们吃得好，乐于参与社交活动，还会做运动，也有自己的嗜好。"

"我敢说他们排队也排得很整齐。"

"他们现在活得很开心，马克斯。"

"他们不开心，妈。他们只是不再哭泣了。"

"你不懂。"

"对，我是不懂，但如果你认为这没有错，为什么不给我一针？"

她愕然地张大嘴巴，情绪激动起来："这不是给孩子打的，这是

可怕的乖孩子

给生命中一无所有的人的,给孩子打针是错误的。"

"但你已经给孩子打了!"我提醒她,"你为什么不报警?你为什么不阻止他们?"

她眯着眼看看我,说:"这不触犯法律,学校有权治疗那些问题学生。"

"他们并不全有问题。"

"当然有问题,马克斯,每个人都有问题,大家都有进步的空间——这是你自己告诉我的。以前只是没有这么大规模地执行。"

"为什么不带我们离开?"

"带谁离开?我不可能被允许带着你的朋友离开,我甚至怀疑我能不能被允许带着你离开。"

"就算不被允许,我们还是得走。"

"然后怎么安置你们?你和艾丽会没学可上的。琳达说,职校学生也已经打过了,你们无处可去。"

"带我们去别的城市。"

"靠什么活下去?你没毕业怎么找工作?马克斯,你知道外面的世界是什么样的吗?我能有份工作已经很幸运了。"

"你的工作就是违反别人的意愿给人打药。"

"别说了!今天我已经尽力了。"她不再看我,把头埋进膝盖里。

"你怎么骗过去的?"我问她。

她从乱糟糟的床头抓起一张脏兮兮的纸巾,一层层翻开,露出一块染了污渍的海绵,"我害怕把这东西用在泽维尔身上。我不知道它能吸附多少,我只带了两块,给你和达拉斯。"她叹了口气,努力把回忆甩掉。

"纱布里是什么?"

"雌性激素。"

"雌性激素？不会吧？我胸部会变大吗？"

"我觉得应该不会。"

"你觉得应该不会？"

"那只有一个月的量，但你必须戴三个月。"

"三个月？琳达说纱布和绷带只要贴一周就行。"

"那是谎言。"

"为什么？时间一到大家就会撕掉，这样安全吗？"

"他们的父母会叫他们继续戴着，别担心，纱布是疗程的一部分，用来平衡注射的副作用。"

"如果他们撕掉会得病吗？"

妈妈叹了口气："马克斯，他们不会撕掉的。从明天或者后天开始，他们全都会变成听话的孩子。"

我挠了挠头，看着天花板，绞尽脑汁地想找点话题。艾丽正在客厅唱歌，"A——我的名字是艾丽，我丈夫的名字是阿诺德，我们住在阿肯色州，我们卖苹果！"

"三个月后会给你发新的一片纱布。"妈妈告诉我，"记得撕掉它，把空的雌性激素纱布贴回去。"

我望着天花板点点头。

"接着在六个月时，会再给你打一针。"她告诉我。

我惊讶地看着她："到底还要打多少针？"

"药是一样的，那是另一剂。"

"所以说药效会消退？那泽维尔还有机会恢复吗？"

她耸了耸肩，说："我想是的。敬老院的病人打的是持续两年的

可怕的乖孩子

缓释型药剂，但琳达说他们给孩子减轻了药量。"

"琳达六个月后还会再来我们班给大家打针？"

妈点了点头："我会尽量到场。"

我抓起艾丽的两个洋娃娃丢她，她很惊讶，尖声惊叫，艾丽的歌声停了下来。"要不你就别来了！"我大喊，"我转学去别的学校怎么样？你也另找一份工作吧！"

妈妈捡起一个洋娃娃，整理好娃娃的衣服和头发："只要我还扛得住，我就不会带你和艾丽离开，新米道尔镇是世界上最安全的城市。"

我走向床边，看着她的脸，说："你来我的学校，给人打药，让他们变成听话的僵尸，我不觉得这叫安全。"

她低下头，咬着下唇，说："我感到很抱歉，马克斯，但我希望你在重点学校念书到毕业，这样我们之后的生活会容易得多。我可以亲自给你打针，没人会知道。"

"其他人呢？"

"他们最终都会没事的，他们只是会对功课更专注而已。"她放下娃娃，挺直身体，"所有人都说这是为孩子们好，也许这种新的衍生药——"

"想都不要想。"我打断她，"我看过其他学校注射后的结果，我不想变成他们那样。"

"好吧，我知道了，我也不希望你变成那样。"她握住我的手，但我后退了一步躲开了。"你必须假装接受注射。你不只要努力伪装，还要在学校里好好表现，你的行为必须和其他人一样。"

我记得几周前艾丽在学校外面说过一样的话。

"我已经和艾丽说过了。"妈妈,仿佛她会读心术。"她表现得非常好,没人注意到。但是你,马克斯……"她看着我的眼睛耸了耸肩,"你必须乖乖的。"

"我必须乖乖的?"我重复一遍,"乖乖的?"

"你懂我的意思,你必须学会服从,你的老师会紧盯着你的。"

"所以老师们都知道这是怎么回事?"

她看着我,仿佛我是个迷路的孩子:"所有人都知道,马克斯,这是学校的政策,他们都计划好几个月了。对效果不明显的人,他们会加大注射剂量。"

"你们在敬老院也是这么做的吗?"

她忽略了我的问题:"告诉达拉斯别跟他哥打架,阿灵顿会盯着的。奥斯丁再过一两周也要打针了。"

"十二年级的也要打?"

"所有人都要打针,马克斯,每个人都要打。"

"每个人。"我重复了一遍,对她感到深深的厌恶。

塞莱斯特晚饭后带来一盒面部彩妆,她穿着白色羊毛袜,紧身的蓝色毛衣垂到膝盖,她把头发梳到后面,系了一条米色围裙。"你的肤色比孩子们黑很多,这个颜色对你来说有点太浅了。"她一边在妈妈脸上涂脂抹粉一边说:"不过就你这个年纪来说,你皮肤真好。"

"谢谢你,亲爱的,你弟弟好吗?"

"泽维尔?他很好,事实上他已经睡着了,趴在桌子上睡的,跑完越野之后太累了吧。"

妈妈皱着眉头,耸了耸肩,在塞莱斯特为她抹上两种更深颜色的粉底时沉默片刻。她脸上出现了若隐若现的细纹，就像褪了色的部落纹饰。"希望他没事。"她轻声说。

"泽维尔？"塞莱斯特回答，"他没别的事，就是累了。"她用白色的乳霜卸除了妈妈脸上的彩妆，"我明天可以试试别的颜色吗？"

"可以，亲爱的。"

"谢谢你。"监视器下，塞莱斯特摇头晃脑地沿着走廊回了家。

我熬夜在泽维尔最喜欢的网站上看电影《1984》。那部电影的背景是在一个饱受饥荒折磨的世界，政府监视着所有工人，他们假装热爱自己的生活，实际上所有人都丑陋、苍白、营养不良。这大概是个比喻。

妈妈在我房间门口敲门。

"你该睡了吧？"我问，"不是三点钟就要起床吗？"

她坐在我的床边，擦去眼角的泪水，我把电影暂停了。"泽维尔永远不可能假扮僵尸的。"我说，"他是个话痨，立刻就会被发现，他们会再给他补一针的。"

妈妈一边抽泣一边拍着我的手，她累了，黑眼圈和眼袋凸显出来，嘴唇抿得薄薄的。她的头发凌乱地翘着，已经很久没修剪过了。"你的手真嫩，"她说，"看起来像是全新的。"

我笑不出来，只好紧紧地捏着她的手指："谢谢你，妈妈。"

"谢我什么？"

"你救了我和达拉斯。"

"哦，宝贝。"她的头和肩膀靠向我，"当时我就该带你回家的。"

我想到她推着车走进教室，不禁一阵战栗，"当你走进留校察看室时，我还以为这是一种惩罚我的行为。"

"我以为你知道我为什么会在那里,我不能失去你,马克斯。"

"你不会失去我,我只是变成僵尸了。"

她笑了:"这样叫他们真是讽刺。僵尸其实是死去的人,他们会从坟里爬出来吃人的脑袋。"

"不会吧。"

她大笑:"是真的,他们吃活人,一点也不冷静。"

"他们疯了。"

"你应该给他们取别的名字。"

"你怎么称呼敬老院里那些病人?"

她僵住了,抽回手。

我没有收回这句话,我不想让她好过。"我们可以称呼他们为机器人,"我说,"或者毫无思想的奴隶。"

"不是这样的,马克斯。"

"就是这样。"我继续看电影,瘦削的人们穿着不像样的制服,躲避着巨大的摄影机,"如果他们对所有人都这么做、对全国人民都这么做呢?"

"别说傻话了。"她说。

"记得那个在机场为我搜身的安检员吗?我敢说她就是僵尸,我敢说他们最终也会对护士下手,可能某天你下班回家,就已经是他们中的一员了。"

"有谁会在意这些呢?"

听了这话我真想打她一巴掌:"我会。"

她再次靠向我,她的头发干枯,闻起来像尘土一样干燥。

"我爱你,妈妈。"我低声呢喃。

"我也爱你,马克斯。"

可怕的乖孩子

　　我在艾丽以前念的学校门口徘徊，观看僵尸，碰见泰勒·威尔金斯，他在人行道上停下来和我打招呼："你好，马克斯，不去上学吗？"他看着校园，皱了皱眉，"这里有点怪，我们上次谈到过。"他皱起脸，把手放在胸口上，"我感冒了。"他微笑着看着我，毫无恶意。

　　"你看起来很不像你。"我说。

　　"我感觉不太好。"他承认，然后看了看表，"我们该走了。"他的眼神散发着服从的光芒，迫使我必须跟他在一起。

　　一路上我都没怎么说话，他问了些奇怪的问题，比如："你的家人好吗？""你的早餐吃得健康吗？"他每隔几分钟就会揉一下自己的额头和胸膛，走路跟跟跄跄的，没有抽烟，没有骂人。到了校门口，他撇下我，往里面走去。

　　达拉斯把我拉到围墙边低声说："我爸昨晚审问了我！他说自从听到我被留校察看后就一直等着，还检查我的血压和反射动作。"贝走近时他停了下来，没有眼神接触，也没有挥手和贝打招呼，等贝走远后他才接着说："他给我一张规则清单，要我背下来，我开了个玩笑，他记录下来，然后说：'今后你会做得很好的，儿子。'"他摇了摇头，靠近我说："仿佛我现在是个僵尸，他以此为荣。"

　　我点点头："他们全都知道。"

　　"为什么？为什么要把我们变成僵尸？"

　　"我也不知道，不过我妈说僵尸其实是一种不死生物，就像狼人一样，他们吃人脑袋，所以我们应该换个词来称呼这种人。"

　　"狼人并不是活死人，"达拉斯说，"他们只是被诅咒了。"

　　"恩，僵尸是活死人，他们会拖着半腐烂的身体从坟里爬出来找人脑袋吃。"

"不会吧，我还以为他们是被催眠的人，按照恶魔的指示行事。"

"僵尸不会听从任何人的号令，他们拖着脚步到处行走，寻找脑袋食用。"

达拉斯冷哼一声："那我们应该管他们叫什么？"

我耸了耸肩。

"还是叫僵尸吧。"他说，"我觉得这个名字不错。"

我同意。

"你宁愿被哪种生物杀掉？"他问道，"僵尸还是狼人？"

"狼人。"

"我也是。"

我拿出 RIG，"在大家变成吃人脑袋的物种之前，把他们录下来吧。你看到佩珀了吗？"

"没有，但是看到蝎子队了。"

我们告诉队友我正在录给魔鬼队的信息，他们纷纷咆哮怒吼、对着 RIG 做出各种粗鲁下流的动作，大声叫嚣："我们来了！"铃声响得太早，蒙哥马利还在几码之外教啦啦队员舞蹈动作，我高举着 RIG，希望能录到几个舞步，但晚了一些，已经结束了，他捡起外套，用一根手指勾着，把外套挂在背上离开了。

他轻松随意的样子击中了我，我突然感到心情沉重、步履维艰，周身的一切在我身边呼啸而过，他们的声音和表情都分外鲜明，他们的欢喜、迷乱、欲望和愤怒带给我莫大的冲击，我必须赶紧用 RIG 记录下来，已经没什么时间了。

"克制一下！"达拉斯赶忙把我拉到门边，压低声音说，"看到

可怕的乖孩子

你边走边哭,格拉罕先生会怎么想我们?"

"对不起,肯定是因为雌性激素的缘故。"

他瞥了我一眼,让我闭嘴。

午餐时间,埃姆斯先生让大家留在教室里准备打针,他在走道上来回踱步,点名缺席的人:佩珀、布伦南和泽维尔都请假了。"名单上没有你,马克斯威尔。"他指着我说,"你昨天是被留校察看了吧。"

"是的,先生。"

"你昨天和马克斯威尔一起被留校察看了?"他问达拉斯。

"是的,我昨天和马克斯威尔一起被留校察看。"

"大家要留在座位上等护士过来。"埃姆斯先生宣布,"马克斯威尔、达拉斯和泰勒除外,他们昨天已经打过针,可以离开了。"

同学们纷纷抱怨起来:"我们要耽误一部分午休时间,这太不公平了,而那些被留校察看的烂人反而没什么损失。"蒙哥马利嘟嘟囔囔地说。

就算他马上就要变成僵尸了,我也不能放任他出言不逊,"你说谁呢——"

"你必须按照埃姆斯先生说的去做,蒙哥马利。"达拉斯打断我,给我一个警告的眼神。

埃姆斯先生用视线反复扫视我们。在成为僵尸的第一个早上,我就已经被怀疑了。

泰勒蹒跚着站起来,一只手捂着胸口:"我觉得特别难受。"

"这是预料中的。"埃姆斯先生说,"午休后我们会继续观察。"

"别朝监视器微笑,"我们一出教室,达拉斯就对我小声警告,

"你要去哪儿？"

"去溜冰公园？"

他摇了摇头："放学铃声响起之前，我们都不能离开校园。"

"是这么规定的，但我们不是真要待在这里吧。"

"我们必须去自助餐厅，马克斯。"他面无表情，他的声音短促有力，又饱含愤怒，"我们必须遵守所有规定。"

自助餐厅被学生填满一半，一群九年级的僵尸正安静地喝汤。泰勒·威尔金斯一个人坐在那里，边吃三明治边揉太阳穴。"这简直太变态了。"我嘟囔着。

格拉罕先生排在我们后面，正和厨师聊天："下礼拜我们要举办一个很棒的万圣节舞会，看到那些装饰了吗？"

厨师的鬓角上挂着汗滴，对校长的闲聊并不感兴趣。她长得像是在机场搜我身的那个安检员的加长版。她把千层面甩到我的白色餐盘，红色肉酱从面条下滑出来，滴落在大蒜面包上，我不满地嘀咕了一声。

格拉罕先生仔细地盯着我看，旁边的达拉斯身体一僵。

我不想断送我的演艺生涯，因此我为这声抱怨找了个台阶下："这份午餐不符合每日食物营养指南。"我对厨师说。

"什么？"

"每个学生都有权吃到符合国家健康指南的饮食。"我说。

达拉斯转身看着，面无表情，眼睛闪着微光，说："是的，这份套餐不含蔬菜和水果。"

"这个大部分是意面、是谷物。"我解释道。

"我们应该得到一份免费沙拉。"达拉斯说，"我想要马铃薯沙拉。"

"我想要水果沙拉。"我说。

达拉斯转向我，挑了挑眉：说："你知道一杯水果沙拉包含两份水果吗？"

"不知道！这个好有营养价值！"

"是的！"

我们说话时面无表情，但内心狂笑不已。我们把肩膀放松下来，让呼吸变得尽量平稳。我们找到了一个隐藏自己的方法，将自己隐藏在僵尸的外表之下。

"我认为我们应该好好改进一下了。"格拉罕先生说。

厨师擦了擦她的嘴唇。

放学回家的路上，我在泽维尔家门前停了下来，他母亲来给我开门，她穿着亮色系的蓝色长裤和卡其色上衣，我看不出塞莱斯特是不是给她化了老人妆容，还是她原本就长这样。"谁啊？"她问，"哦，是马克斯，你好。"

"你好，拉维妮太太。泽维尔今天没来上学，我来看看他的情况。"

她转过头看了看客厅："他没什么大事，就是有点头疼，我就没让他去上学。"

"他明天会去学校吗？"

她盯着我看，好像对我不太信任，说："看健康状况再说吧。"说完随即关上了门。

走廊闻起来有股地毯清洁剂的味道，我想象着有人正坐在墙后观察我，等着我自己露出马脚。

我瘫在沙发上，开始给佩珀打视频电话。

"嗨，马克斯，你好吗？"她说。她梳着马尾辫，语气平缓，没有涂唇蜜，脸上也没有笑容，她有点奇怪。

"你今天没去学校。"我说。

她没有回应。

"我就是想看看你的情况，确认你没事。"我加了一句，用眼睛瞪着屏幕，试图向她传递某种秘密信息。

"是的，我没事。"她连眼都没眨。

"那你为什么不来上学？"

"我脚扭伤了，医生说走路上学会令伤势恶化。"

"听起来就觉得好痛。"

她看着我，跟看一个陌生人一样："还有别的事吗？"

"你没接种疫苗。"

"我在诊所接种了。"

我的心开始扑通狂跳，只好张嘴呼吸，我等着一个没发生的暗示："我要下线了。"最后我终于说出了再见的话。

艾丽垫着脚尖走进房间，拿着一包甘草糖来和我分享："你怎么了？"她问。

"让马克斯一个人静静。"妈妈在厨房喊道。

艾丽拿起一串甘草穿过我的手指，唱着："我的朋友全在这里，但他们全都不见了；我的朋友全在这里，但他们留下我一个人。"她亲了亲我的脸，"没关系，马克斯，我仍旧爱你。"

我紧紧地把她搂在胸前。

9

周五佩珀来上学了,她的脚踝上还缠着绷带,袖子底下有块纱布,当我问她要不要和我们一起吃饭时,她说:"我想和女生一起吃。"然后就跛着脚离开了。

"我敢打赌他们味道不错,"达拉斯低声说道,这是我们之间的最新暗语,他是个出色的演员,我需要接头暗语来证明他没有变成僵尸。每次我们见面或发信息时,其中一个人要说:"僵尸吃脑袋。"另一个就回答:"我敢打赌他们味道不错。"如果两人都能接上话,就可以卸下防备,如果没有——我不敢想下去了。

"和练跳舞的同学在一起,可以提高佩珀的技巧。"达拉斯说。

我点点头,说:"也许我们也该花时间和橄榄球队的队友在一起。"

"今天放学后有场练习。"

"是个好机会。"

我们转向彼此点点头,这几天我们的幽默感已经快消耗殆尽了。

僵尸橄榄球一点都不好玩,我很难形容球队有什么不同,但很容易就能感觉出来,队里没有精气神,也没有感情,一群僵尸一而再,再而三地压在我身上,我还要装出面无表情的冷漠模样,要憋坏了。

"我们或许该退出球队了。"达拉斯在场边悄声说道。

"不行，我爱橄榄球。"

"所以才该退出啊。"

我做了个僵尸调查，寻找内线情报来完善我的演技。我跟队友说，我的主题是研究运动在青少年的互动关系中扮演了什么角色，我称之为"青春期联系"，但这句仿佛是讽刺的话令人沮丧，因为完全没有人觉得好笑。我录下了他们对问题的回答，例如："用橄榄球中的擒抱动作来做社会性互动的话，你有什么经验？"还有："得分的感觉怎么样？"

大家都回答："能参加比赛，我感到很骄傲。"只有布伦南的答案不一样，他嘟囔着说："你知道那是什么感觉，马克斯。"

我收起 RIG 问道："和过去的感觉一样吗？"

"对我们当中某些人而言，是的。"

"你周二没来上学，"我低声问，"你没打疫苗？"

他摇了摇头："没人能不打疫苗，我对鸡蛋过敏，所以在医院打的。"

"你妈工作的那家医院？"

他点点头："那边有医护人员，防止发生意外。"

"很不错的决定。"我说。

埃默里教练走过来，拍了拍布伦南的肩膀说："该走了，儿子。"

全校都来看了周一的橄榄球赛——我从未见过这么多观众。空中飘着毛毛细雨，风也很大，但来看球的学生挤满了看台。他们穿着制服，肩并肩坐着，看起来像是暗淡又油腻的僵尸沙丁鱼。家长有特定的区域，我妈坐在理查蒙德博士后面，她咬着嘴唇，似乎在等待着最

可怕的乖孩子

糟糕的情况。

凯拉爬上僵尸啦啦队员排成的金字塔顶端，大喊："加油，蝎子队！"青春的面庞闪闪发亮，但脸上的笑容空洞麻木。布伦南别过脸去。凯拉周末和他提了分手，她说十五岁谈恋爱太早了。布伦南假装毫不在意的样子。

蓝山魔鬼队从大巴车上安静地走下来，每个人都高昂着头，把头盔挂在手臂上，仿佛扛着来复枪。"看样子其他地区的人也接种疫苗了。"我低声说。

达拉斯点了点头，说："我爸说到处都打了针。"

魔鬼队再也不是魔鬼了，他们在赛前热身的时候往我们这边看，在寒冷泥泞的赛场上不发一语，仿佛我们之前没有任何恩怨一样。

这场比赛安静到诡异的程度，只有重重的脚步声、头盔的碰撞声、尖利的哨子声，没有吼叫声，没有笑声，也没有谩骂或发牢骚的声音，我们混沌地比赛，大家都在做自己认为正确的事，却忘了比赛的缘由。我们是高大壮硕的橄榄球选手，应该跑得飞快、撞得凶猛，但没有人这么做，我们只是拿着球，然后再把球放到其他地方。

无论我们失球或取得十码，在哨子声之后，都只能听见观众绵软无力的掌声，看台上的人张着嘴，露出牙齿，这大概算是笑容吧。

达拉斯伪装得很好，我不行，我演技完全不行，只想狂奔。

我纵身一跃，跳离地面，阻截了一次传球，然后开始奋力冲刺。僵尸魔鬼队员很容易躲闪，也很容易推开。我像只流浪狗一样抱着球在湿滑的地面上狂奔了二十码，风在耳边呼啸，心脏剧烈跳动，我觉得自己要腾空而起。之后我猛扑进达阵区，将球狠狠地摔在地上。我踢了踢钉鞋，转身看着那些队友，那些应该围拢过来向我表示祝贺，大家一起庆祝的人。

他们零零星星地站在球场上，距我仅有几码之遥，在泥泞的赛场上满身污垢。除了球衣上印着的号码之外，他们看起来都是一个样子，达拉斯将自己的重心放在左脚，和其他队友一起，有节奏地鼓掌。我不知道眼前的这幅场景对我的冲击竟会如此之大，他们仿佛是背景的一部分——他们和干枯的杂草、清冷的天空、看台上光秃秃的树、一排排僵尸空洞的眼神融为一体。他们离我并不远，但我们之间的空白仿佛被无限延伸了。

我不由得发出了一声尖叫——我身体里有一股愤怒仿佛腾空而起，穿透了球场和看台。我胸中的浊气吐尽之后，尖叫声减弱成喉咙深处的低吼。

我无法忍受随后死一般的寂静，双膝一软，坐了下去。达阵区仿佛在我眼前摇晃、呜咽，就像我的宝贝刚刚死去。泥土渗进我的皮肤，我想消融在土里，像一堆肥料一样深深地埋进土里。

达拉斯慢跑到我身边给我挡雨，他摇晃着我的肩膀说："你在干什么？马克斯，快起来。"

我在他的阴影底下被他推得摇摇晃晃。

埃默里教练蹲在我旁边，说："理查蒙德，不要待在这里，回队里去。"

达拉斯摇了摇头。

教练忧心如焚地看着达拉斯，说："你父亲正在看台上盯着你。"他带着一丝虚伪的笑容站起身来，"趁你们俩都还没被人发现，赶紧回到队友身边去。"

达拉斯点点头走开了，剩我一人躺在雨中。

可怕的乖孩子

埃默里教练对我进行了急救，查看我的呼吸道、血液循环、身体擦伤和破皮。"把腿伸直。"他说。

我无法动作，我太绝望了，宁可变成僵尸，也不希望获得这样的感受。

妈妈来到我身边，为我检查伤口，我挪了挪身体，屁股着地，以便让她仔细检查。

"他严重扭伤。"教练告诉她，"就疼痛的程度来看，可能腿断了。"

"我是个护士。"妈妈说。

校长走了过来，双手叉腰，光头闪着亮光："这个情况很奇怪啊。"

"严重扭伤。"埃默里教练重复了一遍。

在妈妈戳我的手脚时，我像块石头一样僵硬地坐着。格拉罕先生低头瞪着我，面露不悦，妈妈使劲掐了我一下。

"啊！"我把腿移开了一点。

"对，是严重扭伤。"她说，"幸好骨头没断。"

"你的意思是他叫那么大声是因为扭伤了脚踝？"格拉罕先生问道。

埃默里教练咯咯地笑了起来："这些坚强的孩子，叫他们整天互相擒抱也没什么怨言，结果一碰到肌肉拉伤，哭得跟小女孩似的。"

"这是正常的吗？"格拉罕先生问，"我不认为这是正常现象。"

"就单纯的肉体疼痛来说，是正常的，注射之后仍然会出现这种情况。"妈妈回答，仿佛正在接受讯问，"不过如您所见，这种情况出现的时间非常短暂。"她指着我。我呆若木鸡地躺在地上。

"布伦南！理查蒙德！"教练大喊，"帮康纳斯太太把她儿子抬出场外！"在埃默里教练帮助我站起来时，格拉罕先生审视着我。"现在！立刻！"教练吼道。他转身对妈妈说："在伤养好之前，他必须停止橄榄球练习，也不能参加万圣节派对。这周让他在家读书，别用到脚。"

布伦南和达拉斯来到我身体的两侧，将我的手臂挂在肩上，双手环过我的腰。我在他们两人之间显得异常矮小、孩子气，同时又虚弱。

"右脚脚踝不要着力。"妈妈盯着我稳稳立在地面的双脚说。我抬起右脚，靠在达拉斯身上。

"会没事的，马克斯。"

"当然会没事，"教练说，"只是需要时间养伤。"

达拉斯用力挤压着我的肋骨，我在他们两人之间跳着前进。布伦南一言不发，甚至连看都没看我一眼，在我的认知中，他是个僵尸，现在我们之间越来越难区分了。

"明天我可以从工作的地方借辆车。"妈妈告诉我，"把你的画布去剪裁一下。"

我从 RIG 上抬起头来："我要保留完整的帐篷。"

妈妈皱了皱眉："露营区很不安全，马克斯，而且那个帐篷非常旧了，我们还需要烤炉和冰箱——"

"我是指艺术展的作品，我要画一个完整的帐篷。"

"那要花费好几周的时间。"

"不会的。都是文字和涂鸦，不用做很久。"

她在我房间门口徘徊，双脚交替着来回踱步："涂鸦？"

"对，不同层次的不同风格。"

"你觉得这样是聪明的做法吗？"

可怕的乖孩子

"那会成为很出色的作品，妈妈，一切都准备就绪了。"接着我的专注力回到作业上——开始背五百年的日期，并且为半个动物王国分类。

妈妈咬着嘴唇，离开了我的房间。

"我以为你的脚踝受伤了。"我带艾丽去公园的时候，她对我说。

"我恢复得很快。"

"所以你明天去上学吗？"

"不去，下周才去。"

"你又被停课了？"

"才不是，我表现得很好，只是需要让脚踝多休息几天。"

她盯着我的鞋子，我轻快地跳了起来，她咯咯地笑着，随着我蹦蹦跳跳，我在人行道上将她抱起来，像对待公主一样抱着她旋转飞舞。

"停。"她小声说。

在一个没开灯的房间里，有个女人透过她家客厅的窗户注视着我们，身影模糊，光线昏暗，她可以是任何人。我们安静下来，并且只能保持安静。

在公园，我们又遇到了那两个被改造过的角斗士——扎卡里和墨尔本，他们的妈妈站在秋千后，一边聊天一边推着空中的孩子。

艾丽往橡树的方向走去，我挡着她不让人看见。花生俯冲下来，狼吞虎咽地吃着瓜子。艾丽站在旁边，温柔地低声呢喃："你真是个漂亮的小女孩，还是个好妈妈。"她一边聊天一边咯咯地笑着，隔空飞吻花生，把原本要和朋友分享的爱投射到松鼠身上。

"你们究竟在干什么？"一个女人在我们身后喊道。花生慌张地爬上树，艾丽把瓜子扔在地上，用裙子盖住。

我转过身，看到墨尔本的妈妈饱含怒气的眼睛。她还很年轻，长相一般，穿着很普通的衣服，棕色的头发梳在脑后。她背着手站在那里，等着我们的解释。"我们没有做错事。"我说。

"你们不能驯养这些动物！它们会传播疾病。"

"传播疾病的是老鼠。"我说。

"有分别吗？它们属于同一个物种。"

"不，它们不是。"我以僵尸该有的样子盯着她，"它们不属于同一科目，老鼠和松鼠在四千万年前就是分别演化的，它们分属于啮齿类的不同亚目。"

她被激怒了："离它们远点！也别训练它们来接近我的孩子。"

我的视线扫过秋千上她的小僵尸，就算有一百只松鼠在他头上拉屎他大概也不会在乎。"像是会有多糟似的。"我嘟囔着。

"你刚刚说什么？"她尖叫道。她的脸丑陋又扭曲。

"我说这太糟糕了。"

离开前，她上下打量我，然后怒气冲冲地离开了。

艾丽拍了拍屁股："我们走吧。"

"好，花生会找到这些瓜子的，它知道这是你给它的。"

艾丽点了点头，牵起我的手。我们一起回家，在走回去的路上我不再抱着她旋转飞舞。

周六达拉斯来到我家，准备参加在斯巴达大厦举行的万圣节庆祝活动。"我可以在这里待到十一点！我跟我爸说要一起做科学实验课作业。"他开心地笑起来，高举双手挥动着。

"昨天晚上的舞会怎么样？"我问。

"舞会？天哪，舞会！你问我舞会怎么样？"他大笑，随后叹了口气，又沮丧地跌回沙发上。

"对，我想知道，你跟谁一起跳舞了吗？"

"你想想看，马克斯，那是一场僵尸舞会，你觉得怎么样？"

我耸了耸肩："不知道，就是不知道才问你的啊。"

他身体微微前倾，双手绞在一起："怎么说呢，就好像蹚过一条里面全是屎的河流？不，确切地说是，站在里面全是屎的体育馆里三个小时，人们在我头上弹皮筋，把温度计插进屁眼里，而我却要向他们索取更多。差不多就是这种感觉。"他往后靠进沙发里，面带微笑，"感觉简直棒极了，我已经等不及要参加圣诞舞会了。"

"呜哇，你没事吧？"

他大笑："我没事吧？我没事吗？"

"我是认真的，达拉斯，放松点。"

他双腿伸直，无精打采地靠在沙发靠枕上，头往后仰着，看着天花板，嘟囔着一连串毫无意义的诅咒，然后歇斯底里地大笑，又面露喜色地闭上双眼。"兄弟，能来你这儿实在是太好了，你不懂这意味着什么。"他睁开眼睛，转过头看着我。"对你而言这就像是出去工作，你去上学，开始你的表演，然后回家就能放松放松。对我而言……"他闭上眼，摇了摇头，深呼吸之后说："真糟！每分每秒都在表演，无休无止。"

艾丽蹦蹦跳跳地跑了进来，她从早上十点开始便打扮成兔子。塞莱斯特给她做了面部彩绘，画了兔子的胡须，"嗨，达拉斯！你的衣服呢？"

他坐下来对艾丽微笑，揪揪她的兔子耳朵："我们自己做换装的衣服吧。"他兴奋地转过头看着我,"除非塞莱斯特能来帮我们,我不介意去央求她。"

"我问过了,她和别人去参加派对了。"

"你们打算用什么制作服装?"艾丽问道。

达拉斯微笑:"用我们的想象力!"

艾丽后退了一步:"我们老师说想象力会令你陷入麻烦中。"

达拉斯大笑,笑了好久,我只好任他留在那里继续,自己先去做午餐。

二十分钟后,我们在厨房餐桌上吃薯条,咽下我们毫无想象力这一事实。"我们扮成什么?"我问了第十次。

他耸耸肩,我也耸耸肩,我环视厨房,他也环视厨房,我哼着歌,他吹着口哨,我举起盐罐和胡椒罐——单调的银色瓶盖和玻璃圆桶——我随着曲调摇晃罐子。他打了一个响指,说:"这主意太棒了,但我必须借点灰色的东西。"

我们穿着灰色T恤和灰色裤子,戴着灰色滑雪帽,在帽子顶部剪了个洞。"真是浪费了两顶好帽子。"达拉斯说,"根本不会有人看见我们的头顶。"

"那是你比较高,楼里过半数的人都比我高。"

他衣服上写了个S,穿在他的白皮肤上,我写了个P,穿在我的黑皮肤上。然后穿给妈妈看,"锵锵!"

"就打扮成这样?"她问道,"S和P?是什么新产品吗?"

"我们是盐与胡椒啊!"我哀号,"老天,妈妈,我们是盐罐和胡椒罐。"

妈妈大笑:"盐和胡椒!我和你爸爸刚开始约会时,他就是这么说我们俩的。他那么白。"她上下打量我,摇了摇头说:"我们才是真正的盐与胡椒,你们两个更像肉桂和大蒜粉。照镜子看过了吗?"

达拉斯和我在浴室里摆姿势,试着看起来像圆柱体,而且味道很辣:"我们看起来像两个烂货。"他最终这么说。

"是帽子的缘故。"

"我们看起来年纪太大,不适合玩这种不给糖就捣蛋的游戏了。"

"如果戴上面具,至少可以表现得像自己。"

"我们不只是有瑕疵的盐罐和胡椒罐,还是有瑕疵的僵尸盐罐和僵尸胡椒罐。"

我们情绪低落地走出浴室,准备取消这场冒险。

艾丽从窗边蹦蹦跳跳地走过来大喊:"嘿!盐和胡椒!好棒的服装!"

我们重新燃起了斗志,手上拿着一个大糖果袋出门了。

我们沿着走廊往前走,挨个敲开邻居的房门:"泽维尔今天玩不给糖就捣蛋的游戏吗?"我问拉维妮太太。

"不,他还是不太舒服。"

"还是不舒服?"我不经意间流露出担忧的语调,达拉斯猛戳我,"真是太可惜了。"我说,"每天都感觉舒服是很重要的,如果觉得不舒服,就该去看医生。"

她在我面前关上了大门。

我们在二楼遇到了卢卡斯,他独自一人,穿得像盒麦片。达拉斯看着他的装扮低声呢喃:"我们也可以这么弄。"

"你好,马克斯威尔,你好,艾丽珊德。"卢卡斯说,"我喜欢你们的装扮。"他的眼神从我身上转移到达拉斯身上,像是想搞清楚我们扮的是什么。

"谢谢你。"艾丽说,"我也喜欢你的装扮,我要到你家去玩不给糖就捣蛋的游戏。"

"我家在那边。"卢卡斯指着我家正下方的那户,门上有个用干燥的藤蔓和松果做的花环。"我要上楼了,晚安。"他没想加入我们,身边也没有一个朋友,但他非常开心。

我们敲完了大楼里每一个邻居的家门后,艾丽看着手上的糖果袋说:"我的糖够多了,好沉。"

我们把她送回家,她把收集来的巧克力和糖果都堆在厨房餐桌上。

"我们去有钱人家吧。"我说。

"糖果会比较高级。"达拉斯表示赞同。

我们出了大厦,参加我这辈子最讨厌的一次万圣节活动。所有年纪小的孩子都整齐地排着队往前走,有的一个人,有的有家长陪同,他们轮流去敲门,拿到糖果之后都会说:"谢谢你。"也不看看袋子里到底是什么糖。他们全都是僵尸。

年纪大些的青少年则大声喧哗,笑着互相推挤。六个打扮成伤残人士的男生经过我们时发出嘘声。"你们两个是什么东西?"其中一人问,"P和S?那是什么?"

"盐和胡椒。"达拉斯含混地回答。

"你说什么,蠢货?"

"盐和胡椒。"达拉斯重复了一次。

"盐和胡椒?"那个男生说,"盐和胡椒跟万圣节有什么关系?"

他们嘲笑我们,继续往前走。然后嘲笑一个装扮成长颈鹿的十岁女孩,她噘着嘴说:"随着年龄的增长,我们都更应该对自己和身旁的人负责。"

他们爆笑,骂她是弱智、蠢猪、烂货。我好想加入他们。

达拉斯难过地看着他们的装扮,"我们也可以打扮成那样。"他嘟囔着。

两个少年在转角处的广告牌上喷漆,用潦草的喷漆字迹盖住药房的广告。我非常渴望加入他们,达拉斯拉住我说:"他们会在你脸上喷'胡椒'(pepper,发音同'佩珀')的。"

这个字眼刺痛了我,我不希望有人在我面前提佩珀,这会令我想起她,但我却自己打扮成胡椒,潜意识有时候真的太残忍了。

"这周我看见佩珀跳舞了。"达拉斯说,"她看起来不像僵尸。"

我转头看他,"她昨晚参加舞会了?"

"没有,午餐时间我看见她和跳舞的同学在一起。"

"你为什么去找她?"

"我不是去找她,只是刚好看见她。"

"然后呢?"

"然后我觉得她跳起舞来并不像僵尸。"

"她不是脚踝碎裂了吗?"

他耸了耸肩,说:"有可能,但我没看到她的脚踝。"

"她不喜欢高个子的男生,你懂的。"

达拉斯露出他完美小孩的灿烂笑容:"她觉得我是全校最帅的男生,记得吗?"

我冷哼一声,这个白人高个子男生想拐走我的棕色僵尸女孩,我对他无话可说。

"哦,天哪。"他低声说,"马克斯,你看!那不是泰勒吗?他穿的是什么啊？"

泰勒·威尔金斯距离我们二十尺远，正快速往我们这边走过来。他独自一人，打扮得像只毛毛虫。他穿着黑绿条纹的化纤长裤，紧身的绿色T恤勒出胸部的形状，黑色滑雪帽上长出螺旋状触须。他把头发塞到帽子底下，瘦削的脸完全显露出来。

我控制不住自己，放声大笑，只好弯下腰假装咳嗽，笑得几乎喘不上气来。

达拉斯站到我前面，帮我挡住了泰勒的视线。

"你好，达拉斯，你过得好吗？"泰勒问。他说话的时候，触须不断颤抖。

达拉斯也快憋不住了："我很好，泰勒，你怎么样？"

"医生说我会没事的，谢谢你。你身后是马克斯吗？"

"是的。"达拉斯回答。

我稍微站直了身体，朝他挥了挥手。

"盐与胡椒。"泰勒说，"很聪明！"他点了两次头，触须随着他的动作前后摇晃，"万圣节快乐。"

达拉斯和我逃到大街上，爆笑不止，仿佛永远也停不下来。

10

达拉斯虚构了很多历史课和语言课的作业，需要大量团队合作，所以他几乎每晚都来我家，行为也越来越夸张。在不间断的监视下过着假扮僵尸的日子，这让他透不过气来。

周五，他帮我在客厅搭起了我的艺术帐篷，那个帐篷像个小小的画布建筑，高一百八十厘米，每一面宽三百厘米，没有地板——这是上个世纪的战争剩余物资——于是我们得把帐篷罩在沙发上，这个坚硬的帐篷比我想象的更硬、更复杂，我们一边搭帐篷一边抱怨着。

"真是个巨大的帐篷。"他说，"客厅没多少空间了，你确定你妈不会介意这个？"

"不会的，她从来不坐客厅沙发。画画前我会在地板上先铺点纸。"

我们把门帘向后系好，坐了进去，里面闻起来像发霉的地下室，沾满污迹的窗户几乎透不进光线。"帐篷透气之后，艾丽肯定会很喜欢。"达拉斯边说边在沙发上弹跳着。"这是每个孩子的梦想。"

《畸形秀》淘汰到现在只剩下三个选手了，拉链头暂时领先，但在周六播出了乌贼和他死去父母的特辑后，乌贼的支持率大幅上升。

"多萨尔会被淘汰的。"我说。多萨尔因为脊椎弯曲多瘤而残疾，她的头骨满是疙瘩，但她的大脑是正常的，她上了网络大学的图书馆学课程。几周前节目里播出了她的特辑，强调她多么努力才能走路，就像妈妈老爱说的多加油。但这并不表示多萨尔可以坐进一辆车,更别说是多开一里①路了。

"拉链头看起来总是很悲伤。"达拉斯说,"把节目搞得很消沉。"

塞莱斯特敲我家的门,她化装成外星人的样子,皱着眉,看起来一身蓝色,也很忧郁,这些日子她也很悲伤。

"嘿,请进。"我说,"想坐到进来吗?帐篷里。"

"不用了,谢谢。"她笑的样子像是每个人家里都有个军用帐篷似的。"马克斯,我想请你帮个忙。"

"说吧,任何事都行。"

"明天你能和泽维尔一起步行上学吗?这是他生病后第一次回学校,他现在还是会头晕。"

达拉斯透过帐篷窗户向外看,大喊道:"进来和我们一起露营吧,塞莱斯特!哇,这面窗户让你整个人看起来都是蓝色的!"

"我猜丹尼斯也不太舒服,"她低声说道,"可怜的家伙。"

第二天早上我到泽维尔家门口时,他一言不发,闻起来也不太对劲,他身上有股发酵的水果的味道。他佝偻着身体缩在灰色外套里,头发稀疏又干枯地垂着,有一种耶稣被钉在十字架上的美感,令我目眩神迷。我想递给他一杯水,然后把他扛在肩膀上,带他到安全的地方。

"好好照顾他。"拉维妮太太说。她神情紧张,仿佛对接下来即将发生的任何事都听天由命了。

泽维尔走路时身体后倾,像是有强风从正面吹着他一样。我问他

---

① 1 里 =0.5 千米。

可怕的乖孩子

还好吗,他半睁着眼,懒散地点了点头。如果我不认识他,我会以为他要不就是被人用石头敲了头盖骨,要不然就是这个星球上最完美的孩子。

"监狱到了。"经过排队的小僵尸时,他嘀咕着。

"那是小学,"我说,"艾丽以前的学校。你记得艾丽吗?"

他微微点了四次头,斜眼瞥了我一眼:"水果和蔬菜。"他说道,接着眯起眼,仿佛非常痛苦。

我拍了拍他的背:"你说什么都好,兄弟。"

"我说我爱你,马克斯。"

上帝啊,这简直要杀了我,他的声音听起来很像我爸。

走到高中时,达拉斯走过来说:"僵尸吃脑袋。"

"我敢说他们尝起来很好吃。"我回答。

"很高兴你回学校了,泽维尔。"

泽维尔眯着眼点了点头:"你看不见我。"

"他是我们中的一员吗?"达拉斯轻声问。

"不,"我说,"他只是傻了。"

泽维尔的头垂了下去,像是有人关掉了他的开关。达拉斯转过身看着他:"你还好吗,兄弟,你在流口水。"我们带他走到野餐桌旁,让他坐下。他望着天空微笑,接着心醉神迷地闭上双眼。"

"他这是吃错药了?"达拉斯问。

我耸了耸肩:"就是他过去吃的药加上那天注射的药。"

"看起来好像也不算太差。"

忽然,佩珀的声音响起:"说悄悄话是不健康的。"

我心里一惊,颤抖了一下。她站在长凳后面,先看向我,又看向达拉斯，面无表情："我们从不说悄悄话。"我说。

她斜眼看着我们："你们在说悄悄话，我都听见了。"

"如果你听得见我们说话，那么就不是悄悄话。"达拉斯说。

"你出现在我看到的一部电影里。"泽维尔自言自语地说。

"很高兴看到你回来上学，泽维尔。"佩珀说。

"和所有孩子一样，泽维尔很幸运能来上学。"我说，我像机器人一样转过头，"看看这些幸运的孩子们。"

达拉斯像机器人一样弯曲着手臂："我们很幸运……为了我们的未来……接受训练。"

佩珀皱了皱眉，我们可能演得太夸张了。

"泽维尔需要我们的帮助，我们会带他进教室。"我说，"达拉斯和我会认识到所有同学的需求。再见，佩珀。"

我们拉着泽维尔站起来，引者他走到门的方向。他点头嘟囔着："这就是后果。"我觉得这句话是他随口说的，但说出口的时机还是吓了我一跳。

一天下来，泽维尔的情况越来越糟。现在半数的十年级学生都在同一个班，人数超过一百人，大家乱哄哄地挤在小桌前。每次有人挤到泽维尔身旁时，都会令他心神不宁，他希望每个人都在自己的位置上，每个缺席的位置都令他焦躁不安。他惊慌地盯着空着的座位。少数服用精神药物的孩子都请了病假，万圣节后我就没见过泰勒·威尔金斯了。"他大概蜕变成蝴蝶了。"达拉斯说。

狼人代替利兹先生来上历史课，我比以往更讨厌他了，而且我现在还不能表达出来，他好像也并没有变得喜欢我们。他告诉我们，蒙

可怕的乖孩子

哥马利因为痉挛进了医院,"真遗憾,"他说话的口气就好像只是鞋子磨损,"他算是比较好的学生之一。"

泽维尔起身坐到蒙哥马利的座位上,狼人要他坐回自己的位置,"这里有另一名好学生。"泽维尔说。

狼人冷哼一声:"回到你自己的位置上。"

泽维尔像没听见一样,将他的 RIG 对接上桌子的端口。

"回到你的座位上!"狼人爆发了。

泽维尔抱住头呜咽起来。

狼人抬起毛茸茸的屁股站起身,倾身靠近泽维尔,双手撑在桌子上,又重复了一遍:"回!到!你!的!座!位!上。"他说话时口沫横飞,唾液在泽维尔的脸上闪着微光,我感到血液似乎沸腾了起来。

泽维尔低声呢喃着一些别人听不懂的话。

狼人抓住他的手臂,试图把他拽起来:"从这张椅子上起来!你这个蠢货!"他大吼。

泽维尔立即进入高度戒备状态,他从来不喜欢有人碰他。

他抓住狼人的中指往后折,咔嚓一声,骨头碎裂的声音在整间教室回荡,甚至穿透了监视器。狼人发出孩童般的尖叫哭泣声,在空中扶着他的手,仿佛那是个怪物。

泽维尔满脸怒容,我从没见过他有这种表情。他站起身号叫,声音之大连走廊上的人都听得见,接着他朝狼人的脸撞过去。

狼人的头在肩膀上摇摇晃晃,他踉跄着后退到布伦南的桌旁,鼻子喷出鲜血,灼热又鲜艳。他的血喷溅到胡子和干净的白衬衫上,滴到地板瓷砖上。泽维尔踏过血迹,朝狼人的腹部猛揍好几拳,他呼吸急促,整个人似乎都要冒烟了。

布伦南将椅子往后推，抵到他身后的桌子，其他学生边摇头边看着监视器，仿佛在默念着禁止暴力的规定。

泽维尔使出勾拳再度展开攻击，狼人倒在布伦南的桌面上，毛茸茸的颈部暴露出来，仿佛案板上待宰的鸡。泽维尔看起来打算要用血淋淋的双手折断他的头，班上的其他同学则是厌恶地望着这边。我几乎希望他动手，于是坐着等待，但布伦南站起来挡在二人之间。

泽维尔将愤怒转嫁到布伦南身上，可惜布伦南早有准备。他挡下泽维尔的拳头，用膝盖撞泽维尔的鼠蹊部，接着把他压到地上，将他的双手绞在背后，"放松，放松点。"他低声安抚着。

泽维尔蜷缩在瓷砖地板上，闭着眼睛，抓着头仿佛想把什么东西抓出来，他开始呜咽，痛苦地哭喊。他的头发垂下来，披在脸上，像沾着血迹的面纱，我忍不住站了起来，却不知道自己要做什么。

狼人用蓝色的手套蘸着鼻血，手套被血染成了紫色："别放开他的手！"他喊着，像是准备要去踢泽维尔的肾脏。

我想出手把狼人打倒，但达拉斯挡住我大喊："救命啊！你不是这儿的！"

格拉罕先生带着两个保安走进教室，他们猛地把泽维尔从地上拽了起来，泽维尔一瘸一拐地喃喃自语，满脸鼻涕，带着一脸困惑。校长厌恶地看着他。

布伦南活动了一下身体，坐回他满是血迹的位子。

"需要我们的证词吗，先生？"我对格拉罕先生喊道。

"不要这样。"达拉斯低声说。

"我们都是今天发生在教室的无礼事件的目击者！"我大喊道，"我想给你我的证词。"

"我不需要你的证词。"格拉罕先生说,"我有沃顿先生和录像。"

"我想要给你我的证词。"我重复着,奋力往前挤,但达拉斯拽着我,不让我过去,我没能和他们打上一架。

格拉罕先生走到门口,后面跟着两个保安,拖着泽维尔。

我转身撇下达拉斯,越过桌子挤到教室后面,走上中间的过道,现在我完全暴露在监视器下了。我知道我该停下来,也该告诉自己要停止了,但我停不下来。

狼人小心翼翼地将受伤的手穿过袖子外套。

"言语和身体虐待都是不正确的行为,不是吗,先生?"我喊道。

"什么?"他怒气冲冲地问。他看着我的脸,接着回到课程投影片上。历史文字和图片在他脸上若隐若现,他的眼睛在蓝光中闪烁。

达拉斯急忙冲过来说:"老师每天都在努力工作,成为我们的榜样,我们应该尊敬老师。"他说。

我看也不看他一眼:"泽维尔·拉维妮是个十五岁的男生!"我对狼人大吼,想把他的胡子和假笑一并扯下来。

达拉斯抓着我的肩膀,把我推到墙边,靠近我:"我们都很幸运能上学,有好的榜样。如果我们只能自学,就没那么幸运了。"

他用力把我按在墙上,避免我自掘坟墓。在狼人、僵尸和监视器前,他冒险发挥着演技:"我们很幸运。"他重复了一次,盯着我的眼睛一再点头,直到我也点头回应他。

狼人又暴躁又愤怒,但他没有谴责我们,他停止讲课,从达拉斯身后挤了过去,仓皇地走到门口。他把破裂的手放在心脏的位置——如果他有心的话。"下学期我不想再看见你们所有人。"

"他被停课了。"塞莱斯特说,"你最好别进来,我不知道什么事会让他失控。"

泽维尔躺在客厅地毯上,盯着天花板。

"别这么难过了,马克斯,他会好起来的,也许他只是需要一块新的纱布。"塞莱斯特拍拍我的胳膊,"我们在大学里针对这项新教育支持办法开展了一些信息宣传活动,警告那些同时服用其他药物的人小心副作用。我们会提出请愿。"

我试着对她微笑。

她回头看着她的宝贝弟弟,"周日是他生日。"她轻声说。

回到家中,看到妈妈正看着新闻叹气。

"新教育支持办法将挽救我们失败的教育体系。"一名政府代表这么说,他的话直接出自堪姆路斯公司官网,都在谈社区进步、节约开支、实现孩子的最佳利益之类的问题。

"我们怎么办?"我问,"他指的是全国所有的重点校。"

妈妈耸了耸肩。

"我还有三年才毕业。"我提醒她,"艾丽还有十二年,你真的以为我们每次接种疫苗的时候你都能在现场吗?"

她咬着嘴唇摇了摇头,"也许我们应该离开这里。"她低声呢喃。

"我们当然应该离开。你在这个满是老年人的国家做老年护理,你在哪里都找得到工作。"

"但你要上学——"

"有上千所虚拟高中可以去。"

"但教学质量呢,马克斯,我承担不起……"

"妈妈,我们不能留在这里!"

可怕的乖孩子

她点点头:"好,或许我们可以回亚特兰大。"

"回亚特兰大?西尔维娅阿姨被杀的地方?"我想起肮脏的街道,还有那些穷人,那些悲伤的穷人半死不活地躺在大街小巷,向陌生人乞讨;那些令人感到恐惧的穷人在门口徘徊,饥渴地打量着有钱人。

妈妈对我翻了个白眼:"马克斯,我们要么留下,要么离开。我无力改变这个世界。"

"好吧,我们离开这里去亚特兰大。亚特兰大有一百万人,总不能每个人都被谋杀,对吧?"

"是的。"

新闻正在播报美国南部发生的一起劳工暴动,非法劳工抗议新的通用身份证件。

"我们可以带达拉斯一起走吗?"我问,"在这里,他没日没夜地扮演僵尸,已经快崩溃了。"她皱了皱眉,因此我开始暗示她的罪行:"你要不就带达拉斯一起走,要不就给他一针,你不能就这么把他丢下。"

妈妈双手抱头:"好吧,我们带达拉斯一起走,我们带上任何想和我们一起走的人。"

艾丽在帐篷里玩,对她的泰迪熊唱歌:"你找到牛奶,我找到面粉,半小时后就有布丁吃了。"

周六的教练工作,我翘了班,到公园里玩起了单杠,然后沿着有钱人家的人行道跑步。

接下来看到的一个景象触动了我,一个女人跪在一个两岁的孩子身边,旁边放着一篮子粉笔。他们在水泥地上画着氤氲的粉笔画——一些擦痕是孩子画的,粗体字和涂鸦则是女人添上去的。我在他们旁边慢跑,不由得赞叹道:"太美了。你们应该为全世界上色。"

她对我露出诚挚的微笑,送给我粉色和黄色的粉笔:"在你家前面画点东西吧。"她完全不知道她的孩子一上幼儿园,就会被注射药物,变成僵尸,也不知道未来她甚至会希望他们这么做。我把他们和地上的彩虹留在身后。

之后我去了佩珀家,在她家门前的水泥地上画了一颗粉红色的心,在中间写上自己姓名的首字母,又画上加号和问号,之后按响门铃。

没人应门。

我将黄色粉笔丢进她家信箱,假装她可能会用这支粉笔在我的字迹旁边补上自己的名字。粉笔落入信箱底部时发出咚的一声,我摸到两个用金属线串在一起的钥匙,我握起拳头把钥匙包住了。

因为有监视器,我再次按响了门铃,假装等着有人来应门,然后把手伸进口袋掏出钥匙,仿佛钥匙一直在我口袋里。之后我快速闪进屋里关上了门。

我没有喊佩珀的名字,我知道她不在,通过屋里的气味和静止的空气可以得出一个结论:这房子已经空了。

我告诉自己只是喝杯水就走,即使很清楚自己想搜遍这房子的每一寸。

这是一栋两层楼的房子,但狭小程度几乎和我家公寓差不多。一楼是客厅、厨房和一个厕所,楼上是两间卧室和杂物间。其实也没有太多东西供我探索——晾衣架上没有衣服,水槽也没有碗碟。佩珀在衣橱里留下了几件衣服,混在几十个空衣架之间。抽屉里有几件 T 恤,没有袜子和内衣。尽管我曾经想过要脱下她的内裤,但从没想象过她的内裤是什么样子,现在我在搜索她的衣柜,希望能知道它们到底什

可怕的乖孩子

么样。

  我坐在她的床上，像个鬼魂一样，感受着没有她存在的房间里她的气息。她的床头柜上有一层薄薄的灰尘，其中有一块没有灰尘的痕迹，也许这里曾经摆着相框之类的东西。

  她走了。我后仰着躺在她的枕头上，一再默念着这三个字。

  离开之前，我看了一眼卧室房门背后，希望能发现一件薄纱质地的睡袍，以便能让我陷入幻想，但那里只有一道薄木条——像是从窗框锯下来的木条——固定着一幅我画过的最小的画。画上的佩珀像个穿着轻薄的小精灵，她踮着脚尖站在一堆礼物旁边，一条腿高高抬起，她的尖头皮鞋亮若晨星。这是去年圣诞节表演时我为她画的素描，她每次关门时都会想到我。但最后她打包带走了相框和内裤，却把我的画留在这里。

  我把画取了下来，这不能算偷，她再也不可能回来拿了。

  周日早晨，我跑完越野回家后，发现有人在帐篷里哭。我拉开门帘，看见妈妈在沙发上像个婴儿般号啕大哭。她面部扭曲变形，满是泪痕，手上攥着被泪水打湿的纸巾。她抬头看了看我，又低头把脸埋进手里。

  她不告诉我到底发生了什么事，每次我问她，她都摇头不答，我试图把她的手从脸上拉下来，被她猛地推开了。

  "今天是泽维尔的十六岁生日。"我说，但她哭得更厉害了。

  我走进厨房，在面包上抹上奶油，又撒了肉桂粉和糖。然后我坐在桌前看《畸形秀》的幕后花絮，拉链头和他女朋友订婚了。

  妈妈终于从帐篷里走了出来，坐到我旁边，我关掉屏幕，递给她最后一片三角面包。她摇了摇头，清清喉咙，握住我的手，注视着桌面说:"泰勒·威尔金斯昨晚死了,心脏衰竭,因为我给他打的那一针。"

面包在我的舌头上糊成一团。我无言以对,感到难以置信,我不能说"是你杀了他",也不能说"不是你杀的",我什么都说不出来。

我感觉身体内部有什么东西被撕裂了,仿佛泰勒是我的朋友。我试着回忆他打断我肋骨、掌掴艾丽、踢泽维尔等这些他挑起的不愉快的时光;但这些画面随即被另一些画面取代——他用 RIG 录下我在墙壁涂鸦、因为我误解他而骂我是个混蛋等。

我起身走进帐篷,但我不能坐下,只能在帐篷里绕圈,我看着墙面逐渐模糊扭曲,我想我已经完全明白艺术展要画什么画了。

我要画孩子们,几十个孩子,那些真正的孩子——泰勒、佩珀、泽维尔、我和达拉斯、贝和布伦南、蒙哥马利和凯拉、萨芙蓉和芝加哥,昨天在人行道上看到的孩子、公园里的扎卡里和墨尔本、楼下的卢卡斯、玩滑板的高中生,还有溜冰场的职业学校学生。我要画我们所有的人,所有我们过去做的事——跳舞、跑步、打架、玩耍、大笑,以及所有作为一个孩子该干的事。我要用绚烂夺目的色泽和亮度,把我们这些孩子画在帐篷内部的墙面上,我会留着外墙一片灰暗的颜色,用喷漆写字。我将整件作品命名为《危险星球上的抵抗》,然后把它送给泽维尔,当作迟到的生日礼物,我要告诉他这是个比喻。

11

高中部召开会议，讨论对新教育支持办法的看法，只有我妈提出疑问。

"我希望你能感谢这个政策。"格拉罕先生告诉她："你儿子很明显是个麻烦制造者——现在我不介意用这个词来形容他，因为那已经是过去式了，马尔斯非常聪明，他在课堂上调皮捣蛋浪费时间，却仍然能完成作业，并且得到 A 的成绩。但他的自由影响了别人的自由，浪费了别人的课堂时间，他们需要那些时间来理解所学的知识，他的玩闹影响到别人拿好成绩。"

所有人都转过头来凝视着怪兽马克斯。

我必须承认这是个好论点，我从未想过自己的胡闹会影响别人的成绩，甚至会害他们因为成绩下滑而被踢到职业学校去。他应该在我第一次被留校察看的时候就告诉我。

他开始滔滔不绝地讲着家庭支持战略的重要性，他得确认这个计划在我的生命中没有遗漏。"新教学计划可以提高孩子们的学习能力，但是能否将他们塑造成优秀的学生，则取决于我们。"

妈妈问道："所以是否有某种治疗措施或强化措施来决定他们的行为？"

校长点了点头，仿佛认为她终于听懂了："是强化措施。治疗措施只是让他们能够接受我们的做法。"

"所以他们会朝着我们所推动的方向走，去做任何事？"

格拉罕先生看了讲台上站在他身后穿黑色西装的男人一眼，回答道："可以这么说。"

妈妈继续追问："我们可以训练他们做任何事吗？"

"不，你误解了。"格拉罕先生微笑。"我们接着往下进行吧，今晚要他讨论的内容还有很多，不能只解答一位家长的疑问。"

他用节省成本的饼状图和学习成绩的柱状图震惊了观众席。"事实上，堪姆路斯公司为这项医疗措施提供捐助，"校长说，"我们减少了一半的花销。"穿西装的男人鞠躬致意，观众报以热烈掌声。

"事实上你们支付了多少钱？"妈妈问。

格拉罕先生假装没听见她的问题，周遭的家长瞥向我们，带着笑意，他们的孩子则僵直地站在旁边，眼睛盯着讲台。

"这是我们对孩子做过的最好的事。"校长说，"即使教育成本因此增加，我们还是会做出这样的选择。这是为了孩子们好，他们提高成绩，才能保住这里的席位，继续在这里上学，否则就得去职业学校。当工作机会出现在你面前时，你会明白公司需要的是能干活的员工。"

拍、拍、拍、停，拍、拍、拍，简直以为大人也被注射了。"你不会希望他们在激烈的竞争中处于劣势。"他们会在喝咖啡、吃甜甜圈时这么说。

"我听说班里最精英的学生都没有接受这项措施。"我旁边的女人问，"这是真的吗？"她对着埃默里教练发问，教练耸耸肩，一副事不关己的样子。

可怕的乖孩子

我迎上布伦南的眼神，但他很快就移开了视线。

"很抱歉新教学计划没能让你信服。"一个男人在我们身后说道，是讲台上的那个穿黑西装的男人。他高大英俊，脸型周正，留着短发，笑着向母亲伸出手，"我是堪姆路斯公司的比尔·沃尔特斯。"我盯着他看，流露出更多僵尸不该有的兴趣。

"有时候一些已经服用刺激性药物的注射对象会出现某些问题。"他说道，似乎这就是我们所纠结的问题。"这项治疗的效用作用于中枢神经系统，需要一个适应期，纱布可能会有轻微的镇定效果，不过不用担心，身体会自己找到平衡，你儿子的注意力很快就会集中，成绩也会进步，接受新教学计划的孩子都会全身心地将精力投入学习中。"

"但他们失去了自主创新能力。"妈妈说。

他点点头。"这也是益处之一。未受治疗的学生常常会在课堂上发起一些毫无意义的活动。"他把手搭在我肩上，注视着我，仿佛我是个病入膏肓的病人，已经没救了。"身体里的化学物质正在努力调和，相信你很快就能在他身上看到进步，另外也请注意这是先导计划，如果结果证实治疗措施不该继续，我们会立即终止。"他微微一笑，朝人群的方向走去。

"所有上学的孩子都很幸运。"我在学校的公告栏上读到，"所有同学都是我的朋友，没有比完成作业更重要的事。"

妈妈的视线越过我的肩膀看向公告："我们必须终止这一切。"她低声说。

我冷哼一声："你顿悟得有点迟。"

她的眼神空洞而茫然："马克斯，我想起我们刚怀你的时候，第一次配对的是个女孩，但可能有乳腺癌风险；第二次是个男孩，他……"她耸了耸肩，"没什么问题，真的，他没什么问题，大概有较高的罹患心脏病的风险吧，我无法在你们之间做出选择。"

我关上 RIG，放进口袋："你不用告诉我这些。"

"你爸误会了，他说我们可以一直尝试配对，直到出现一个正合适的孩子，但不是这样的，我想要你们所有的孩子，我无法决定要销毁哪些，只因为他们不够完美。"

当你妈告诉你她结束了哪些孩子的生命时，会令你只想独处一会儿。"我去跑步。"

我到公园玩单杠，直到双手冻到僵直，然后我在漆黑的街道上踏着重重的步伐行走，一路走到市中心。越往市中心走，房子就越大，很快我就走到了过去住过的豪华社区。

达拉斯家在窗帘的掩映下灯火通明，我在路边停了下来，屏住呼吸，看着过去的家，一棵高大的雪松挡住了我的视线。我很想慢跑着穿过碎石小径，打开蓝色的大门，钻进我原本的房间，画我的素描。艾丽每隔五分钟就会闯进来一次，给我看她的玩具，父母温柔的声音会连带着飘到楼上来，直到最后，爸爸顶着一颗金发大头探进来，说："睡觉时间到了，小朋友。"

我转身跑回家看《畸形秀》，但没有达拉斯一起看，一点乐趣都没有。摄影棚的观众看来也都变成了僵尸，拉链头和乌贼看上去是屏幕里最像人的两个人。我已经不在乎谁输谁赢了。

一个护士来到我家，年龄四十多岁，又矮又胖，穿着白色裤子、

可怕的乖孩子

白色鞋子、白色衬衣，戴着白色手套，头发染成铂金色，连睫毛都是白色的。

她向我出示了身份证，名字叫拉腊·弗莱什曼，在政府机构工作。"关于教育支持治疗措施，我有些后续问题。"她走进门，因为帐篷和颜料的臭味而皱了皱眉。

妈妈把我们叫到桌边。

"马克斯威尔·康纳斯，十五岁？"拉腊问我。

我点头回答："快十六岁了。"

"请卷起袖子。"她拿出针筒和一个空的玻璃瓶。

"你要干什么？"妈妈问。

"抽血液样本。"

妈妈按住拉腊的手："不行。"

拉腊对着她白手套上的黑手皱眉："这是追踪调查的重要部分，我必须抽血。"

"不行。"妈妈重复了一遍。

"但我是个护士。"

"我也是，我能抽你的血吗？"

"当然不行。"

"所以你也不能抽他们的血。"

拉腊对着她的 RIG 说话，等待指示，之后叹了口气说："好吧，那我要检查一下他们的纱布。"

"我已经检查过了。"妈妈说，"他们很好，请不要碰我的孩子。"

拉腊气鼓鼓地说："你的负面态度是有问题的。"她把一份文件投影在桌上，"这是一份简短的问卷调查，至少可以请你的孩子回答这些问题吧。"她问我十二个听起来简单无害的问题："你在学校有朋友吗？你想从事什么领域的工作？你最喜欢的老师是谁……"

因为刚读过公告栏，所以我知道答案："所的有同学都是我的朋友。我想在我擅长的领域工作。每个老师都很适合他所在的专业科目……"

艾丽做答卷时是一个健谈又热情的僵尸，拉腊问："谁是你们班最顶尖的学生？"艾丽回答："每一个学生都尽全力做到最好，无论我们未来扮演多么微小的部分，我们都将一起建设伟大的国家。"拉腊又问："你觉得独自一人做事更好，还是团队合作更好？"艾丽回答："能独立完成工作很好，但一个人工作太久可能会产生有问题的想法或感觉。"这些答案都是我需要记住的。

拉腊关上屏幕，转头对妈妈说："你对治疗措施的适应有困难。"这是告知，而不是疑问。拉腊做出了一个简短的总结。"你的孩子不会因治疗措施而发生变化，康纳斯太太。这种治疗不会在生理上改变你的孩子。"

"所有的药物都会造成病人生理上的改变。"妈妈说，"这是药物的工作原理。"

拉腊露出了原来如此的笑容："我们做了非常轻微的调控，让他们从中受益，能更集中精力到学习上。"

妈妈没有回给她一个微笑："我担心的是副作用。"

"我们都担心！这也就是为什么我们要监控所有实施先导计划的地区。"

"有多少地区？"

拉腊耸了耸肩："我不太清楚这样的事，但我知道这对所有接受

可怕的乖孩子

治疗的孩子来说都是好事。"她咯咯地笑着,"他们几乎都不再像以前那样了,过去要好好教育他们可要耗费不少金钱。"

妈妈倒吸一口凉气,仿佛自己每天不是在做同样的事。

"这不是坏事!"拉腊说,"至少有七成的孩子有这种需要,每一个孩子都能从中获益。"她真诚地看着妈妈,"在过去,有行为问题和学习障碍的孩子老是干扰课堂,他们大幅度拉低了其他孩子的水准,因此即使是最聪明的孩子,也要到十二年级才能学到其他国家八年级孩子就已学会的东西。"

妈点点头:"这我有所耳闻。"

"你听说过有些学校因为付不起给老师的薪水而倒闭的吗?"拉腊说:"结果一大批学生没学可上,就去犯罪,但有了新教学计划,我们就能节省教育经费,这些学校也可以重新开学了。"

"那些学校重新开学了吗?"妈妈问。

拉腊耸了耸肩:"我想应该开了吧。"

"班里人数更多了?"

"是的。但孩子们在人数更多的班级里会更有利,因为他们会互相激励。"

"但他们毫无自主创新精神,怎么可能获益呢?"

"在学习的过程中,他们会监控别人的进步,他们不需要自主创新精神。"

妈妈摇摇头说:"缺乏自主创新精神的话,我们的国家就无法生存。"

拉腊笑着说:"我们国家还是有自主创新精神的。对社区有益的人,我们会允许他们有自主性。"

妈妈没有再回应她。

拉腊收拾好东西,"两个孩子都很健康,不像走廊另一端的孩子,他需要新的纱布。在这个家庭里,有问题的只有你。"她站起来,看着妈妈,露出爽朗的笑容,"接下来两个月,我们会监控整个家庭单元。"

"脚踝扭伤真是太糟糕了啊。"我穿好装备走下拖车,准备参加冠军赛时,埃默里教练对我说:"去板凳坐着吧。"

灰熊队队员排着队从大巴上下来,穿着米色和棕色相间的队服,他们从伊利诺伊州的新哈里斯堡坐车十个小时来到这里。他们学校是堪姆路斯公司另一个理事会经营的,他们也全是僵尸,橄榄球打得相当差。

我们队得分时,我站起来鼓掌,但只有我一个人鼓掌,像是球场上唯一的旋律。之后哨声响起,所有人都加入鼓掌的行列,拍、拍、拍、停、拍、拍、拍。

艾丽大喊:"一、二、三,达拉斯加油!"在妈妈有机会制止她之前,她闭嘴了。

布伦南为了表现自己打得很激烈,一名灰熊队员在距离达阵区几码的地方放倒了他,他对那人说了脏话,他父亲把他拉到一旁低声给了些指导。

达拉斯比真的僵尸更像僵尸,我看着他,觉得其令人战栗。他为了让我认出而持续动着嘴,看起来像是在吃脑袋。每当我看到他在吃脑袋,就知道他还是他,不是僵尸。在路人看来他像是要从牙缝中剔出食物——这也许很招人讨厌,但还在正常僵尸的行为范围中。

可怕的乖孩子

灰熊队只有一个队员看起来不是僵尸，而是真的孩子，他擒抱时会一跃而起，经常环顾球场，看的次数比其他人多。但他的队友们只是肉身和化学品组成的有机体。过了一会儿，我就没办法再看他们了，闭着眼睛直到比赛结束。

拍、拍、拍，我们赢了。

我用手肘轻戳达拉斯的肋骨："干得漂亮，真希望我能和你一起上场比赛。"

他微笑着大声说："别说傻话了，马克斯威尔！我们有些人在场上比赛，有些人在替补板凳上，但大家都是一个队的，我们队今天的表现非常好，所以你们的表现也很好。"接着他又开始吃脑袋，有一天我一定会看着他爆笑，他会害我暴露的。

"请来我家庆祝。"他说，我迟疑了一下，他又重复了一次，"拜托了。"

只有三个孩子和教练一起去：我、贝，还有布伦南三个黑人孩子，我不知道这是不是有某种象征意味。

达拉斯他家干净得一尘不染，客厅和我上一次来时不一样了，整个装饰成了绿色。"绿色能让人放轻松，不是吗？"理查蒙德太太看见我抓着沙发靠枕靠到窗帘边时这么问道。她穿着一件灰色连衣裙，拿着黑色的 RIG。

"你家很漂亮。"贝在我身后说。

理查蒙德太太微笑着问："谁赢了？"

贝皱了皱他茂盛的眉毛："我们赢了，我想是这样。"

"真棒。"她朝成年人的方向走了过去，眼睛仍紧紧盯着 RIG。

贝跟着她，又拉着埃默里教练的袖子，像个五岁的巨人，问："教练,是不是我们赢了?"

埃默里教练盯着他看了好一会儿,回答:"是的,我们赢了。"

布伦南把贝带到角落的扶手椅上,和他一起坐在一片绿色中沉默着。

达拉斯和我一起坐在沙发上:"好无聊的派对。"他低声说。

"我们应该溜走。"我悄声提议道。

"我也希望能啊。"他声音里的悲伤调调侵蚀着我。

"不管怎样是场好比赛,"我告诉他,"真的,干得漂亮。"

他没有回答。我们坐在森林绿的沙发上,抱着薄荷绿的抱枕:"你觉得僵尸贝和正常的布伦南打架谁会赢?"他小声问。

"嘘。"我朝门口看了一眼,点了点头说,"奥斯丁回来了。"

达拉斯摇了摇头:"他听不出我们的意思,他们班上周也打针了。"

"所以他……"

达拉斯吃着脑袋。

奥斯丁脱了鞋子,放到大厅鞋柜里的空位中,他把帽子放在柜子最上面,整理好衣服才走进客厅。他环视四周,视线停在我身上,礼貌地对我微笑,然后走近打招呼:"嗨,马克斯威尔,很高兴再见你。"而不是之前的:"嘿,阴阳人,你是来约我的吗?"也不是:"你爸去哪儿了,小孤儿?"

"嗨,奥斯丁,你好吗?"

"我很好,谢谢你,你们赢得了比赛吗?"

我等着他一拳挥过来,或至少出言不逊损几句,但什么都没有。"是的,我们赢了。"

"抱歉,我没能去看比赛,我参加了课后的读书会,大家互相帮助,

可怕的乖孩子

一起准备明年的考试。"

"那真是太好了。"

奥斯丁微笑着说:"玩得愉快。"他亲亲母亲的脸,听了父亲的笑话之后大笑,然后捡起空瓶离开了。

"他有点变了。"我说。

达拉斯的眼睛闪了闪:"只有一点。"

他父亲的声音穿透了整个客厅:"再也不需要警察巡视地铁严防打架事件了,也不会再有放荡的小姑娘们在围墙边鬼鬼祟祟地探头探脑,连吵架事件都绝迹了。"他指着教练说:"还有一件事,再也没有留校察看、没有喧闹的音乐,也没有阴阳人的圣诞表演了。"

他妈妈插嘴道:"而且他们还会毫无抱怨地吃完所有我做的饭。"

埃默里教练礼貌地微笑,理查蒙德博士大笑不止,直到被威士忌呛到。

达拉斯抱着抱枕,盯着我问:"马克斯,你觉得我们和这世上的其他人对抗谁会赢?"

12

我躲在帐篷里，用 RIG 看《畸形秀》的最后一集，拉链头拖着他巨大的头骨在舞台上移动，令我越发沮丧。我想知道在畸形镇成长的他，生活在没有监视器、没有黑板系统、没有爱多管闲事的护士的世界，生活是什么样子呢。

妈妈从门帘往里窥视："艾丽在里面吗？"

"别碰墙，油漆还没干。"

"为什么不写作业？"她抢走了 RIG，关掉屏幕。

"喂！我正看着呢！"

她跪在我面前，用手碰着我的脸："你必须去写作业，不然就得重新接种疫苗。"

我耸了耸肩，看着家具上那些乱七八糟的纸片。

"我知道你很累。"她说。

"你什么都不知道。"我从她手里拿回 RIG，重新打开《畸形秀》。

艾丽从沙发后面跳出来，戴着耳机唱歌："猫吃了饺子，猫吃了饺子，妈妈站在一旁大吼：'啊呸！你为什么吃了饺子？'"她一边咯咯地笑着一边鼓掌。

可怕的乖孩子

"去睡吧。"妈妈对她说,"别再鬼鬼祟祟地出现。"

"你也是。"我对妈妈说,屏幕上出现一个受孕药的广告,我漫不经心地扯着我的纱布。

她把手覆在我手上:"别放弃,马克斯。"

我把她的手推开:"我能吃、能睡,还有兴趣爱好。"

"我不会让那种事发生的。"

"你让那种事发生已经好几年了。"我看着她的眼睛唱道:"妈妈站在一旁大吼:'啊呸!'"

她的目光从我身上移到帐篷上,看着我在帐篷内壁上画的那些脸:泰勒、泽维尔还有佩珀。我把 RIG 的音量调大。

这时响起一阵敲门声,我们睁大眼睛,看着彼此,眼中流露出惊恐的神色,在她去看门时,我从帐篷窗户向外窥探。

是达拉斯,他眼神空洞,但嘴巴仍在拒绝:"你好,康纳斯太太,你好吗?"

妈妈用手捂住嘴巴。

"没事,妈妈,关上门。"

达拉斯微笑着说:"我很好,不是吗?"

妈妈点了点头:"你一直都很好,晚安,男孩们,去写作业吧。"

达拉斯坐在我旁边的沙发上,我把节目转投到大屏幕上,他环视着帐篷四壁:"哇,你在冒险。"

"我每天出门都是冒险。"

"我连每天待在家里都是冒险。"

他赢了:"你怎么逃出来的?"

"我跟爸爸要去参加圣诞节舞会的准备。我怎么能错过《畸形秀》

的大结局呢，但我又不能跟奥斯丁一起看。这里可真够臭的。"他指着墙上职高生那幅画——那个亚裔男孩奋力滑着冰，泰勒和华盛顿趴在栏杆上不怀好意地看着他笑。"真是美好的旧时光。"他大大地吐了口气，似乎很累的样子，双手颤抖；接着他用手捂着脸，开始漫无目的地咒骂。

"你减肥了？"

他耸了耸肩："我每天都拉肚子，干脆就不吃饭了。"

"你得吃东西，兄弟。要不要来点儿墨西哥玉米片？"

他看着我撒满颜料的调色盘，战栗起来。

"来点别的好吗？有苹果和芝士。"

"那就来个苹果吧。"

他咬了一口苹果，嚼了有四十秒才勉强咽下去："我很累，马克斯。"他说着，把苹果放在装玉米片的盘子上，"我不能闻这个味道。"

我们拉上门帘，坐在帐篷前的地毯上，屈着腿，手肘撑在地上往后靠，伸直脖子盯着大荧幕："这样好多了。"达拉斯说着，露出微笑，"比待在家里好多了，在家里我甚至无法入睡，因为我怕我爸会调查我，怕我会在做梦的时候暴露自己。"

"你必须睡觉啊兄弟。"

他翻了个白眼："你说的倒是容易。"

节目播出了惊悚的下一季选拔赛，我把音量调大，好盖过我们的笑声，免得卢卡斯在下面拿玻璃杯贴着天花板偷听。这是我这些日子以来第一次这么放松："我最近过得好紧张，想扭断谁的头。"

达拉斯点头："我正因为不能和奥斯丁打架而憋得难受，全身有太多肾上腺素在四处乱窜，无处发泄。说不定在僵尸抓到我之前，就死于心脏病发了。"他微微一笑，"吃脑袋的僵尸和学校里那种僵尸，你想当哪种？"

"吃脑袋的。"

"我也是。"

广告结束后，节目又重新开始了。因为这集是这批怪胎参加的最后一集，节目组特别介绍了最后两位参赛者在畸形镇的家庭环境，他们播出了畸形镇在毒药泄漏之前的环境——郁郁葱葱的森林，植物茂密的田野，面色红润、体态丰满的女人，体格健壮结实的男人，拥挤的城市街景，金钱与成功。接着他们播放现在的情况——建筑物倾倒，赈灾所遍布，居民满是疙瘩的身上披着毯子，孩子们眼球变形，下颚骨外露，因为吃药还流着口水。

"泄漏事件发生之前，我父亲住在那里。"达拉斯说，"他的网页上有照片。"

"他在那之后回去过吗？"

"没有，什么人会回去？"

我耸了耸肩："不知道，大概是犯罪分子吧，去那里可以逃避身份检查，或者穿过那里去加拿大，那边仍然有边界，我听说有恐怖分子从那边悄悄潜入我们的国家。"

"我会往南走逃避身份检查。"达拉斯说，"只要跳上一辆车，不停地开就好，不对吗？可能要好几年之后才会有人找到我，你不这么觉得吗？"

我点点头："我想回到亚特兰大。"

"我对亚特兰大不太了解。"他说，"大到足以让人在里面迷路吗？"

"估计是吧。"

画面特写拍了拉链头的疤痕和他的忧伤。

"我在想,如果他和他的兄弟还是连体状态,会不会开心一点。"达拉斯说,"曾经有个人和你连在一起,现在却只剩一道疤痕了,真令人难以相信。"他表情紧绷,眼泪夺眶而出,"我受不了了,我必须离开这里。"

"你是认真的吗?我妈会带我们离开的,她已经答应我了。"

达拉斯擦了擦鼻子,"算我一个吧。"他严肃地盯着我,疲惫地说道,"就算他们要抓我,也请带我一起走,不要把我一个人留下。"

我想象着妈妈开着车出城,达拉斯在后面追我们,身后有上百个僵尸穷追不舍的画面,于是对他说:"我不会把你留在这里的。"

他一再点头,直到节目中宣布这一季的冠军是谁。"乌贼!"他惊讶地低声说。

拉链头垂下他巨大的头颅,想把眼泪藏起来。

我嘟嘟囔囔地咒骂:"人生真是不公平。"

"我一直都知道。"达拉斯说,"我只是以为我的人生会强一点。"

隔天早上,艾丽来喊我:"该上学了。"

我看了一眼表,因为熬夜画画,整个人的作息一团糟。我匆匆穿上裤子,尽量整洁地梳了头发,快步走出门。"你带午餐了吗?"我小声问。她点了点头,幸亏妈妈没太依赖我。

我们到大厅的时候迟到了,我假装跛着脚的样子,已经有七个小孩聚集在那里,准备一起去上职业学校。"对不起,"我对他们说,"我脚踝无力,然后摔倒了,再度扭伤,希望不会耽误你们。"

可怕的乖孩子

卢卡斯鞠躬致意:"我们能理解,你们母亲一大早就去工作,又没有父亲,凡事都必须自己做。"

我点了点头:"我喜欢自己做,虽然可能会很慢。"

卢卡斯看了看表,说:"没关系,咱们走吧。"

我一路跛着脚回了公寓。

在学校里我苦苦撑着时间,努力扮演僵尸的角色,回到家才觉得安全。我把妈妈拉进帐篷里:"达拉斯说想跟我们一起去亚特兰大,我们必须在他崩溃前离开。那边还在抗议通用身份证的政策,是吧?"

她耸了耸肩:"我想是的,除了机场,没人会要求看身份证。"

"那好,我们别坐飞机就行了。"

"高铁可能也不行。"妈妈说,"或许我们需要找辆私家车。"

"我们可以带他一起吗?"

"谁?达拉斯?我想可以的。"

"你可不能反悔。"

"好,我们带他一起走。"

"离开新米道尔镇算是违法的吗?"

"不算,我觉得应该不算。"她叹了口气,一再点头,这是最近几天所有人都染上的习惯。

我在暮色中陪艾丽去了公园,几个胖乎乎的成年人正走在下班回家的路上,穿得很暖和;还有几个瘦弱的成年人戴着帽子、穿着T恤在慢跑;艾丽和我转身往公园进发。"嘿,看啊,他们围起了围栏!"我说。那不不能算是真正的篱围栏,只是橘色的塑料网搭在五尺高的临时柱子上。

"公园关门了吗?"艾丽问。

"好像是,等等,这里有个公告牌。"我大声念了出来,"公告:本公园暂时关闭,因为——"我念不下去了。

"因为什么?"艾丽追问,"到底为什么?"

我浑身颤抖,像是被鬼魂穿透了身体。

艾丽站在我前面读公告牌,她试着念出每一个字:"因为啮齿类动物'滚制'——"

"管制。"我纠正她。

"啮齿类动物管制计划,"她继续读着,"避免'饼'毒——"

"病毒。"

"病毒入侵新米道尔镇诺'曼告'——"

"高地。"

她抬头微笑着说:"是妈妈上班的地方。"

"走吧,艾丽。"

她站着不动:"公告上说公园要关门六周,我不能离开花生六周这么久,它会饿的。"

我盯着公园地上遍布的黑色隆起物,不知该怎么和艾丽说。

"那是毒药的标志。"她指着标志说。

我点点头:"是的,所以我们不能进去,里面有毒药,回去吧。"

她不愿意离开,盯着那些不是土堆的隆起物:"他们在公园里放了毒药?"她皱着眉眯着眼看着,"不会伤害松鼠吗?"

突然她明白了眼前的情况,发出近乎窒息的声音,试着翻越围栏闯进去。"有人要毒死松鼠!"她大喊着翻进去,不顾塑料围栏划破手指。

我奋力把她拉下来,紧紧搂着她的腰,把她抱起来:"不要去!

可怕的乖孩子

艾丽！你的皮肤会沾上毒药的。"

但她比我想象得强壮，我仿佛抱着一只不断挣扎的狒狒。她一面扭动踢打一面尖叫着："花生！花生！"她的头往后仰着，脑袋撞上我的牙齿，腿不住往上踢，之后越过围栏，翻了过去。她尖叫着，跌跌撞撞地穿过下了毒的公园。

"别出声，艾丽，求你了！"我紧张地环顾四下，确定没人看到我们。

她跪在最近的松鼠身边，从一具尸体跑向另一具尸体，把它们翻过来，不停抽泣着。

我用了近三十秒钟才爬上围栏，塑料围栏在我身下颤颤巍巍地延展开，我翻了下去，肩膀落地。"别碰它！"我靠近艾丽低声说道。

她在一棵橡树下，抱着一只松鼠的尸体，号啕大哭，有鼻涕从鼻子一路流到下巴上，全身颤抖不止。我蹲在她旁边，抱着她想让她安静下来。

松鼠呆呆地睁着眼睛，嘴部扭曲变形，已经变硬的镉化物从嘴里溢出，堆在嘴角。它肚子肿胀，前爪相互纠结着，像是要把什么东西推开一样，它并不是安详地离开的。"是花生吗？"我问。

艾丽绝望地看着我，我知道她现在已经不能分辨出那是不是花生了，能认出花生的个体特征已经无法辨识。"是花生。"她回答，她坚持这么认为。"这是花生，可怜的花生。"她把脸凑上去，像是要亲吻死去的松鼠，我猛地把她拉回来。她可以恨我，我不在乎，我绝不能让她靠近那坨有毒物质。

"它中毒了，艾丽，不要碰它。"

她一面拍着松鼠的头一面哭泣。

"我们必须离开这里。"我把她从地上拉起来。她放下松鼠的尸体，松鼠直挺挺地从她手上滑落到地面上,弹了一下。她尖叫起来。

我很难让她闭嘴,只好搂着她,把她摁在我胸口。"没事了。"我低声呢喃,"把它留在这里吧。"

"不行。"她哽咽着,"我们必须安葬它。"

"不可能的,地面太硬了。"

"我们必须安葬它!"

"好吧,我们先把它带回家,我会带上它的。"我拿起死去的松鼠尸体,它很柔软,重量很轻,像一具空壳,我从没想过花生竟然这么小,我一只手就可以完全把它抓起来,它的尾巴则软软地垂在我手腕上。

"它死了?"艾丽问。

"是的,它死了。我们回去找个盒子,等明天天亮了再去安葬它。"我把艾丽推上围栏,然后跟在她身后,将松鼠夹在腋下,像夹着一个篮球。我用另一个胳膊紧紧挨着艾丽,努力掩饰着她的悲伤,不让周围的人和监视器看见。

艾丽还在睡,脸颊上挂着一道干掉的鼻涕,她手上缠上绷带,头发软软地贴着太阳穴,腋下塞着泰迪熊。

我走到门厅打算和卢卡斯说艾丽病了,却看见泽维尔也等在那里,我猝不及防地停下脚步。看见他和职高生在一起,比亲眼看见他暴打老师的场景更加令人不安。

他盯着天花板看,脑袋来回摇晃,仿佛在比较屋顶的吸音材料。他的头发梳向脑后,眼睛下方有青紫色的黑眼圈,下巴上也有伤痕,像是用指甲挠的。他看上去瘦了,整个人毫无热情,一片黯淡,像游

可怕的乖孩子

魂一样。

"你好,马克斯。"卢卡斯说,"很开心看到你脚踝好多了。"

那一刻我没反应过来他在说什么。我低头看了看自己的脚:"哦,对,是啊,因为我妈妈是护士。"我说得好像妈妈能即刻治愈脚踝扭伤似的。"抱歉,我是来告诉你,艾丽今天患了重感冒,我会陪她一起待在家里。"

"很遗憾。"卢卡斯说,"尤其是你母亲还是护士。"

我回避了他的目光:"你好,泽维尔。我有个迟到的生日礼物要给你,差不多要完成了。"

他朝我的方向微笑,眼神空洞,这很反常。

我转身走向楼梯。

"明天见!"卢卡斯喊道,我没有回应他。

我给妹妹讲故事,直到她睡着,接着我坐在帐篷里看着自己画的那些色彩鲜艳的孩子。我在帐篷的外墙上喷漆,用大写字母拼写同一个单词,不停重复着,绕过画布的边边角角,持续不停地写着:抵抗抵抗抵抗抵抗。

隔天早上塞莱斯特来我家陪艾丽,泽维尔紧紧握着她的手,他的头发像是潮湿的海浪,身上闻起来是草莓味。

"他病了吗?"我问,"我的意思是,泽维尔感冒了吗?还是得了别的病?"

她摇了摇头:"他在学校和人打了一架,然后就逃走了。我们现在让他在家自学,不然就得送到专门收留学习障碍生的特殊学校。"

"学习障碍?"我看过泽维尔自己做机器人,做黑客入侵政府网站。

她陪着弟弟走到沙发旁边，带着他落座，他撑着头，角度相当奇怪，脸上表情悲痛，那种神情直到她打开大屏幕才变得缓和起来，变成了一片虚无。

"你的帐篷呢？"她问。

我指着门边的一大摞画布："我折起来了，打算拿去参展，参展后我会把它送给泽维尔。"

"真的吗？为什么？"

我耸了耸肩："我不知道还能做些什么。"

体育课的时候，我们在炙烤的阳光下围着操场跑步，埃默里教练问有没有志愿者愿意在午餐时间帮忙收拾拖车。所有人都举手了，他选了我、达拉斯和布伦南。

拖车里又臭又乱，丢弃的衣服在角落里散发着一股酸味，破裂的护具被胡乱塞在长凳下。墙壁上遍布着污垢、汗水和不明液体。教练给我们一个垃圾桶、一袋抹布还有三罐消毒水，"好好干活。"他朝角落里的监视器点了点头，"不好好干的话，我会知道的。"

几年前他们在更衣室里也装了监视器，原本还顾虑到是否侵犯了隐私，但比赛期间发生了破坏性攻击事件，改变了舆论方向，大家无法想象不受监视的公共安全。"虽然某些人会看到你的裸体，但如果监视器可以保护你不被强暴或谋杀，这还有什么可争论的呢？"至少在接受治疗措施之前，我也是这么想的。

我在拖车里扮演僵尸清洁工，一部分原因是有监视器，还有一部分原因则是布伦南，达拉斯和我在疫苗接种后，还没和布伦南正经说过话，我担心这是个陷阱。在我们把拖车清理干净之后，布伦南看了看时间,对我说:"要不你出去问问我爸,看看还有没有什么事要做?"

教练在拖车后面等着我:"做得很好,康纳斯。"他大声说道,接着把我拉近他,低声说:"我建议你尽快离开这里。"

听见教练低声说话很反常,我不安起来。

"我是认真的。"他说,"阿灵顿·理查蒙德认为你没有适当地接受治疗,你的疫苗有问题,他说你笑的样子不对劲。"

"我都不知道我还会笑。"

"他建议让你重新接种疫苗,但格拉罕还没做出最后决定,如果药剂过量会有危险。他或许会在假期之后做出决定。"

他的意思是时间相当紧迫,但其实还有三周,这三周对我来说仿佛是永恒。

"总之,老师们会密切关注你。"他说,"你是不可能过关的,你的眼睛从十码之外就闪着光芒。"

"我是不是该戴个隐形眼镜?"

"这不是开玩笑,康纳斯。"他用双手捧着我的头试图把我摇醒。"他们已经开始怀疑你了,绝对不会允许你妈再给你打针了,也不会事先告诉你,明白吗?你必须在他们做出决定之前出城。"

"我们是打算走,但需要一辆车。"

"那就到停车场买一辆。我知道你妈妈并不十分有钱,但她一定也存了一点。一辆能开的小车比一辆不能开动的货车便宜。"

"你也走吗?和布伦南一起走?"

"我们待在这里。"

"班上最精英的学生不需要接受治疗,这是真的吗?"我问。

他垂下眼帘含混地说:"他们不知道药效会持续多久,等你们上大学时,社会需要有批判性思维的人,所以……"

"所以他们保留了僵尸中的精英。"我帮他总结了。

"我并不赞同这项政策,康纳斯。"他低声说。

"我们要带达拉斯一起走。"我告诉他。

我原本以为他会说我们太情绪化,世道艰难,这是个狗咬狗的世界。但他却说:"那你们最好去加拿大或墨西哥,从新年起,这个国家的每个小孩被警察询问时,都要出示身份证,没有一个孩子可以逃开父亲,隐藏行踪。"

两点时学校广播里突然爆出我的名字,叫我去办公室一趟,达拉斯在我身后,身体一僵,我计划逃跑。

利兹先生抬头看了一眼扩音器,转头看着我,担心地皱了皱眉,他看看表,表情放松下来:"马克斯,该送你的作品去参展了。"

两个女生坐在校长的汽车后座,紧紧地抓着黑色皮质公事包,扛着折起来的帐篷走向后备厢。

"这到底是什么东西?"格拉罕先生问我。

"我的参展作品。"

他瞪着我,面带怒气,但最终还是打开了后备厢。

我坐在前座,空着手接受检查。

我们沿着城市主干道一路向南开,我注视着窗外的新米道尔镇办公大楼、医院病房和农用仓库。每个地方都被高效利用,没什么是被浪费的,连一滴水或一点时间都加以善用。这个城市有它美丽的方式,我想如果我有机会离开的话,我会想念这里,这是我第一次感觉到这不是我的城市。

可怕的乖孩子

每在车上每多待一分钟，我的帐篷都会显得更荒唐，我几乎可以感受到它在车后的重量。我的参展主题是个错误，我应该上交一些小幅的静物画——碗里的水果或裸体美人之类的。

格拉罕先生让我们在最靠近市政厅的行人通道下了车，然后去地下室停车。我想溜回家，但帐篷太重了，没办法扛着走太远，我又不能把它留在这里。我站在传送带上，和帐篷一起前进。

我抬眼看着高耸入云的彩色玻璃柱，它仍是我这辈子见过最高级的建筑，但我开始明白为什么那个出租车司机说它很冰冷。

我拖着帐篷穿过大门入口。

一个男人连忙站起来问我的名字："康纳斯？有这个名字，我还以为参展作品是座雕塑。"他对我皱了皱眉，把我带进展区。

"麻烦一下，"我问对面一个正在展开画架的孩子，"你弄完之后能帮我弄吗？"

"当然，乐意帮忙。"

他什么都没问，只是按照我的指示，在我猛拉帐篷顶端的时候扶住杆子。我在天花板上挂了两盏手电筒，打开电源。那个孩子看着灰暗的墙面说："这里好闷。"他回到自己的静物画旁，那幅画的主题是玻璃花瓶里的红色郁金香。

那个下午非常漫长，观众在三点半入场——父母、老师、评委，还有普通市民。他们带着礼貌的好奇心看着展览，和艺术家聊天、点头、微笑，我在我的军需物资旁边窘迫地冒着汗。

他们困惑地望着我的帐篷，仿佛想说点什么，但最终又什么都没说，只是摇摇头离开。

我想我是可以泰然面对的，尴尬的感觉是对我唯一的伤害。但四点十五分的时候,一位身穿花朵图案连衣裙的高大黑人女士掀开了帐篷门帘,把头探了进来,进到我的帐篷里。"天哪。"她低呼一声,吸引了一些人的注意。她抓着一只手电筒,将墙面照亮,拍了几张照片,倾身向前看,又往后退。随后她点头、微笑、皱眉、倒吸一口凉气,自言自语:"太令人赞叹了。"其他人则从窗户看进来或从前门帘探进头来,但他们没有进来仔细看。其他人瞄了一眼就离开了,像是无意识的行为艺术家。

"真是了不起的作品,"穿花连衣裙的女士从帐篷里钻出来说。她笑着拍了拍我的肩膀,"你前途无量。"

校长连忙过来和她握手。

"我叫罗斯玛丽·斯威尔。"她自我介绍说。

"是《新米道尔镇督查报》的记者吗?"格拉罕先生问。

她笑了:"不是的,先生,我从匹兹堡来。"

我想打电话给泽维尔,告诉他有自由媒体到镇上来了,但不知道他是不是还在乎这些。

"匹兹堡!"格拉罕先生讽刺道,"为什么要报道这种活动?"

她微笑着回答:"伟大的艺术家都是在这种活动中被挖掘的。"

格拉罕先生用含着厌恶的目光看着我的作品:"'抗抵'什么?"他问。

"是'抵抗'。"罗斯玛丽纠正他,"你进去看过了吗?"

他小心地将门帘推开,但没打算进去,只是在门口徘徊,门口的那块画布垂在他的腰间。"需要用手电筒照明,"罗斯玛丽说。她转头看着我微笑道:"手电筒的点子不错。"

格拉罕先生根本懒得看就退出了帐篷,他向我走过来,站得非常近,然后低头看着我的眼睛:"这是什么时候画的,康纳斯?"

"我不记得了,先生。"

"这画有什么意义?"

"我不知道,先生。"

"这个作品对我来说没有任何意义,对你有意义吗,孩子?"

"这件作品对我来说没有任何意义,先生。"

他点了点头,仿佛认为这是个不错的回答:"收拾东西,我送你回家。"

13

妈妈在炉子上煎炸汉堡牛排,我坐在餐桌旁,没什么胃口,还得忍受这枯燥乏味的写作业的四个小时,内容简单又重复:列举出一百个西班牙语动词的同源词,算出一百件随机事件的概率。这些学新经济学的老师喜欢将每件事都分析得非常透彻。

艾丽坐在我对面,鼻子只比餐桌高出半寸,舌头从齿间伸了出来。卢卡斯帮她把作业送了过来——纸上是一些相当复杂的黑白相间设计图,每个白色空间里都有数字,每个数字都有相对应的颜色,艾丽必须适当地填充每一个空间。她一开始在蓝色和棕色空间上做得很好,接着便想到花生,就哭了出来,把作业都弄脏了。

妈妈在我们面前摆上番茄酱和牛奶:"我有一个姓康纳斯的病人,他的孙子每隔几周都会来探望他。那个孩子住在城里,差不多十六七岁,跟达拉斯一样高,黑头发、蓝眼睛。我可以想办法弄到他的身份证,给达拉斯在亚特兰大用,我们可以说他是你同父异母的哥哥,是你爸爸在另一段婚姻中生的孩子。"

"指纹不匹配。"我说。

"除非被逮捕,否则不会被查指纹的。"

可怕的乖孩子

"那个孩子会去挂失身份证,我们只要一把他的身份证拿出来就会遭到逮捕。你要拿的是他的护照,他不会注意到护照丢了,如果你能弄到他的出生证明,就能把爸爸的名字加到父亲栏上。"

"好主意,这些东西可以帮助达拉斯在亚特兰大获得新的身份。"

我击碎她的美梦:"我们不可能用一个偷来的护照获得身份证明,但可以用那个护照去加拿大。"

"我不想离开这个国家,马克斯!"她大喊,"我甚至都不想离开这座城市。"

"我们没别的选择!"

"到了加拿大我们到底能做什么呢?加拿大太冷了,如果我们不得不住在车里,我宁愿把车停在亚特兰大。"

艾丽小心翼翼地拿着铅笔,带着作业去了客厅。"我宁愿帐篷还立在这儿!"她叫道。

我深吸了一口气,吞下涌上来的讽刺尖刻的话:"至少你在加拿大还有个侄女,亚特兰大你谁也不认识。"

妈妈在空中挥了挥手:"丽贝卡过了你这个年纪,我就没再见过她了,我甚至不太了解她。我不了解关于加拿大的一切,也不知道这个国家到底哪里吸引人。况且我到了那里怎么找工作?我们凭什么入境?"

"他们接受任何能为他们工作的人,他们经济疲软,人口老龄化比我们还严重,他们需要护士,还可能会出钱请我们搬过去。"我笑着说,但她丝毫不觉得有趣。"他们会允许我们入境的,妈妈,你也能顺利找到工作,我们都会没事的。我们可以把达拉斯藏在那里,但我们必须在元旦之前走,不然他就走不了了,他们不会让他走的。"

"我们可以在任何时候离开！"

"不，我们不能！假期一结束，他们就会再给我补一针，我们必须在圣诞节之前走。你已经答应会带达拉斯一起走了，绝不能反悔，所以去弄到那个孩子的护照和出生证明吧。"

她双手捂着脸："天哪，马克斯，我们究竟需要面对何种状况？"

晚饭后，职业学校打来电话——艾丽明天必须去上学，不然就必须提供医生证明说明她的病情。妈妈和艾丽说了，她放声大哭，跑到客厅凝视窗外，为死去的松鼠痛哭流涕。

"我不希望明天再收到学校发来的任何信息了。"妈妈说。

我叹了口气把作业收了起来，"如果我们不去上学，警察就会来把我们带走。新闻都播了，现在对逃学这种事是零容忍。"另一则关于熊在国家森林的攻击事件，让我想起妈妈关于果园的回忆。我领着她走到客厅，不动声色地问："你和艾丽说了吗？今天校长开车送我回家时，我看到了一只松鼠。"

"什么松鼠？"艾丽泪眼婆娑地问。

"你记得我们在公园里看到的松鼠吗？已经死去，我们以为是花生的那只。"

"记得。"

"我不知道它是不是花生。今天在回家的路上，我看见一只松鼠往森林的方向去了，看起来很像花生。"

艾丽睁大眼睛，张大嘴巴，不敢相信。

"我猜想它是沿着公路出城的。"我说，"远离毒药。"

妈妈小心地盯着我，等着看这个故事的后续进展。

艾丽擦了擦鼻子:"你看到一只活的松鼠?然后你觉得那是花生?"

"看起来像是它,树旁边那只看起来一点也不像花生,不是吗?"

"是的,不像。"

"你该知道花生有多聪明,它应该知道地上有毒,所以就一直躲在洞里,等安全了才下来。现在它逃走了,去森林里寻觅更好的家。"

艾丽抽泣着叹了口气:"你真的看到一只松鼠?"

"真的,就离这儿不远的地方,它看起来和花生非常像。我和你说过的,是吧,妈妈?"

"是的,亲爱的,刚才我完全忘了这回事。"

艾丽怀疑地看着妈妈,妈妈只得避开她的眼神。

"所以你知道这代表什么吗?"我说。

艾丽摇摇头。

"很悲伤的事。"我警告她。

她往后缩了一下。

"这代表你可能再也见不到花生了,这里全是毒药,它那么聪明,不可能回来了。它会待在森林的橡树里,你知道橡树会结什么果实吗?"

"橡果。"她轻声回答。

"在下雪天到来之前,它需要时间慢慢收集。"

艾丽往后靠向椅背,望着窗外,"它离开了。"她轻声说着,"可怜的花生,它会想念我的。"她又低头看了一会儿椅背,然后拖着椅子离开了墙边。

一只蜘蛛正在客厅的角落里结网,它长得很普通,棕色、半寸长、胆小畏光。

"小心一点,"我说,"你打扰了蜘蛛结网,它会咬人的。"

"你说它靠吃什么活着?"她问。

"苍蝇。"

"我们家从来没有苍蝇,它肯定饿了。"

"把椅子放回去,亲爱的。"妈妈说,"你吓到蜘蛛了。"

艾丽又拖着椅子放了回去,但不再像之前那样贴着墙边放了。她靠在垫子上微笑着说:"我决定叫它弗雷德。"

"你是个好哥哥。"艾丽上床睡觉后,妈妈对我说。

我耸了耸肩:"没有这个谎言,她明天怎么熬过去呢。"

"你也熬过去了,马克斯。"她坐在沙发上,双手交叉放在腿上,"很抱歉对你大吼大叫,我只是觉得很害怕。"

"我们都会没事的。"

她拍了拍我的手:"会的。我查了一些关于加拿大的资料,有些地区并不比这里冷多少?"

我笑起来:"那我们就搬到那些不怎么冷的地区。"

她微笑着说:"他们急需护士,这样就很有希望了,对吧?我们可以保留公民身份,这样将来还可以回来。"

"太棒了。"

她点点头:"马克斯,抱歉发了那么大脾气。我应该带着你们远离这些麻烦,而不是反着干。"

"没事的。所以我们真的要走了?"

"是,我们真的要走。我已经给丽贝卡发了信息,如果有地方能安顿下来,我们的入境机会就更大了。"

"我们能赶在圣诞节之前走吗?"

妈妈点了点头:"我们需要一辆车。"

"还有一本给达拉斯的护照。"

"如果他真的想和我们一起走的话。"

"他真的想走。"

妈妈叹了口气:"好吧,再多坚持一下。"

艾丽在楼梯间不由自主地微笑起来,她想象着花生在国家森林里筑了巢,用叶子和泥土在树林中搭了自己的公寓,交了很多松鼠朋友,采集橡果存储起来。

"你最好别咯咯傻笑,别忘了在学校该表演的言行举止。"

她放松了面部表情,眼神一下子变得暗淡了。我们同时握住门把手,她笑了起来,又赶紧把笑声转成了咳嗽。

"好宝贝,谁来开门啊?"

她在我俩之间来回点着,低声念道:"点兵点将,点到谁谁就开。"然后她拧动了门把手。

卢卡斯和另外三个僵尸小孩正在等我们,他们软塌塌的灰色制服外面罩着蠢笨的灰色外套。上周的人数比较多,职业学校一定也忙着赶人,把一大群学生踢到特教学校。我想知道在学生的分层中,到底还有多少更低的层级。

"你好,卢卡斯。"我说,"很高兴见到你。"

"我也很高兴见到你,马克斯威尔;还有艾丽珊德,希望你好多了。"

"我确实好多了,谢谢你。"一抹微笑潜藏在艾丽的眼神之后,我怀疑僵尸们能看出来。

"再见，艾丽。"她加入了他们的队伍，我向她道别，"要乖乖的。"

我告诉达拉斯，我们要去加拿大而不是亚特兰大时，他在校园里小心翼翼地掩饰着发了好大一通火，"他们不会让我跨越国境的！"他维持着扑克脸，声调平缓，但成功地向我传递了他的愤怒，"未成年人不可能未经父母允许就出国的。"

"我们可以帮你搞到一本姓康纳斯的护照。"

"哦，那可真棒，我们看起来长得很像是吗！"他气疯了，必须扭过脸去不看我，才能克制住自己的情绪。"他们会抓住我们的，马克斯。"他转过头来看着我说，"他们会把我们逮住，把我送回来，我父母会知道我没有接种疫苗，他们会把我变成一只僵尸的。"

"不，如果我们到亚特兰大或是美国境内的任何一个地方，警察随时都可以要求你出示身份证，然后他们会发现你的身份，把你送回家。你的指纹是不可能变的，十八岁之前，你每天都处在风险之中。但如果你跨过边境，只要冒一次险，之后就没事了。"

"这是一次多大的风险，马克斯。"

"不，不会的，我们穿过畸形镇抵达边境，他们允许所有人通行。"

"你这推论从哪来的？"

我耸了耸肩："根据谣传得来。"

他不断点着头，时间之久让我以为那是他在颤抖。"那是另外一个国家，马克斯，他们会检查我的护照，我们不可能只是贴张照片上去吧。"

"或许你跟那个孩子长得很像。"

可怕的乖孩子

"或许不像。"

"那我们就用你的真护照,伪造你父母的同意书。"

"他们会打电话到我家核实的。"

"那我们拿一本长得跟你比较像的、年纪较大的人的护照,你可以用成年人的身份和我们一起走。"

他清了清嗓子,冷静地说:"是啊,当然可以。只要对着护照喷泉许愿,所有的问题都迎刃而解了。"

"那要不然我们……"

他丢下我,朝学校走去。

达拉斯已经两天没理我了,我终于在学校的自助餐厅逮到他,他一个人坐着,我坐过去,用空座位阻隔他和僵尸。"我们圣诞节前要去拜访我表姐。"我告诉他,没有刻意压低音量,以免惹人怀疑。我们现在已经学会把真正想说的话藏在其他字句里。"那时候恰逢我的生日,如果商店不关门的话,我想去逛街买东西。"

他拨弄着盘子里的火鸡三明治,没有回应我,他下巴颤抖着,一双眼睛微微地抽动。

"那是最适合买礼物的商店,没人知道你买了什么礼物。"

"太远了,马克斯,出城就好了。"

"我表姐丽贝卡几年前去过那边,她说那边很适合购物。"

他摇了摇头:"我想去亚特兰大买东西。"

"在亚特兰大很难买到适合你父母的礼物。"

他默默地吃着东西,我则在一旁陈述着我想买的精致礼物。

"离圣诞节只剩下两周了,"他终于说道,"没时间做准备。"

"你可以的,而且你知道我们需要好好休息,你记得吧,埃默里教练说我们把拖车打扫得很干净。"

"是的,但是……"

我放下汤匙:"我觉得你很想和我们一起去买东西。"

"不行的,马克斯。"这几个字他几乎是吼出来的。

隔壁桌有个女生转过头盯着我们。

达拉斯完美地变回僵尸脸,礼貌地说:"太突然了,我没有足够的钱和你们一起去购物。"

"一点也不突然,我们为了圣诞节已经存钱六周了。"

他一言不发地喝着汽水,把食物在餐盘里拨来拨去。

那个爱管闲事的女生转回去看着自己面前的托盘。我们旁边坐着三个九年级的女生,她们正安静地喝汤,眼睛紧盯着 RIG。

我低声说:"'你觉得我们还能坚持多久?'这是你三周前的原话,并不突然。"

"谢谢你,马克斯。"达拉斯大声说,"你的家人邀请我一起去购物实在太开心了,和你家人一起过圣诞节很好,但和别人的家人一起过圣诞会感觉很悲伤,特别是你并不属于他们,因为你属于不同种族,你们之间不太可能有什么关联。"别人听到他的话,可能会觉得他是个烂货,但不会怀疑他其实指的是逃亡这件事。

"很抱歉。"我回答,"当然,和家人一起过圣诞更好,但如果你想去购物,而你的家人没办法带你去,我的家人很乐意收留你,把你当作我同父异母的兄弟。我知道你想和我们一起去,因为你之前提过好多次了。"

华盛顿和另外一个由暴徒变成的僵尸走了过来,坐在离我们几把

可怕的乖孩子

椅子之外的地方:"你好,马克斯。你好,达拉斯。你们过得好吗?"他和我们打招呼。

我心烦,于是我说:"华盛顿,我们很好。泰勒好吗?哦,对,我忘记了,他死了,你一定非常悲伤。"

他打开三明治盒的盖子:"对他的回忆让我能够继续前行。"

达拉斯低头看着自己的餐盘。

"我去购物后,你不可能待在家里。"我说。

他的下巴绷紧了,从吸管吸着空气。

我用尽全力压制住想他打他的冲动:"天哪,达拉斯,你应该比我还绝望,绝望到不惜冒险吧。"我压低声音,"一旦我离开了,你就连能放松的地方都没有了,你熬不过去的。"

吸管呼哧呼哧的声音停止了,取而代之的是鼻子抽动的声音,他的下巴颤抖着,快速地眨着眼睛。

一直刺激你唯一的朋友,让他在公众场合当众落泪,这可不是什么好主意,但更糟的是,你们周围还充满了爱说闲话的僵尸。我们就要逃离这所悲哀的学校——现在正是命运猛踢我们喉咙并以此为乐的时刻。

"我感到很抱歉,"我用正常的音量说,"我们不该逼迫朋友去做我们想做的事。"接着我低声道:"振作起来,我们已经被包围了。"

他深呼吸了几次,接着抬起头,变到完美的僵尸样子,只是眼神仍在犹疑:"我不太确定我想去那么远的地方逛街。"

"这并不是你的意思。"

"既然圣诞节已经逼近了,我干脆待在家里,在这个地方购物就可以了。"

"这里没有太多选择。"

"我爱这个国家。"他低声说。

华盛顿一边盯着我们瞧,一边嚼着三明治。

"我知道你父母也爱这个国家,"我大声对达拉斯说,"他们一定很高兴你会终身在这个地方购物。"

他听了之后,头压得更低了。

"你一个人还能坚持多久?"我低声问。

"我会和布伦南成为朋友,像是将自己提升到了一个更高的层次。"

我点点头,示意他我喜欢这个笑话。"要是布伦南也去购物了,你该怎么办呢?好好想想吧,我的家人愿意带你一起去购物,这或许是你唯一的机会。"

"这是一辈子的事,马克斯。"他低声呢喃。

"是一辈子的事。"我说,"环顾一下四周,你觉得你会有怎样的下场?"

达拉斯左右移动视线,僵尸们都好奇地盯着我们看,因为我们是整个餐厅里仅有的在说话的人。

三点半,我去了提前预约好的理发店。

"你好,小帅哥。"金说,"不是感恩节才来过的吗?你一般不会在圣诞节前来理发,接到你电话预约的时候,我还挺惊讶的。"

"今年要去探望表姐,我妈希望我看起来精神点。"

"你一向很精神。到水槽这边来。"

把头后仰到她每天早上洗漱的瓷盆里,觉得心绪不宁,但热水和头皮按摩又令人感觉舒适。

可怕的乖孩子

"还按之前的样子剪吗?"她帮我擦干头发时问,"不要太短?后面稍微推高一点是吗?"

"是的,拜托你了。"

她边往我头上喷保湿液边问:"圣诞节准备好怎么过了吗?"

"还没呢。"

她拿着剪刀对着镜中的我微笑:"我给儿子找了一套旧工具,差不多算是古董了,即使他已经有足够的扳手了,这些工具仍是不错的聊天话题。"说的好像她还需要更多聊天话题似的。"旧车比新车有更多不同的零件,所以旧工具可能更好用吧。"她补了一句。

"他为谁工作?"我问。

她对我会主动提问好像很惊讶,因为我通常连被她问到都不想回答。"他是自己单干的。"她的语气中混杂着自豪与羞耻,儿子积极努力工作,却没什么钱。

"他卖车吗?"

她笑了:"我住的地方每个人都在卖车。"

"我是说能开动的车,可以开着横跨整个国家的那种。"

她耸了耸肩:"大多数时候他都在拆车,好腾出更多活动空间。偶尔修引擎,现在没多少人开旧车,油费和许可证都太贵了。"她用手指挑出一撮头发。

"许可证?"

她点点头:"要有许可证才能开,因为污染太严重了。"

我简直要骂人了。

她安静地剪了一会儿头发,问:"怎么了,孩子?"

我透过镜子对上她的目光,她站直了身体,举着剪刀。"我表姐家住得很远,"我说,"我们必须开车去,我想我们也许可以找辆旧车。"

"为什么不租车?"

我没有回答。

"预计开多远?"

"非常远。"

她斜眼看着我:"你们不在的时候,有人住你们的公寓吗?"

我摇了摇头,头发在她指尖滑落。

她重新找到那撮头发,视线转回镜子中的我,问:"房子会空多久?几天?几周?几个月?"

我耸了耸肩。

"公寓有多大?"

"两间卧室、一个大客厅、一个小厨房。"我试着想了想那房子的卖点,"景致还不错。"

她笑着重复了一遍:"景致不错,好吧,听起来不错,需要预付几个月房租?"

"就普通要求吧,我猜。"

"大部分地方需要预付六个月的押金,所以我才住在车子里。"

"我想接下来六个月的租金已经付过了。"

她的眼睛在镜子里变得迷离起来:"你确定吗?不是开玩笑吧?我知道你爱开玩笑唬人玩,别拿这种事开玩笑好吗?"

"我没开玩笑。"

"既然如此,我确定可以帮你找辆能开的车。"她微笑着,开始以我前所未见的速度剪着头发,"我们会帮你们找一辆很好的车,把油箱加满,再附赠空气清香剂和一只摆在仪表板上的小狗,每次刹车都会摇尾巴的小狗。"她发自内心地笑了起来,拍了拍我的肩膀重复道:"我们会帮你找到一辆很好的车。"

"我圣诞节前就需要。"

"没问题。"

回家的路上,我绕路去了佩珀之前的家。

台阶上我画的心已经消失了,但我仍然留着她的钥匙。

屋内的气氛令人感到不安、黑暗又空洞。我径直走进她的房间,关上门,盯着墙上用来挂我的画的钉子。我转过身看着镜中自己的虚像:灰色的衣服、黝黑的脸庞,我可以是任何人,也可以是个僵尸——头发剪得还不错的僵尸。

我不清楚自己到她家来有何目的。我搜索她的衣柜、床底下、化妆台背后,没找到什么蛛丝马迹。我闻着她篮子里的衣服,把我的脸埋在她的一件夹克里,那件衣服闻起来像化学实验室的味道,夹克的其中一个口袋有耳机,另一个口袋有个存贮卡,我把它插进 RIG 里试着读取。

没有密码不能打开,但里面的照片可以随便看。我浏览着照片,看见自己下巴沾了番茄酱微笑的样子,不禁悲从中来,哀叹出来;下一张照片是达拉斯把比萨拿到我够不到的地方;我们的照片有五十多张——在溜冰公园、在学校里、在橄榄球场,甚至还有一段我们对战魔鬼队的视频——不是我尖叫的那场,是之前一场,达拉斯暴走的那场。我看不下去了。

里面还有一段佩珀跳舞彩排的视频,非常精彩,但看了令我感到痛苦。她太美了,随着舞蹈动作扭动身体,视频聚焦在她脸上,她看着远处微笑，像是阳光一样熠熠生辉。接着镜头移到门口，我站在那儿，聚精会神地看着她，咧着大嘴笑得像个傻瓜。

我一直以为自己装得很酷，然而在这个视频中，我的眼神柔和又梦幻，吐着舌头，她不可能不知道我对她的感觉。

空无一物的房间里很冷，我把手臂伸出袖子，环抱着我赤裸的胸膛。视频结束了，我又看了一次，还把视频影像投射在自己手上，就像我正抱着她，这也只是徒增伤感而已。"再见了，佩珀。"我低声呢喃。

我啪的一声打开她卧室的门，期待会有警察和护士在走廊潜伏着，但无论屋里还是街上都没人。我锁上门，把钥匙扔进信箱，我不会再来这儿了。

回到家时，妈妈正在哭。艾丽在厨房的餐桌上画画，妈妈在沙发上哭泣。我走到他旁边坐下，没有靠得太近，她每次哭泣都让我心焦。我尽可能温柔地打断她："嘿，妈妈，我从理发师金那里要到一辆车。她儿子是修车的，很棒吧？"

她看着我点了点头，眼睛红红的，脸看起来比昨天仿佛老了十岁："亲爱的，这可真是个好消息。"她试着微笑，但笑容扭曲，被悲伤浸染，看来只剩苦楚。我向后退了退，她崩溃了，泪水决了堤，把脸埋进手里，不住地颤抖。

"又有人死了吗？"我问，"泽维尔还好吗？"

"他没事。"

"达拉斯打电话来了？我知道他会说他不想去了，但他只是害怕，最终他还是会改变心意的。"

她摇了摇头。

可怕的乖孩子

"是丽贝卡让我们别去吗？"

"不要说了，马克斯。"她低声说道，"不是这种事。"她拍了拍我的膝盖，想开口却一个字都说不出来。她拭去眼角的泪滴，又摇了摇头。

"你病了吗？"我边说边瑟缩了一下。

她笑了，这令我感到意外，于是我也笑了。她的眼睛闪闪发亮，声音听起来像个小女孩一样轻柔："没有，我没生病。"她又笑了一会儿，叹了口气，看着我摇了摇头。

"好吧，"我说，"无论发生了什么事，都不用担心了，这几周不会有什么大事的。我们有车了，我们就要离开了。"

她深吸了一口气。

我猜一定是荷尔蒙的问题。"如果你想聊聊的话，随时找我。"我说。虽然我宁愿吃自己拉的屎也不想和妈妈聊她的荷尔蒙。我站起身，"车的事是个好消息，对吧？"

她点点头。

"有吃的吗？"

她抓住我的手："再待会儿好吗？"

"当然，我去拿点吃的过来，我们可以一起看电影，或是做点其他的，好吗？"

我没有等她回答。

我打开冰箱找吃的，和餐桌旁的艾丽说话："嘿，艾丽，今天好吗？"

"很好，谢谢你，马克斯，你好吗？"

"我很好。"我挪动着番茄酱和腌黄瓜，仿佛烤鸡三明治会藏在这些瓶瓶罐罐后面。"你们晚上吃什么了？"

"我们喝汤,搭配面包和芝士。"

"哦,挺好的。"我掀开炉子上的锅盖,还剩一点汤,我把汤加热了。"我今天好极了,艾丽,你呢?"

"还不错,谢谢你,马克斯。"

"你把奶油芝士掉在外面了吗?"我在牛奶后面发现了奶油芝士,把它们拿出来放在琉璃台上,倒了一杯,喝了,又倒了一杯。我把芝士抹到面包上,闻了一下味道,确认没过期,在这个家里,永远说不好食物的保质期。"回学校感觉怎么样?都还顺利吗?"

"学校的一切都很好,"艾丽说,"每个能上学的孩子都很幸运。"

"你刚才说什么?"我转过身,把盘子放在她对面,但没有坐下。

艾丽坐得笔挺,低头看着桌上的作业,聚精会神地看着,用一支黑色铅笔慢慢地、小心翼翼地在标了编号的空格里写着,她的手指来回移动,填满空格。

"你刚才说什么?艾丽。"我又问了一次。

她把那间隔全部涂黑,停了下来,放下笔看着我,眼神在空中飘荡了一会儿,才落在我身上,"我不记得刚刚说过什么了,"她抓住脸边的一缕头发,"我没办法专心做作业,太热了。"她脱下毛衣,把其整整齐齐地披在椅背上,又低头看着作业,拿起蓝色铅笔,开始涂另一个标了号码的空格。

她的上半身几乎不动,着色的方法非常谨慎,手指抖动,手腕轻颤,但手臂几乎静止不动,肩膀以上完全不动。我看到她手臂上有一大块米色的纱布,早上还没有的。刀子从我手上滑落,掉在地上发出叮当声,声音停下来后,我听到妈妈在客厅低声哭泣。

14

"说悄悄话是不对的。"艾丽说。她踩着脚走进客厅,穿着睡衣,握着泰迪熊的鼻子。自从她被打了针开始,我们同在一个屋檐下生活已经整整一周了,我觉得受不了她了。"你应该去写作业了。"她对我说。

叫他们僵尸是对的,他们想吃我们的脑袋。

我强迫自己露出一个微笑:"该睡觉了,小懒虫。"

她看着我,像看着一个弱智:"如果有孩子不遵守规则,我们必须告诉大人。"

妈妈在我身旁站起来:"马克斯已经写完作业了,艾丽。监督哥哥不是你的分内之事。"

"写作业是每个人的分内事。"

我们必须离开这座城市。

艾丽盯着咖啡桌,伸出手指,仿佛要全世界来为自己做证:"你用了我的彩色铅笔!这是不允许的,这些笔是我写作业用的。"

"是我跟马克斯说可以用的。"妈妈说。

艾丽走过来看着我的画作:僵尸小孩正走路去上学,人行道上的裂缝里长出蒲公英的新芽,然后一只巨大的鞋子就要重重地踩上去……"这是不允许的!"她抓起那张纸,铅笔掉了一地,她用油腻的双手把那幅画折了起来。

我想把她丢到房间的另一头去。

"够了,艾丽!"妈妈说。她停下来,不再用脚在地上滚铅笔,"捡起来!"

"好吧,"艾丽嘟囔着,一脸困惑,"我要做什么?"

"把笔捡起来,"妈妈说,"我们一起捡。"她拍着手念道:"一是金钱,二是演出,三准备好,四开始啦。"

"真愚蠢。"艾丽说。

妈妈深吸了一口气。

我们一起把彩色铅笔捡了起来:"你可以更快些的。"艾丽告诉我,"我们都应该努力做到最好。"

她经过我旁边时,我正跪在扶手椅旁,我把手伸到她脚边,她被我绊倒了。那一瞬间我觉得自己像个野兽——谁会去绊倒一个曾是自己妹妹的六岁小僵尸呢——但我因此感到了极大满足:"走路看路啊。"我教育她。

"你应该尊重身边的所有人。"

她转身后,我对她竖起了中指,从椅子后面偷窥,朝蜘蛛竖起大拇指。

蜘蛛弗雷德看起来并没有努力织网,但它还在捕获一只小虫子。虫子在弗雷德开始享用美餐之前拼命挣扎。我希望它能直接吃了虫子,这些日子以来,等待折磨着我,每一刻都是希望和阴霾交织在一起。

我躺在椅子旁的地板上,试图让头脑放空。艾丽的影子在上空笼罩着我,我以为她会重重地踩踏在我脸上,然而并没有,她跨过我,

可怕的乖孩子

一脚踩在弗雷德身上。它的网脱落了，粘在艾丽袜子上，她用脚趾在地上碾压，弗雷德瞬间变成了一团黑色的黏性物质，血肉模糊，它的脚掉了下来，散落在压被成扁片的尸体旁边，艾丽把网从脚下扯掉，抓出蜘蛛网里的那只虫子，用手捏扁了。

"必须杀死虫子，它们很脏。"她说。

我只是躺在那里点了点头。

"必须在她告发我之前离开这里。"我对妈妈说。她正在浴室里刷牙，我在厨房里，往锅里下了一小包面条，开始搅动，"我们不能死等那个孩子的护照，万一他要到新年那天才出现呢。"

妈妈的头从角落里探出来，眼睛闪着光，嘴上都是泡沫："你要丢下达拉斯？"她兴奋地问。

"不是那个意思。"

她擦了擦脸走过来，一只手搭在我胳膊上："他们不会放他走的，马克斯。未经允许就带他走是绑架行为。"

我抽走手臂："我的天，你是个骗子！你现在反悔了？"

"没有，我只是担心，我们的肤色过境时是不会顺利的。"

她说得对。白人家庭带着一个黑人小孩出国不会引人注目，但边境警卫不可能让像妈妈那么黑的黑人带走一个白人完美小孩："你告诉过丽贝卡我们要带她一起去吗？"我问。

"说了。如果我们住在她家，用她的姓氏，阿灵顿也许暂时找不到我们。"

"你觉得他会到加拿大找我们？"

"我们绑架了他的孩子，马克斯。"

这时突然有人敲门，我们都吓了一跳，我猜想这间屋子已经被监控了，而"绑架"这个词惊动了警察。

"现在已经晚上八点了。"妈妈一边低声说，一边走到门口，我躲在她身后，在自己家里蹑手蹑脚。

达拉斯单肩背着一个背包，一只手拿着RIG，在我家门口等着："我来向社区民众告知新教育支持办法的益处。"他说着，嘴角咀嚼了一下，我连忙把他拉进屋里。

妈妈拍了拍他的胳膊："天哪，你真会演，我们正在谈论你。"

"我知道，我把耳朵贴在门上了。"

"要是被监视器拍到怎么办？"我厉声问道。

他耸了耸肩："那些僵尸成天到晚都这么做，这也是他们训练的一部分。"

"你真的听得到我们说了什么？"妈妈问。

"只有零星片段，我为艾丽的事感到遗憾。"

"我们该早点走的。"妈妈说，"那样至少你们两个都还好端端的。"

达拉斯等妈妈回到卧室关上门之后，才走向沙发："我来只是想给你这个。"他边说着，边把背包拉链拉开，拿出一个蓝色的枕头套，里头塞得鼓鼓的，很重，缝线被撑得都要崩开了，他把枕头套放在我大腿上。

我往内看了一眼——珍珠、金链子、耳环、硬币、成捆的纸钞："上帝啊，达拉斯，这是真的吗？"

他点点头："奥斯丁从小就爱偷父母和朋友的东西。"

我晃了晃里面的东西："我们拿这些做什么？"

"当然是买车啊。"

"我跟你说了啊,我们用公寓换到车了。"

"那就用这些东西换汽油、食物和你们抵达之前的住宿费吧。"

"是我们。"

他耸了耸肩。

"别这么说,"我说,"成年之后就可以回来与父母相见了。"

"不是因为这个,他们甚至都不怎么喜欢我。"他拨开挡住眼睛的刘海,试着对我微笑,"我只是觉得我走不了,如果边境全是外泄区怎么办?如果找不到工作,最后只能睡在车里怎么办?我们能上学吗?暴露了被送回来怎么办?在畸形镇被杀了怎么办?"

"那条路去墨西哥近,也更安全。"为了让他放松点,我问:"你宁愿被哪类人杀死?一群畸形人还是一群墨西哥毒枭?"

他挠了挠头:"我从来都不善于做决定。"

"我们会没事的,达拉斯。时机很完美,学校的课上到周五,我妈妈周末休息。你可以告诉你父母说我们去买圣诞节的东西,不会有人成天到晚找我们,等他们知道我们离开了,我们已经越过边境了。"

他点点头,并没往心里去。

"我妈或许能帮你搞到一本姓康纳斯的护照。"

他笑了起来:"对你们家来说,我可能太白了点儿。"

"那就把你藏到后备厢里。"我厉声说。

"如果他们打开后备厢检查呢?你只有这么一次机会,马克斯,你不能做任何犯法的事,不然的话连你也出不去的。"

"离开这里并不犯法。"

"我听见了,那个词。"

"哪个词？"

"绑架。"他站着掸了掸他的裤子，"要带着我一起出镜并不是件容易的事，就算只有你们一家独自越境都可能有麻烦，你妈比你肤色黑很多，他们也许会认为她拐带孩子，强迫孩子离开父亲。"

"我们有我爸的死亡证明，一切文件都有。"

"你不能冒这个因绑架罪被逮捕的风险。"

"我们不会把你留在这里的。"

"马克斯，我还有别的机会。我们家有钱，我快要十六岁了，等到了夏天，我就能有自己的车了，我可以自己开车去边境。"

"等到夏天？达拉斯，我们装僵尸才装了八个礼拜，就已经快崩溃了，你要怎么继续熬过之后的六个月？"

"我能做到，我很擅长演戏的。"

"你已经快崩溃了！我一离开，你就一无所有了。"

达拉斯背上背包："我做得到，马克斯。我的思想仍在，只是不能大声表达而已；我的感觉也仍在，只是不能表达；我仍然拥有过去的一切，那些都还在我的身体里，别人无法拿走。"

我猛拍他的胳膊："他们能拿走！他们能拿走一切！他们才刚夺走艾丽的一切，他们也夺走了佩珀和泽维尔的一切，还有泰勒·威尔金斯！这都是毫无疑问的事，不是吗？如果他们对你出手，达拉斯，你会一样一样失去一切，被他们全部拿走的。"

"嘘！"妈妈睡眼蒙眬地往客厅瞥了一眼，"小点声，你们还好吗？"

"没事的，康纳斯太太，我要走了。"达拉斯等妈妈不说话后才低声对我说："我会在边境被逮住的。我不想被逮住，马克斯，我不想赌运气，不想承受因为事情无法成功进行的压力。我宁愿留在这里，活在无望中，之后我也许还能留下点什么。"

"留下什么？"

他没有回答我，一言不发地离开了。

妈妈踏着重重的步子走了过来，因为频频被吵醒，打算骂我们一顿。看到我的脸色，她的态度软化下来："你怎么了？"

"达拉斯不敢和我们一起走，他觉得他会被逮住。"

妈妈点了点头："这件事确实很危险。"

她举起手示意我不要打断她的话，但我还是忍不住插嘴："也许我们所有人都该留下来。"我说，"要是加拿大情况更差劲怎么办？历史上不是也有这种情况吗——人们离开，寻找更好的地方，却反而落入梦魇中，最后则希望自己还在原来的地方，希望自己从未离开。"

"历史上还有一种情况是人们离开，寻找更好的地方，最后也确实找到了。"

"但如果我们是唯一……"

"你们不是。"她双手捧着我的脸，"整个世界满是正常的孩子，只因为我们被困在城里，才认为这是我们唯一的选择，其实不是的。我们会没事的，就像你说的，我是个护士，到哪儿都能找到工作，我们可以去任何地方。"她亲了亲我的额头，"我们不能为了达拉斯留在这里。"

"你要丢下他？"

"不。"妈又重复了一次，点了点头，"不是的。"

"妈妈，我不会丢下他的。让他留在这里一个人面对那些老师和他爸？我不能让达拉斯一个人面对这些。我们要带达拉斯一起走，不然就都别走了。"

蒙哥马利一瘸一拐地走进来上历史课，灰色制服下是卷曲的白衬衫，他的右手无力地垂在身体一侧，没戴戒指，也没有晃荡晃荡的手镯。他僵硬地托着脖子，头朝右边歪着，面部肌肉绷得紧紧的，半边身子都麻了。在接种疫苗之后，我见过好几个这样的孩子，我以为这是暂时的。

利兹先生抬起头看着蒙哥马利，目光中透着悲伤。最近，利兹先生总是叹气、迟疑，身上粘着咖啡的印记，在教室里一路洒着法式烘焙咖啡，从门口到他的座位。他每天早上都提前来，将上课要讲的内容投射出来，这样他就不会听到自己讲课时声音的颤抖。曾经他是我最喜欢的老师，我想现在也是，但已经没什么好说的了。每次抬头，我都觉得他快哭出来了，他的视线停在我们每一人身上，似乎在怀念过去的美好时光。他凝视大家的眼神中没有愤慨，也没有祈求、没有抗议、没有澄清。他只是呆滞地顺从，他的神情和刚开始给别人注射药物的我妈妈差不多：悲伤又利己，自私自利，等待着光明的一面。

我想不出有哪一个大人还能令我崇拜。

"请从第一道题开始。"利兹先生沉静地说，"请保持较低的音量。"他说了一大堆毫无必要的请求。

他要求我们两个人一组，互相提问来做复习。我转向坐在旁边达拉斯，但他看着别处，他拍了拍布伦南的肩膀："我们一组吧。"他说。

布伦南看了我一会儿，然后点了点头，站起身，和达拉斯面对面坐下。他和达拉斯分别看着自己的 RIG，对彼此说着答案，看起来仿佛从出生起就是好朋友了——两个人很明显都是完美小孩——有钱、身材高大、头脑聪明,和我不是一个世界的人。

接着利兹先生走到我旁边,他带着苦涩味道的呼吸拂在我脸上:"马克斯,看来你落单了。"

我几乎要笑起来:"是啊,先生,我一直都是。"

利兹先生对我皱了皱眉:"如果愿意的话,我跟你一起复习。到我桌子这边来。"

我厌恶教室里低低说着答案的声音,用力拉扯耳朵,把耳朵折起来贴在头皮上,现在只能听到若隐若现的嗡嗡声了。我的脸有种灼烧的刺痛感,无法抑制地爆发了:我眼眶泛泪,鼻子发痒,舌头在嘴里窜来窜去,卷到唇下,顶着脸颊,像是体内有某种压抑又绝望的因子,四处乱窜,寻找出口。

"你还好吗?"利兹先生问。

我觉得眉毛里仿佛有虫子,牵动着我的皮肤和它一起蠕动,我有股冲动把眉毛剥离掉。我揉着脸,觉得痒痒的感觉从眉毛扩散到头皮,接着又延伸到肩颈,越过肩膀,沿着整条手臂蔓延到手指,我不停地抓挠着。

利兹先生用他苍白又多汗的手攥住我的手腕:"停,马克斯,停下来!"

我无法忍受他的气味,从他的手中奋力挣脱开,双脚离地跳了起来:"不要碰我!"

他伸出手像是想拥抱我。

我把他推到一边,他砰地撞到墙上。"不要碰我!"我尖叫着。

我在拥挤的课桌椅中间跟跄乱窜,冲出教室,跑到空空荡荡的走廊上,耳畔只有粗重的脚步声以及越发急促的呼吸声。我经过储物柜、监视器、挂着毕业班照片的走廊，从警卫身旁经过，跑出学校大门。我的皮肤暴露在凛冽的空气中，冷到发抖，但体内却因悸动而炽热无比，我需要跑一会儿。

我跑着离开学校，跑进迷宫一般的灰色郊区街道。我奋力跑过长街，试着将注意力集中在呼吸上。跑到斯巴达大厦时，我双腿打战，五脏六腑都在体内颠倒翻涌，脸颊刺痛。我弯下腰，在大门入口旁边的枯草上疯狂呕吐，浑浊的呕吐物灼烧着穿过我的食管，污物喷溅到鞋上，我看了一再地反胃，直到胃部生疼，涕泪直流，直到吐出的是黏稠的痰状物质。

我又吐了一阵，吐着口水，自己都无法忍受自己的味道。我身上酸臭味交织，而且因寒冷而瑟瑟发抖。我挺直脊背，四下望了望，发现周围只有我一个人，棕色和灰色的我孤身一人，站在棕色和灰色的场景里。

我折了三根雪松围栏上的树杈，盖在我吐出来的东西上，想掩盖这个污物和它的气味。我用裤子柔软的褶皱擦了擦手，然后走进公寓大楼，上了楼梯，沿着老旧的走廊走回了家。

我花了足足二十分钟彻底洗了个澡，又刷了两次牙，接着浑身赤裸地躺在床单上。感觉太暴露了，又起床把衣服穿好。周围一片寂静，静到我觉得也许整座公寓大楼里只有我一个人。

我把校服口袋清空，放进洗衣袋，又检查了一下 RIG。

校长已经针对我的暴走行为发来信息，还有一封给我妈的正式通知函，告诉她我被停课两天。"再有任何令人无法接受的行为，将被开除。"其中"令人无法接受"这个词还拼错了。我们可能会因为嘲讽他大笑到呛死自己。

可怕的乖孩子

妈妈递给我一个黑色大皮夹，"这是你的新哥哥、同父异母的夏延·康纳斯。"

他身高一米八六，七十七公斤。我知道这个人——他是新米道尔镇东南区中学的橄榄球选手，蓝山魔鬼队的队员。

"他看起来跟达拉斯不太像。"我说。

妈妈从我手里抢走护照，"他们身高、体重都一样，可以让塞莱斯特帮忙，给达拉斯化化妆。"

"那出生证明呢？能把爸爸的名字加上去吗？"

"出生证明没拿到，他没放在皮夹里，我们必须拿着你爸的护照和死亡证明，编好如何应对检查的谎言。"

接下来的两天，我一个人孤独地停课在家，没有人发任何信息——没有日志、八卦消息、新闻、照片，除了学校的公告，什么都没有。我不想回学校了，但也不喜欢和别人切断联系。达拉斯不回复我加了密的信息，我告诉他我们计划周六离开。

独自一人待在家里令我心神不宁，我听见走廊上有噪声，没人在外面时还能听见吱吱呀呀的声音，还有沙沙声。昨天有个女人在门外笑得很大声，我听声音以为她在我家厨房，结果她站在走廊对面，翻着背包找家门钥匙。我从猫眼往外窥视，是个中年妇女，皮肤松弛，染着一头金发，穿着一件明显是瘦的时候买的黑色套装。她在和一个投影在墙上的年轻女人说话："呀，我的上帝啊！"她大声嚷嚷着，对监视器和我偷窥的视线毫不在意，"不开玩笑地说，他们都一个样。"

我今天也等着听她聊天。我也不知道为什么。

我翻看着《畸形秀》的选拔赛,但没有一个人能吸引我,真希望他们再把拉链头拉出来参赛。

我写了作业,又练了一会儿举重,觉得很无聊,干什么都没劲。于是我鼓起勇气去看泽维尔。

他自己来开的门。

"泽维尔?简直认不出你了。"

他把头发剪短了,穿着白色的牛仔裤和西部主题的蓝色衬衫,看起来像个二十几岁的人,严肃、英俊、整洁,而且状态很好的样子。

"嗨,马克斯!"塞莱斯特在客厅和我打招呼,她坐在沙发上,盖着一条薄毯子,手里拿着 RIG。"很高兴见到你,我正在开会,不过请进吧。"

泽维尔闪到一旁让我进门,他身上有廉价洗手液的味道,像是在碱性液体上撒了一层婴儿用的爽身粉。"很高兴见到你。"我说。

"谢谢。"他的眼光焦距拉进,投射在我身上,说话时没有笑容,也没有欣喜。

"你知道我是谁吗?"

"当然,马克斯威尔·康纳斯。"

"很好,真棒。你过得好吗?看起来健康状况好多了。"

"是的,谢谢你。"

"你剪了头发。"

"男人就该剪短发。"

我微笑起来:"你十六岁了,泽维尔。"

"是的,我最近过生日了。"

我点了点头:"这周六是我的生日。"

可怕的乖孩子

他毫不在意:"现在我要写作业了。"他说完,丢下我走到角落里的小白书桌旁,姿势优美地坐在一张松木椅子上。

"泽维尔假期结束就回学校了!"塞莱斯特对着 RIG 喊道,"他体内那些化学物质只是需要时间获得平衡。我们之前很担心,但是新的纱布发挥了效用。"

我靠在软软的沙发上,从她的肩膀看过去,她的 RIG 上飘着一个彩色的轮子和四张脸。"这是什么会?"

"大学年刊俱乐部。"她指着我说,"你可以帮我们做设计!你是一个不错的艺术家。"

我站了起来,不确定她是否在开玩笑,也不确定她是否也接受了疫苗注射。她和朋友闲扯着星星的颜色和年刊侧面的螺旋桨。我尴尬地站在那里,手插口袋,没有人理我,我只能不知所措地笑着。

房间里装满了乱七八糟的家具——玻璃咖啡桌、松木茶几,角落里还有个黑色塑料橱柜。一面墙上挂了一幅黑色和粉红色相间的抽象画,旁边是一幅巨大的达尔文画像,装饰得十分华美。房间里闻上去有培根油脂和消毒水的味道,感觉相当疯狂,就和他们这家人一样。

泽维尔的眼睛和手指扫过屏幕的速度比一般人快两倍。

"你在做什么呢?"我问。

他身体一顿,对我打断了他显得不太高兴:"翻译。"

"上礼拜他把一整本书从英文翻译成了俄文。"塞莱斯特夸耀说,"现在他在翻译西班牙文,这是他的最新爱好。"

"什么书?"我问,"我能看看吗?"

泽维尔叹了口气。

我从他肩后望过去,在他四下张望时,跳到他的另一边烦他。我靠近他的 RIG："我以前从不知道你还会写诗。"

他挪动椅子想离我远点："这首英文诗的原文是苏美尔文的，我正在把它翻译成西班牙文。"

"《吉尔伽美什》史诗？"

他对我竟然知道这首诗表示惊诧，目光在我和 RIG 之间来回移动。

我耸了耸肩："你以为世上有多少苏美尔文的诗？"

"世上有很多苏美尔文的诗。"

我笑了："这我就不知道了，不过《吉尔伽美什》史诗很有名。佩珀去年在大众传播课上重写过。你现在翻译到哪一段了？"

"已经翻译一半了。"

"故事里的哪一段？"

"这是一首诗。"

"吉尔伽美什的朋友死了吗？我喜欢他的朋友胜过喜欢他。"我在泽维尔的屏幕上读英文的那一半，"哦，是这段，这段很悲伤。"吉尔伽美什在隧道里，必须在完全的黑暗中爬行数小时才能到达另一端，他孤单又害怕，在世上没有任何朋友，想放弃。我叹了口气，摇摇头喃喃自语："我有过这种感觉。"

"不，我没有。"泽维尔说，"这是一首来自中东的诗。"

我对他微笑："是来自中东这没错，但我们都有过这种感觉。"

他在椅子上扭动身躯："不，没有的。"

"别激怒他！"塞莱斯特低声训斥我。

"对不起，这只是个比喻。"

泽维尔摇了摇头，对我皱着眉头，脸上的表情是艾丽注射之后常有的，就是看着我像是看着一个弱智的表情。"这只是一首诗。"他

可怕的乖孩子

厉声说道。

我不喜欢他的新发型，也不喜欢他的脸配上这个新发型，他看起来就像工厂的流水线制作出来的，我联想到以前，以前他不是这样的。"我得走了。"我说。

他点点头，转头继续忙自己的事。

"嘿！"塞莱斯特的目光从她的年刊同伴那边转了过来，"你能把帐篷带走吗？我知道那是送给泽维尔的礼物，但我妈说我家没地儿放，而且它有点臭。"

那一瞬间我以为她在开玩笑："你要把我的画退给我？"

"我们真的很喜欢你的画，马克斯，但我们没有地方放置它，所以会有点浪费。"

我看着泽维尔，问："这个生日礼物你不想要吗？"

"闻起来怪怪的。"他说话的时候看都懒得看我。

塞莱斯特大笑："确实是。"

我希望他们全都被人变成僵尸——整个拉维妮一家。我恨他们肮脏的房子、亮闪闪的头发，还有他们蹩脚但真实的话，我最恨的是我竟然如此思念泽维尔。我连微笑都不想保持了："好吧，我会把帐篷拿走的。"

我沿着墙面脱皮的走廊拖着我的帐篷，越想越生气，但同时也越来越高兴，我拯救了我的帐篷，使它免于被堆放在充满二手店服饰和成堆无用请愿书的柜子里，不用被埋葬，直到它曾经被赋予的意义被人遗忘。对我来说，这个帐篷是我的作品，是我这辈子做过的最棒的作品，它是属于我的。除了这个意义之外，我想我们可能很快就得住在里面了。

15

12月23日,星期五,假期前的最后一个非休息日。我到学校时,达拉斯正往校园里走着,胸前挂着身份证,眼睛直视前方,等着进门。我排在队伍中,觉得沉默又冰冷,如同我周遭的世界。

大众传播课的时候我坐在达拉斯后面,继续等待机会。埃姆斯先生下发了假期作业:"请列举有说服力的《历代邮政系统》的非虚构作品。"过去,我们的课程大都是教授文学性的史诗,但僵尸们完全不在乎史诗中倒下的战友。历代邮政系统是个能让僵尸们投入热情与精力去认真吃脑袋的课题。

"嗷呜,好吃。"我一边读着主题清单,一边对达拉斯说。

他没听到。

"要在作业中加入自己的观点。"埃姆斯先生说,"有什么问题吗?"

我们眼神一片茫然。

他叹了口气:"你们这些孩子都和以前不一样了。"

午餐时间我又试探了达拉斯一次。我拖着脚步排在他后面,说:"我妈昨天晚上看了一部僵尸电影,他们吃人的脑袋。"

他没有看我,眼睛望着盘子里的一摊黄色泥状芝士通心粉,他的眼皮是紫色的，面露疲惫之色，鼻梁边有一块是黑青色的。

我拍了拍他的肩膀："你看那部电影了吗？"

他转头看着我，仿佛现在才察觉到我的存在，眼神之中也没有笑意，没有吃脑袋，没有任何线索："我以前看电影，但我再也不看电影了，我也不知道是为什么。"他端起托盘，坐到离我们最近的空位上，我们夹在两个陌生人之间。

布伦南轻轻推了推我的背："振作起来！"他嘴唇保持不动地低声说。

我心不在焉地点了餐，和布伦南一起坐在长桌的最末端，盯着托盘里不想吃的东西——糊状的蔬菜汤、冷掉的面包、带着苦涩味道的葡萄。

在餐厅的另一端，达拉斯一直在咀嚼，但似乎一直没咽下去，最后他终于起身，把托盘堆放在推车上。他的外套贴在肩膀上，裤子松松垮垮地挂在屁股上，看起来比三天前更瘦了。

"别再看他了。"布伦南轻声说道，仿佛是腹语，"吃你的饭。"

我反复喝着一汤匙糊掉的食物，在齿间反复回味，直到感觉到嘴里有血腥味。

历史课相当折磨人。我们研究历史上的工业灾难，略过人类所经历的苦难和死亡，只研究谁该为这些事负责，将重点放在如何挽回上。所有人只会勤奋工作，把事情做好。

利兹先生没有和我们互动，他展示文件、指派同学阅读、指着屏幕上的问题，仿佛他的职责就仅仅是这样。我恨他以及他所承受的一切，我恨他就像我恨妈妈一样；我爱她，也希望自己不恨她，但我无法克制自己；我恨所有对自己的所作所为感到不快，却仍旧照做的大人，他们在每次呼吸间叹气，坚持自己是这个糟透了的世道里的好人；我恨他们不为我挺身而出，也恨他们没有帮我替自己挺身而出；我恨他们没有教我去关心那些被他们毁掉的人；我希望他们每次喝咖啡闲扯的时候都会被自己呛到。

利兹先生挤过走道，过来检查我们的进度。我伸出脚绊了他一下。他又惊诧又愤怒，但因为太过惊诧了什么都没说。我继续写我的作业。

体育课之前，我在储物柜前继续骚扰达拉斯，我站得离他很近，低声问他："你知道僵尸吃人脑袋吗？"

"不知道。"他伸手绕过我去拿水瓶。

在体育馆门口，我紧挨着站在他身后。

埃默里教练一手按住我的肩膀："你看起来很累，康纳斯，要去坐到板凳休息吗？"

我理解到我在达拉斯身后凝视着他的表情，大概就像孩子看着父亲离开幼儿园的样子吧。我深吸了一口气，努力让面部肌肉放松。

"不只有运动有益健康，"教练说，"你保证充足睡眠了吗？"

"是的，先生。"

"能上课吗？"

"能的，先生。"

他拍了拍我的肩膀："好孩子，放假期间不要生病哦。"

"好的，先生。"

我们开始绕着操场跑圈，达拉斯每次靠近我的时候都会加快脚步，我分不清这是不是我自己的想象。

"保持团队行动！这不是比赛！"埃默里教练大喊。

我们围成一个圈打篮球，练习传球和包抄。达拉斯站在我对面，紧挨着布伦南。他的T恤垂在肋骨上，手臂上的青筋爆出，蜿蜒在他苍白的皮肤上，仿佛一条路线图。他的眼睛跟着球，视线从我身上飘过，我故意丢球，但他一点反应都没有。

"捡起来再传一次。"教练说。

我直接将球扔向达拉斯，布伦南反射性地躲开了，球砸到达拉斯的鼻子之前被他接了起来，他没有退缩，继续传球给贝。

"小心丢球！"埃默里教练大喊，"你必须随时留意自己的情况和周围的人。"

每次只要我一拿球，就直接扔给达拉斯。他烦不胜烦。

埃默里教练最后把球从我手上抢了下来，当着我的面大吼道："去把口香糖吐掉，康纳斯！你知道的，在我的体育课上不准嚼口香糖！"

"我没有嚼口香糖，先生。"

他皱了皱眉："那你在嚼什么？"

"我不知道，先生。"

他把手放在我的额头上，仿佛这样可以令我冷静下来："去板凳上坐着。"

这堂课剩余的时间我都坐在板凳上，我闭上双眼，轻轻呼吸，听着球在体育馆的地板上弹跳时发出大的声音：砰、砰、砰。

教练经过我时踢了踢我的脚，我才意识到自己在自言自语，还揪着大腿上的腿毛。

我压着手背坐着，盯着挂在远处墙上的绳子，脑袋里算着乘法，二乘二等于四，再乘二等于八，再乘二等于十六，一路乘下去，直到各种数字在我脑里乱成一团，于是又从头开始。下课铃声终于响了起来。

淋雨时，我被一阵恐慌击中了，我不能接受达拉斯在我们即将离开的时候被注射了药物,我没办法这么活下去。

我调整了一下水温,水滴像无数根针一样刺在我身上,一会儿冷一会儿烫,一会儿又冻得要死。氯气的臭味充满了我的鼻子和肺部,在水声与脚步声中,我听见有人在小声说话,我转过头,做好面对陷阱的心理准备,但眼前只有安静的男孩们披着浴巾,去穿衣服或等着淋浴的样子。

我用眼角偷窥达拉斯,他对我变态的样子毫不在意。他面对着莲蓬头,动作缓慢但很有效率。就像其他人一样,他冲洗完身体,用毛巾擦干,看都不看我一眼,就径直走开了。

"赶紧穿上衣服,康纳斯!你落后了!"埃默里教练在门口大喊。我连肥皂都还没来得及抹,不过也懒得抹了。我关上水龙头,披上浴巾。

教练拦住正打算离开的达拉斯:"有人……"他在半裸的全体同学面前宣布,"我不点名是谁,但有人在球场上留下一只水瓶,你们都知道我有多在意球场的整洁,我会派两名志愿者去球场巡视一下,把垃圾捡起来。"他指着达拉斯,接着越过房间指着我,"我希望你们两个像行军一样在球场上走过,捡起所有你们能看到的垃圾,确保拖车附近也检查一遍。其他人可以走了,圣诞快乐。"

我快速整理着装,袜子穿反了也毫不介意。系鞋带时,我注意到自己的手在颤抖。

布伦南把鞋扔到我脚边,然后在我旁边坐了下来。他低下头小声说:"远离监视器之前,不要问任何问题。"接着他扭动着脚伸进鞋子里,弯下腰把鞋带系紧了,"安全起见,不要对他泄露你的秘密。如果你发现了什么,请让我们知道。"

他站起身,快速瞥了我一眼,目光中带着同情。在伸手捡起脏运动服时,他补了一句:"马克斯,无论他是否跟你们一起走,你都必须快点离开。"

布伦南走后,更衣室里只剩下我一个人了,我喜欢这里,虽然臭烘烘的,但这是孩子们的味道。无论治疗措施对他们产生了什么影响,都改变不了他们臭烘烘的味道。

埃默里教练将头探进来说:"快点,时间紧迫。"

达拉斯和我把背包扔进拖车里,沉默地走向球场。我应该穿外套的,但外套被我塞到背包里了。我拉上校服拉链,竖起领子,双手插兜。达拉斯抬头挺胸地走在我旁边,拉着拉链,戴着帽子,我几乎看不见他的脸。

球场是一片宽阔的枯萎了的草地,西边种了一排光秃秃的树,高耸着插入灰扑扑的天空。才下午三点,太阳已经开始要落山了。

穿着普通球鞋而不是钉鞋,这样走在球场上有点诡异,脚底下的地面都冻僵了,草又硬又滑。

"我们应该分开,从相反的两端各自开始。"达拉斯说。

"不,我们应该走在一起。"

"分开比较有效率。"

"四只眼睛胜过两只眼睛。"

"不,"他说,"两只眼睛……"

"我们一起走。"

当你和僵尸走在一起,六万平方英尺的操场就显得过于庞大了。我们走了五十步抵达边线,在那里继续绕着方形走,接着又倒了回去,仿佛在割草。学校在冬天清冷的阳光下看起来令人心生畏惧,六栋规模宏大的建筑向远处蔓延,未来已经在黑色的玻璃之后决定了。

学生们现在大概已经走出校门,或者已经回家过圣诞节了。老师们还在——我看见一堆自行车,格拉罕先生的车停在停车场——但周围并没有还有其他人在的迹象,好像只剩下我们了。

我们走到边线,绕着方形,然后再折到西边。达拉斯目光朝下,下巴却抬得高高的,看上去像是盯着自己的鼻子。我模仿他,但他没有发现,他根本不在乎我。

"你昨晚在图书馆干什么了?"我问。

"聊天会令我们在工作中分神。"

我很想打他:"你干什么了?"我重复着问了一次。

他停下来看着我,仿佛我是个弱智,接着他皱起眉头回答:"我想不起来了。"他颤抖着,继续向前走,眼睛盯着自己的鼻子。

"你看电视了吗?""你写作业了吗?""你最近吃什么药了吗?"

"你应该看着球场,而不是我。"

"球场根本什么都没有!从我这个角度看上去一目了然,非常干净,现在留在学校里的人根本不会在球场上乱扔垃圾。"我故意撞他,猛撞他的肩膀,"除了你和我,没有其他人。"

他停下脚步:"我绝不会在球场乱扔垃圾,这是不对的!你为什么会在球场上乱扔垃圾?我们很幸运能拥有球场,我们应该好好珍惜自己所拥有的东西。"

我想把他的头扭下来,想挖出他的喉咙,想用膝盖把他的睾丸顶成没用的肉酱。我抬头望着他,两颊发热,天哪,真希望能长高一些。小时候,我还可以揍他一顿,他每次都留着鼻涕被我打;但现在,他可以把我挡在一条胳膊之外的距离,同时还能腾出手来挖鼻屎。

可怕的乖孩子

他看起来很愤怒，但那种愤怒和卢卡斯、艾丽以及其他所有爱打小报告的小僵尸表现出的愤怒似乎是一样的。

一想到他会去告发我，我就不能忍受。去年夏天我打坏他爸的车头灯，九年级时我松开埃默里教练的热水瓶盖，害教练被烫伤，这些事他都从没和别人说过。他也从来没有告诉任何人，在我爸过世之后，我偷偷跑回我们空荡荡的旧家中过夜，还有艾丽两岁的时候我完全把她忘在庭院里，一个小时后，我们才在市中心找到她。过去十五年来，他知道我做的每一件错事，但他从未想过要去告发我，现在我们要成年了，他却因为我可能有乱扔垃圾的嫌疑而告发我。

现在这世上除了我妈之外，没人在乎我的想法，这令我不能忍受。我的脸开始感到刺痛，感觉像是要哭，或是要吐出来了。我说不出话来。球场有监视器，我的舌头也沉重到无法动弹。

接下来的十分钟，我们沉默地肩并肩一起走着，在球场和露天看台上寻找没人相信会存在的垃圾。我假装旁边这个孩子是别人，是某个我不知道名字的新人。

"很干净了。"我们走到看台时，达拉斯说。

我必须咬住舌头才能忍住不当场哭出来，我觉得自己已经筋疲力尽了，嘴里充斥着血液的味道。

"接下来检查拖车。"他说。

我没有和他钻到里面去，我盯着地面，不希望被监视器拍到我悲伤的表情。之后我走到拖车后面，站在监视器的监视范围之外，开始颤抖。我咬着嘴唇、擦着鼻子、呻吟、深呼吸、重重跺脚，做任何不让自己哭得像个小孩的动作。我用额头敲击外墙，我喜欢那面墙的触感，坚硬又带着点弹性，我越敲越用力，感觉只要再敲一下就能达到涅槃的境界。但这并不是典型的僵尸行径,当我看到达拉斯站在角落一脸困惑地看着我时,我就知道我完了,他会去告发我的。

"你他妈的到底想怎么样?"我边说边吸鼻子,试图把自己的软弱吸进鼻子里。

他眼神茫然,冬天的阳光勾勒出他的剪影。

"过来。"我对他说。

"我就在这里。"

"走近一点。"

他迟疑了一下,接着往前走了一步,离开了监视器的监视范围。

我抓住他的外套,猛地把他推向拖车。

"啊!"他说,"住手!我要你住手!"

"我才不管你要怎样呢。"

他皱着眉,试图把我的手指从外套上掰开。

"我们明天应该在我家会合。"我说,"你会告诉你爸爸你在图书馆,但是你会来我家。你说如果你没有出现,我就去接你,你记得吧?"

他掰着我的大拇指,除此之外,完全无视我的话。

我摇晃着他,他的肩膀被我晃得砰砰地敲着墙面:"记不记得?"

"我记得,但那是不对的,强迫别人做他们不想做的事是不对的。"他放弃扳我的手,拉开外套拉链,把手臂抽了出来,让我继续抓着他的外套。

他离开了,我不能接受,硬是从后背撞他,将他擒抱在地上。他试图甩掉我,但我用膝盖猛地撞击他的脊背,把他的头压在地上,手肘紧紧压着他的太阳穴。

可怕的乖孩子

"明天早上你必须过来。"我说,"要不然我就去你家把你拖出来。"

他躺在那里,没有反抗。

"听见了吗?"

他没有回应。

我担心弄伤了他,如果他服用了什么我不知道的药,我刚才那么摇晃他,可能要出事。"达拉斯?达拉斯?你还好吗?"我放开他,把他翻过来查看,他睁着空洞无神的眼睛。

然后他眨了眨眼,坐起身,擦掉脸上的杂草和泥土,站起来拍了拍校服上的尘土。

"你还好吗?"我又问了一次。

"我没事。"他捡起外套,转身要走。

"不行!"我大喊着把他拉回来,"你不能走!除非你答应我明天早上来我家,不然我不准你离开。"

他摇了摇头:"明天早上我还有别的事要做。"

"不,你没有别的事。"我抓着他校服的灰色翻领,把他拉近,"我要带你走。"

他掰开我的手:"这么做是不对的。"

"我不会把你留在这里的!"我喊着这几个字,完全停不下来。我用力把他推到墙上,一而再,再而三地用指关节戳他的肋骨,"我不会把你留在这里的!我不会把你留在这里的!"

"住手!"他把我的手从身上甩开,用拳头握住,"你有问题,需要去看医生。"

突然间我的泪水又涌了上来,几小时、几天、几周以来的所有紧张不安都开始分崩离析,溃不成军。"我不会把你留在这里的!"我哽咽着说,"我是唯一关心你是谁的人,我是你唯一的朋友。"

他笑着放开我的手:"全校同学都是我的朋友。"

我暴打他的头。

他的眼神一暗,重新振作精神,全身紧绷着:"我要走了。"他的声音低沉,听起来很糟糕,但又无比真实,我挑起了一点希望。

"达拉斯?"我试图捕捉他的目光,但他只是盯着我抓着他的手看。

突然他下巴一紧:"放开我。"他倾身向前,用他的手包住了我的手,用力挤压我的手指。

我疼得皱起脸,但还能忍耐:"达拉斯?是你吗?"

他把我的手从校服上拽下来,大力推开我。

"不!"我再次把他推到墙上,用上臂抵住他的喉咙,使劲压迫他的气管,"你要去哪儿?去找老师告发我吗?"

他没有动,也没看我的眼睛,更没有回答。但我能感觉到他在颤抖、在生气,他要失控了,我甚至能感觉到他开始冒火。

"如果你是他们的一分子,你会去告发我。"我说。

他深呼吸,眨了眨眼说:"我不想伤害你,你已经扭曲了,我们应该对比自己不幸的人仁慈一点。"

我后退了一步,甩他一记耳光,他的头晃了一下,撞到墙上,我的手印在他苍白的脸颊上烙下红红的印记:"你不是他们的一分子!"

他摇头冷哼一声:"你有精神疾病,必须去医院。"他的眼神空洞,没有任何火花,也没有隐藏信息。他生气是因为我挡了他的路。我不服从,我过时了。

可怕的乖孩子

"你不是他们的一分子！"我大吼大叫，"你不是！你不是！"我一再打他耳光，直到筋疲力尽，他两颊通红，在最后我只能轻轻拍他，痛哭地求他醒过来，"天啊，你怎么可以成为他们的一分子，你不能。"

"看看这里，我们发现什么了？"格拉罕先生站在拖车角落，微笑着看着我们，他的光头又圆又亮，像一颗大白球。

16

因为寒冷和恐惧,我浑身颤抖。我完了。

达拉斯站直身体,把我的手从他的校服上拿开,摆到我身侧:"马克斯不舒服,先生,他需要回家休息。"

校长笑了起来:"我有东西能让他舒服点。"对一个胖子来说,他的动作相当灵活,一眨眼的工夫就走到我旁边,把我的手扭到身后。

达拉斯站在几寸之外的地方,眼睁睁看着我挣扎,没有任何动作。"把你的领带给我,理查蒙德。"格拉罕先生对他说,他依照指示递上了领带。

校长把我的手腕绑在身后,拍了拍我的肩膀:"好了,康纳斯,冷静点。"

"马克斯应该回家去找他妈妈,"达拉斯说,"她是个护士。"

格拉罕先生嗤笑道:"我还不打算送马克斯威尔回家,我们也许会在假期中失去他,我不希望发生这种事。一旦他克服了反社会倾向,就可以为学校争光。"他走到我面前,拍了拍达拉斯,"好孩子,理查蒙德,你爸爸让我关注你们俩。"

达拉斯身体一顿,快速眨了眨眼,身体僵直。

我弓起背部,伸直胳膊,希望能把手绕到前面来,但它们只会贴着我的屁股。格拉罕先生嘲笑我，紧紧握住我的胳膊，"现在跟我到办公室来，康纳斯，今天我开车送你回去。"他看着达拉斯微笑着说："你可以走了，圣诞快乐。"

格拉罕先生推着我走在前面，走出拖车，我快速环视四周，看见利兹先生走过停车场，一手拿着咖啡杯，一手提着手提包，他是视线里唯一的人。

"等一下！"达拉斯喊道，"拖车里有个东西，你应该看一下，先生。"

格拉罕先生停下脚步，转过身去，猛地拉我的头，挡住我的视线："什么东西？"

达拉斯迅速眨了眨眼："先生，拖车里有个东西，我认为你应该看看。"

"不能等一等吗？马上要过圣诞节了。"

"不，先生，不能等。"

格拉罕先生面露不悦，黑着脸翻了个白眼："好吧，去拿过来。"

达拉斯点了点头，捡起外套，转过角落。

我听见拖车内有刮擦声，想挣脱开领带的捆绑逃走，但又不想做徒劳的挣扎。我仿佛分裂了，一部分的我想看看这件事会怎么结束，我并不觉得自己遭到捆绑束缚，马上就要变成僵尸了，反而觉得这一刻我超脱了出去，凌驾世间万物之上，低头看着世界上最后一个孩子。

格拉罕先生看着我的惨状："这样对你更好，孩子。为了支持这项计划，他们做过调查。经历过之后会很高兴的。"他拍了拍我的肩膀，但我扭动肩膀甩掉了他的手。他用手摸着自己肥硕的脸颊，"相信我，接受治疗之后你再也不想回到从前的自己了，也不需要回去了。我们国家其他地区负担不起继续治疗的费用,但我们这个地区的孩子很幸运,康纳斯。未来掌握在我们手上。"

我听见达拉斯走下拖车阶梯,步履沉重,我后悔没逃跑。我重新理着思路——或许还有别的老师正走在回去的路上,埃姆斯先生或是埃默里教练——但我懒得动。我什么都没做,只是在阴影中默默等着,泪痕干掉之后,脸上的皮肤有点紧绷。我不敢相信自己竟然能表现出这么愚蠢的样子,明明马上就要十六岁了,还在大庭广众之下哭泣。

达拉斯在拖车的角落里等着,露出打橄榄球时的表情,比今天其他时候看起来都要笔挺强悍。

"在哪儿?"格拉罕先生问。

"我拿不下来,在墙上。"达拉斯的声音变得不太一样,听起来非常从容镇定。

格拉罕先生冷哼一声:"谢谢你,孩子,但我对涂鸦之类的东西没兴趣,已经是圣诞节假期了,涂鸦的事可以暂缓处理。"

"不是涂鸦,先生,是名单。"

"不管是什么我都没有兴趣。我要先处置康纳斯,然后在他妈妈怒气冲冲赶来学校之前先把他送回去。"

"这非常重要,先生!"达拉斯喊着。他的下颚抽动着,眼睛眨得飞快。"我打扫拖车的时候看见墙上写着马克斯的名字,我把长凳挪开,发现一份没有接种疫苗的学生名单。"

格拉罕先生转身,边揉着肚子边问:"真的吗?名单都有谁?"

"我不记得了,先生,名单就写在墙上。"

他在说谎,我知道他在说谎。

校长在取得这份名单的好处与爬三级阶梯的麻烦之间衡量片刻,

达拉斯一直盯着他，眼神流露出的兴趣不是僵尸该有的样子。"好吧，"格拉罕先生说，"你在前面带路。"

他把我推到自己身前，跟着达拉斯一起走进拖车。他闻了闻里面难闻的汗臭味，流露出厌恶的神色，"这地方你们怎么待得下去？你们全队都在这个拖车里换衣服？地上还有护具？你们怎么不会互相撞倒？"

我几乎没注意听他在说什么，我看着拖车里的监视器，达拉斯把自己的外套罩在上面——不是挂在上面，而是紧紧地把监视器缠住了，怕不牢固还用胶带固定了。我心头一颤，想着在这个无人监视的空间，接下来会发生什么。

达拉斯在角落里等着，他太高了，只能弯着腰。他看着我，眼中藏着很深的情绪，面部微微抽动，下巴上下动着，仿佛在咀嚼什么东西，右手握拳，紧紧地缠着一条配重带。

"不，"我低声说，"不要。"

"名单在哪里？"格拉罕先生问。

达拉斯指了指他身边的墙面："这里，先生，长凳后面。"

"不，那里没什么名单。"我说，"我们收拾拖车的时候擦掉了，达拉斯发现后，被我擦掉了。"

"不，你没擦干净，名单还在。"达拉斯说，"就是比较模糊了。"

"格拉罕先生，墙上什么都没有，我们走吧。"我用力扯了扯手上的领带，"我们快走吧。"

"你为什么会关心那些对你毫不在意的人？"达拉斯问。

"我关心的人是你。"我对他说，"之后你打算去哪儿？你想清楚了吗？你已经不吃不睡好几天了，整个人都糟透了。"

格拉罕先生用充满怀疑的眼神看着我，关上拖车门，看着达拉斯，抬了抬手，翻了个白眼："把长凳挪开，让我看清楚。"

"不，不行。"我说，"我会接受药物注射的，我会接受的，然后我妈会带我们去一个安全的地方，直到药效消退。"

格拉罕先生冷哼一声，仿佛我是个胡说八道的烂货："我想看看那个名单。"

达拉斯弯下腰，左手抓着长凳一端，把它从墙边猛地拽出来。他起身指着墙面，然后格拉罕先生凑过来看。

格拉罕先生推开我的胳膊，我突然意识到我的脚趾正在上下晃动，我焦虑害怕，担心我最好的朋友打算谋杀校长。"给我盯着他。"他吩咐达拉斯。

"是，先生。"达拉斯的眼神跟着格拉罕先生一起通向长凳。

"不！"我大喊。

格拉罕先生弯下腰，用手撑住长凳，找着墙上所谓的名单："我什么也没看到。"他的肚子轻轻擦着木质长凳，头垂在那里，仿佛献祭。

达拉斯挥起拳头，要将配重带砸到格拉罕先生头上。

我拼命冲过去扑倒他，用尽全力撞向达拉斯空空的肚子，他被我撞到墙上，加了配重的拳头猛地砸向我的背部，害我直接双膝跪地。我们双双跌倒，连带着把校长也撞倒在地，格拉罕先生倒向拥挤的角落，他双臂滑落下来，头部撞上长凳，砰，哐当。

达拉斯像举起杠铃般把我从他身上抬开，用力将我推到一旁，那股力量并非源自热量。我倒在一堆破损、碎裂的护具和头盔上，手肘和屁股重重摔落。

达拉斯站起身，跨坐在格拉罕先生的背上，拉着衣领把他提了起来，再次把他的头往长凳上砰的一磕。

"不！"我大喊，"停下来！"

格拉罕先生一动不动，达拉斯用一只手压着他的背，弯下身去，用另一只手捡掉在地上的配重带。

"快来帮我解开。"我嚷嚷着，"我手扭了，要断了！"我面带痛苦地呻吟着。

他看都不看我一眼："等会儿再说。"

我踢了踢他的脚："现在立刻。兄弟！我的手肘感觉不太好，可能要断了。"

他翻了个白眼，骂骂咧咧地用脚把格拉罕先生围起来，固定好，把他的头摆在长凳上，还对我做了个不耐烦的手势。

我站起来，把身后的手腕举到他面前："达拉斯，你在做什么？"我低声问。

他猛推我的肩膀，动作粗暴地拉扯我的胳膊，直到我放声尖叫，才帮我把领带松开。

"谢谢啊兄弟。"我抓着他的胳膊，生硬地挤出一个笑容，"走吧咱们。"

他没有笑着回应，甚至就跟不认识我一样。他转过身，把领带绕在格拉罕先生脖子上。

"不！"我拼命上去拉住他，把他从校长身边拉开，他摔了一下，肩膀着地，谩骂不休。接着他用膝盖猛顶我肚子，一掌打在我太阳穴上。我摇晃着倒在地上，头疼欲裂，脑中嗡嗡作响。他粗暴地猛踢我，我的身体被他打来打去，把椅子撞翻了，重重地砸在格拉罕先生身上，发出砰的一声。

达拉斯迅速转过头去看向发出声音的方向，仿佛看着一项未完成的工作。

我从地上抓起领带，扔到拖车的另一头，达拉斯伸手去够配重带，我用尽全身力气扑向配重带，将他压在我膝盖下面，他用力拉扯，想把配重带拽出来，叹着气看着我，似乎觉得我的愚蠢简直令人无法容忍。

"不能这么做。"我说着，抓起他的衣领，靠近他的脸，温柔又不失理性地说："达拉斯？达拉斯，你不能这么做。上帝啊，看看你都做了些什么。"

他凝视着我，饱含恨意。

"做了这种事之后你不可能一点事没有，你这么做会被抓进牢里的，你的人生从此就毁了，不可能再去别的地方了。"

他的舌尖滑过牙齿，等着我说完。

我打了他一巴掌："听见了吗，达拉斯？控制一下自己，看看你干了些什么，看看我们现在在哪儿，你还记得曾经在这拖车里的队友吗？记得我们的朋友吗？我们已经是唯一剩下的正常孩子了。我的天哪，我们必须赶紧离开这儿，达拉斯，你太鲁莽了。"他身体向后仰着四处张望，又抬头看了看缠绕在监视器上的外套。他皱了皱眉，挠挠肘部，卷起校服袖子，拉出一卷套在上臂的胶带。

"天啊，上帝！别这样！达拉斯，他是校长。这是犯罪，你现在停手就没事了，这只是个意外，他在我擒抱你的时候自己跌倒了，头磕到长凳上受伤昏倒了，就是现场维持的这样。别再动他了，你会害我们两个人都被判刑的。"

他把我推开，一个人茫然地坐着，将两颊的肉吸进嘴里。片刻之后，他点了点头，目光变得温柔起来，扫了一眼倒在地上的格拉罕先生，问：

可怕的乖孩子

"他还活着吗？"

我上前探了一下格拉罕先生的脉搏，确认他的情况："他没事。"校长的嘴巴在流血，脸上有大片淤青，脑门上肿了一大块，像卡通人物一样。"他的头肿起来了，可能得去看看脑袋。"我往后靠了靠，试图想一个计划出来，"我们应该把他重新摆好，恢复成刚才的样子。"我说着，但没有挪动身体，只是默默地看着格拉罕先生倒在我们脚边。

达拉斯开始诅咒他，似乎不停歇的谩骂才能让他冷静下来。

"你不应该打我，如果我真的已经变成僵尸了，我会去告发你的。"

"我不在乎。"

他揉了揉脸，"那你打我这么多掌算什么回事？你能不能打轻点？"

"你现在还好吧？刚刚你灵魂出窍了，兄弟，你不是真的打算宰了他吧，你是这么想的吗？"

他冷哼一声，仰着脖子，看着天花板："看起来是个好主意。"

"我们必须离开这里，今晚就走。"

他神色忧伤地笑了："我没打算跟你一起走,马克斯。我不想被抓住，你妈会因绑架罪而坐牢，你会被迫接受注射治疗，我也是。我不想冒这么大的风险。"他指着格拉罕先生的方向，"现在就算为了这件事，他们也盯上你了。"

"这是意外，某种程度上是。"

"我可以留在这里告诉他们事发经过。"

"我不能把你一个人留在这儿。"

他抓着我的手放声大笑，我才意识到我正攥着他翻起的衣领："马克斯，放弃吧。"

这次我没有对他保持微笑："和我们一起走，不然我们也不走了。"

"他们不会让你们带我一起出国的。"

"我表姐说其他家庭都离开了，很顺利，没问题，离开的人数量还不少。"

"家庭？马克斯，我们并不是一家人，我以你哥的身份过境是行不通的。"他把手搭在我肩上，看起来很成熟、认真。"我们是肉桂和大蒜粉，记得吗？"

当然记得。我突然想到一个点子，灵光乍现。我抓着他的手大笑起来。

他推开我："放手！够了啊你，别再摸我了。"

我整个人都跳了起来，微笑着说："你说得对！达拉斯！你刚刚说得简直太对了！"

"我说什么了？"

"盐和胡椒。"

"你觉得我们能穿着万圣节的装扮顺利过境去加拿大吗？这是你的所谓策略吗？签证官，我们并不是在逃跑，我们只是盐罐和胡椒罐？"

"不是！但他们会让我们通过的。这个办法一定能行。"我感到有一股能量冲刷着身体，简直能在五分钟之内跑完一英里。"我们必须离开。"我用手摸着校长，查看他是否还有呼吸，"现在得赶紧找个老师送他去医院。你能不能先出去，再假装一次僵尸？"

达拉斯摇头："我再也不想出去了。"他从坐着的地方周围随手捡起目之所及的东西往自己脚上堆——配重带、跳绳、头盔。"能把那个护具递给我吗？"他往后靠着，用一个红色的长护具支撑着身体和脸，"现在我要融入这面墙体，等到春天会有人把我刮出来的。"

可怕的乖孩子

他咯咯笑了起来。

"你需要吃东西,兄弟,来吧,我们得叫人来帮忙。"

这时突然传来一阵敲门声。

我尖叫出声,达拉斯嗤笑了一声。他从护具后面边窥探边说:"或许我们可以把他藏起来。"他指着格拉罕先生——校长倒在拖车的地板上,脸朝下,一动不动,手脚张开,占了拖车里一大片地方。达拉斯笑了起来,又大声又傻气,他高举双手在空中挥舞着,在一堆破烂中缩成一团,喘着粗气。

"谁啊?"达拉斯模仿女生的声音喊着,然后又歇斯底里想要大笑,他张大嘴巴,却笑不出声音来,只能用后脚跟猛跺地,笑声在喉咙深处若隐若现。

"我是埃默里教练!开门!"

我去把门打开了。教练站在拖车台阶上盯着我问:"关门干什么?"

"格拉罕先生关的。"

"格拉罕先生?到底怎么回事——"他走进来,看到眼前的景象,陷入沉默。眼前是四肢张开倒在地板上的校长,还有蜷缩着颤抖的达拉斯。

"嗨,教练。"达拉斯尖叫了一声,又再度陷入歇斯底里的状态,猛拍膝盖。

教练冲到格拉罕先生旁边,确认他的脉搏是否跳动,又把他翻过来,看到他血肉模糊的脸,倒吸了一口凉气。

"他磕到头了,"我说,"达拉斯跟我打了一架,我们不小心把他推到了墙上,然后他撞倒长凳上,就倒下去了。他失去意识好几分钟了,得去看医生。"

埃默里教练抬头看了看监视器。

"我们陷入恐慌。"我说。

"理查蒙德怎么了?"

"他就是筋疲力尽而已。"

"他没接受注射?"

"没有,先生。"

"格拉罕先生知道吗?"

"我觉得他不知道。格拉罕先生知道我没有接受注射,但我觉得他并没有怀疑达拉斯。"我跟教练说了事件经过,让他信服校长受伤的事真的是个意外。

"你现在必须马上离开。"他说。

我点了点头:"我们有个计划。"

"我不想知道,"教练看着格拉罕先生,摇着头说,"如果你被起诉,就不可能离境了。"

"那只是个意外,先生。"

达拉斯揉了揉眼睛:"我做的。"

"那只是个意外。"我又重复了一遍。

教练的视线在我们当中徘徊:"我就不该指派你们俩来这里。"

"不是的……"

他做了个手势示意我闭嘴,然后重新权衡了一下当前的形势——我、达拉斯、无效的监视器、无行为能力的校长——他想出了对策。"你能振作一下吗?"他问达拉斯。

达拉斯像狗一样抖了抖,然后站了起来,身材高大,神色茫然。

"好的。"教练说,"你跟我回学校找保安。"

"不,我们必须离开这里。"我说,"我们有个计划。"

"住口,康纳斯。"埃默里教练说,"这就是计划,你今晚就走。"

"没有达拉斯我就不走。"

"他稍后会去和你会合的。"

"他不会的。我现在就要带他一起走,不然他会临阵退缩的。"

埃默里教练骂道:"好吧,你们两个都走,我会送格拉罕先生去医院,我会说我进来看见你们在打架,不小心害他撞到长凳上。"他看着达拉斯,"我会和你爸说你去了别的地方,如果打了针,你觉得你会在哪儿?"

他耸了耸肩:"图书馆吧,大概。或者去买圣诞礼物了。"

"这也就耽搁一两个小时,未来几年你打算去哪儿?你在其他城市有朋友吗?有什么想做的事吗?像是参军之类的?"

达拉斯耸了耸肩。

"如果你今晚消失了,你父亲会直接去康纳斯家找。"教练说,"他会去追他们,无论追到天涯海角也要把你找回来,除非他还有别的追踪线索。"

"我想我一直希望能当演员。"达拉斯说。

埃默里教练点头道:"好的,给你父母发信息说你要去加州,从事最适合自己的职业。然后把你的 RIG 扔掉,这样他们就没办法追寻你的踪迹。但当他们去康纳斯家敲门的时候,想个办法躲到别处去。"他看着格拉罕先生,"他失去意识有多久了?"

"几分钟。"我说,"我们没打算伤害他的,先生。"

"是我做的。"达拉斯一边回答,一边厌恶地看着地上的格拉罕先生。

"谢谢你为我们做的一切,教练。"我说。

"走吧,在我扛他出去之前,我给你们五分钟时间。今晚必须立刻出城。"他撕下达拉斯外套上捆着的胶带,回过头问我:"外套你要带走吗?"

"外套是我的。"达拉斯说。

教练一脸诧异地看着他。大家以为每件坏事都是我干的。

"这是我现在仅存的唯一的东西了。"达拉斯说。他抓起外套,我们转身背对着监视器走了出去,进入另一个监视器的监控范围。

"不管去哪儿,祝你们好运。"埃默里教练说。

小杰克·霍纳
坐在角落里
吃着圣诞派
他把拇指伸进派里
挖出一只梅子
说:"我真是完美小孩!"

——十八世纪童谣

PART THREE REJECTION
第三部分
舍弃

17

下午六点，我把达拉斯留在我家厨房餐桌旁，让他和塞莱斯特在一起，然后一个人去了金的理发店。天色已经完全黑下来，气温骤降，但外套下我仍旧汗流浃背。我走得飞快，以便不引起别人的注意。图书馆会在八点关门，八点以后，理查蒙德博士就会来找达拉斯了。

我沿着费尔菲尔德路一直走着，半路上收到埃默里教练发来的信息，格拉罕先生醒了，他困惑又怀疑。警察登录了学校的监视器，埃默里教练的证词得到证实，校长受伤的事的确是个意外。

我飞奔起来，泽维尔的那些老电影都是这么演的，英雄逃亡，有个坏人正等着他，在暗中窃笑，一路跟着他。达拉斯说得对——怀抱希望就像摩擦着芝士刨丝器，它一直持续地把你削成片，直到只剩下最后一点，你就只能自己瓦解。

我走进理发店时，只有金一个人，店里闪着昏暗的灯光。"一切准备就绪？"她问。

"你有钥匙吗？"

她给我看一辆很大的绿色汽车的照片。"客货两用车，2012 年出厂，有合法登记证明。"

"2012 年？这么老旧，还能开吗？"

"能跑得很好，油箱给你加满了，后备厢里还放了两桶备用，免得你们半路没油。"

"可能半路没油？油箱快空的时候它不会提醒吗？"我想象着我们半夜被困在路上，盖着皮夹克盘腿坐在后座上，透过有色玻璃看着窗外单调的月光，附近满是滥用药物的畸形儿和自然出生的免费品。

金嘲笑起我来："它不会说话，你必须看仪表盘。放心吧，这辆车很安全，你妈知道怎么开。"

"你跟我妈聊过了？"

她点点头："你妈来剪头发了。能做的我都做了，你有这样的头发真幸运。"

我不太自在地拨弄了一下头发："车在哪里？"

她拿出 RIG 投影了一张市区地图，把画面拉进到西南区域，将新米道尔镇安全的街道滑到画面之外，显示出城外那个七零八落的世界——那是杂乱无序的贫民区，我一辈子都被告诫不要靠近那边。"你知道我住的那个停车场吗？过了那个停车场，继续往南走——不要去北边的旧货市场，你带着贵重物品，不会想去那边的——往停车场南边去，沿着那条老旧的双车道继续走，会看到我儿子和你的车等在那里。"她给我看了一个二十多岁的白人男子照片，"这是我儿子丘吉尔，他整晚都守在那里。"

"他一直站在那里吗？"

她翻了个白眼，说："那可是一辆加满了油的车，你觉得他还能怎么样？他有另一把钥匙，如果发生必须挪车的情况，以防万一。"

"为什么要挪车？"

"别担心，孩子，他不会的，只是以防万一。我跟他说你七点钟到。"

可怕的乖孩子

她说完看了看表,"还是原计划吗?"

"是的,谢谢你,我要走了。你要跟我回去看看公寓吗?"

她摇了摇头:"我要去庆祝一下,但我会拿走你的钥匙。"

"楼梯间有密码——"

"我知道了。"她凝视着我的钥匙,仿佛那是通向天堂之门的钥匙,"我表达不出我有多兴奋,孩子,不要变卦了。"

"不会的。"

她微笑着说:"你是个好孩子,马克斯,我会想你的。"

我说不出同样的话,但你永远不知道在你生命中失去了什么之后,你会想念什么。

我回到家,看见"我爸"坐在餐桌旁。

"就跟你说了,我是班上技术最好的。"塞莱斯特说。

达拉斯微笑着,整个人都亮起来了,脸上的喜悦之情甚至能穿透塞莱斯特在他脸上涂抹的所有化妆品。

我感动到无法言语,"完全认不出你。"

"要的就是这种效果。"

"你的头发怎么变成这种金黄色的?"

"那是假发。"塞莱斯特说,"用女人的假发剪了个发型,喜欢吗?"

"喜欢,这些年我早该让你帮我剪头发的。"

"他是对的,塞莱斯特。"达拉斯说,"你应该定期帮我们做造型的。"

"太奇特了,你现在完全是个中年人了。"我对达拉斯说。

"小声点。"妈妈在客厅喊。

"艾丽很不安。"达拉斯小声说。

"你要在声音上多斟酌。"我告诉他,"听起来相当年轻。"

"我女儿对父亲死而复生这件事相当困惑。"一个低沉的声音笑着说。

我笑不出来,我本来应该高兴的,这个计划肯定没问题,但父亲坐在餐桌旁的画面实在令我难过,我想向他倾诉我这三年来都经历了什么。

妈妈走过来亲了亲我的脸:"会习惯的。"她盯着"丈夫"的脸叹了口气:"好吧,或许不会的。拿上你的包准备走吧。"

"艾丽怎么了?"我边问边探头望向客厅,"她睡了?"

"刚睡着。"

"你妈不得不给她服用镇静剂。"塞莱斯特低声说,"她看到爸爸的时候整个人都吓坏了,我也不知道为什么——你说这是她的圣诞节愿望,想再一次和父亲一起过圣诞节,不是吗?"

"是的。"我说,"这正是我们需要这么做的原因。"我想对塞莱斯特说真话,但还是不要说比较好。如果警察来询问,她会回答我们对妹妹开了个有点残忍的玩笑,但不会交代我们去了哪里。

"她看上去不是很开心。"塞莱斯特说,"也许我该把妆卸掉,圣诞节早上再重新画一次。"

"不!"我、妈妈还有达拉斯大喊。

"这是我们能给她的最棒的圣诞礼物。"妈妈说,"另外,圣诞节早上我们就已经到亚特兰大了。"

我转头看向达拉斯,他对我微笑了一下,我浑身一僵:"准备好

可怕的乖孩子

了吗?"

他从领口拉出一条染了色的毛巾,挥了挥手,高大又苍白地站在妈妈旁边。

"看起来像是四十岁。"我说。

"我四十六岁,"他说,"很爱保养。"

"我爸真有这么高吗?"

"差不多。"妈妈说。

"那我怎么这么矮?"

达拉斯笑了:"你只遗传了我的艺术天分,儿子。"

"走吧。"妈妈说,"谢谢你,塞莱斯特,真的感谢你。"她几乎把塞莱斯特推出了门。她检查了我们的护照、身份证、疫苗注射记录和出生证明,把这些证件放在手提包里,把钱和达拉斯上次带来的金银财宝装进箱子,里面还有要给丽贝卡的文件。"把你的 RIG 扔掉。"她告诉达拉斯说,"我们所有人都该扔掉 RIG。"

我烦躁地嘟囔着:"把电池拿出来不就好了吗?"

所有人都盯着 RIG,不知这机器怎么拆解。

"我去问问泽维尔。"我说。

"我要把我的扔掉。"达拉斯说,"但扔掉之前我得先给我爸发个信息,告诉他我要去达拉斯。"

"我还以为你要去加州。"我说。

"不,西海岸已经衰败了,僵尸也不会希望发展什么演艺事业,我要在达拉斯实现我的宿命。"

"因为你的名字吗?"

"你不觉得这才像是僵尸会做的事吗?"

"他们只会服从，别人让干吗就干吗。"

他耸了耸肩："格拉罕先生说的是'回家，达拉斯'，我可能听错了。"

"我们是僵尸，兄弟，不是弱智。"

"你有更好的点子？"

我承认我确实没有。

我沿着走廊走向泽维尔家。"我想和泽维尔道个别。"我对塞莱斯特说。

泽维尔坐在白色书桌前，摆弄着他的投影，口中念念有词。"他今天状态很好，"塞莱斯特告诉我，"一月就能回学校了。"

我点了点头："我相信他会没事的。"

这是妈妈说的：最终会没事的。那些被她注射了药物的孩子出现在她的噩梦里，她说泰勒一直阴魂不散，我觉得她说得对，如果我是泰勒，我也不会散去。

"泽维尔？"我说，"能帮我个忙吗？"

他身体一顿，转过来看着我，略带恼怒。他的脸还是令人惊人的英俊，但又觉得整个人都不对，他像个商务人士，而不是天使。

"我要把 RIG 的电池拿出来，让人暂时追踪不到我。"

"你不应该这么做，也许有人需要找到你。"

"是这样没错。但我正和一些会作弊的人玩捉迷藏的游戏，我要确定这台机器不会发出任何信息，这样他们就找不到我了。怎么才能把电池拿出来呢？"

他皱了皱眉，但还是伸手接过来，我把我的、妈妈的、还有艾丽的 RIG 递给他，他没有多问，只是说："需要工具。"他打开厨房的

可怕的乖孩子

抽屉,拿出工具箱,打开每台 RIG 的背板,盯着机器研究了一下,然后用钳子取出了六片银色的方形电池,盖上背板。他把那些小零件放到我手上,"现在没人能找到你了。"

"谢谢你。"我盯着他,心情沮丧,我知道这是我们最后一次见面了。他闻起来是柠檬味的,我却没感到安心。"我一直很高兴认识你,泽维尔,希望你回学校之后能交到新朋友。"

"所有同学都是我们的朋友。"

"不一定,兄弟。多数人只想看你失败,但我一直喜欢,你一直是我的朋友。"

他点了点头:"我们一起跑越野。"

"是的,兄弟,我们曾经一起跑步。"我想去拉他的手,但手上塞满了东西,我只能用左肩去靠他的肩膀,做出没有伸手环绕的笨拙拥抱。我把头转向他的脖子,越过他的肩膀,他留长发时遮住的地方出现一块空白,我透过这片空白看到塞莱斯特正把一部老电影下载到大屏幕上。"我想念和你一起跑步的时光,泽维尔。"我轻声说。

"我一直感觉不舒服。"他说。

"是啊,我也是。"

达拉斯背起背包轻轻地推着我往外走:"不能迟到啊,儿子。"

妈妈最后一次锁上门,我再也不用闻这条肮脏地毯的味道了,也不用猜测墙上的污垢是怎么来的了。"走吧,男孩们。"妈妈说。

"爸爸不是男孩,"艾丽说,"他是一个男人。"

"是的,亲爱的。"妈妈挥手示意我们继续往前走。

在等约好的出租车开过来的时候,卢卡斯走进公寓大楼:"你好,马克斯威尔，你过得好吗？"他歪头看着达拉斯，略带困惑，又兴奋得像只狗。

"我很好，卢卡斯。"我说，"你好吗？"

"我很好，你们要出去吗？"

"是的，我们要去亚特兰大过圣诞节，周一再回来。"

我说话时卢卡斯一直盯着达拉斯看，他转头看着艾丽，仿佛他知道艾丽是唯一会说实话的人："这是谁？"

"他是我爸爸。"艾丽说。

卢卡斯斜眼看着我："你们搬到这里之前，你爸就已经去世了，这是你亲口告诉我的。"他又看向我妈，接着看回达拉斯。达拉斯站在那里纹丝不动，一言不发，表现得好像谁的爸爸也不是。

"他们说谎了，"艾丽说，"我爸爸没有死。"

我推着达拉斯走在我前面，穿过大厅出了门。

卢卡斯在玻璃门后面注视着我们，上车前，我转身向他挥手告别。

"你好，又见面了。"司机说，"很高兴见到你们。"

妈妈有点困惑地看着他，紧紧抱着手提包，"你好？"她说。

他回头看向后座，艾丽坐在那里盯着椅子看，仿佛在研究椅子的材质。达拉斯直挺挺地坐在中间，略显僵硬，我坐在妈妈的后座，能很清楚地看到司机的脸。我也很高兴再次见到他。"阿布达里·萨拉姆先生，对吧？"

他笑了："你记性真好。"

"你证件上写着呢。"我告诉他。

他点点头："到机场吗？"

"不！"妈妈几乎喊了出来，"到西南区域的停车场，拜托你。"

可怕的乖孩子

她礼貌地加了一句。

司机挑了挑眉，驾车驶离斯巴达大厦。我们哀伤地望着窗外飞逝而过的街道，街景暗淡，空空荡荡的，大家都躲在家里，盯着 RIG，对我们的离开毫不在意。

司机尽力忍住不说话，但最终还是开口发问："你们要搬到停车场去？"

妈妈无视了他。

他调整了一下反光镜，从镜中捕捉我的眼睛。

"不是。"我说。

"去卖东西？"

"不是。"

他点点头，看了一下路，又看向反光镜："去买东西？"

"你该在这里下到地下通道。"我告诉他。

他开往地下通道，加速往城市的西部开了过去。我很庆幸不用看到那些美丽又冰冷的核心建筑消失在身后。我们又回到地面，朝城墙驶去。

我们在城门的哨卡出示身份证，警卫随便瞥一眼就把身份证还给我们，点头放行了。我们终于出了城，我感觉像在洗冷水澡——感觉寒冷彻骨，却又满头大汗，吓得要死了。

"要我在这里等你们，接你们回去吗？"

"不用，谢谢。"我说。

"我没有其他预约了，可以等你们。"他说。

"谢谢你，但我们不知道要逗留多长时间。"

我不喜欢在黑暗中被人丢在城墙之外，我希望我们带的是武器而不是随身行囊，我希望司机能直接开车把我们带到停车的地方，但妈妈不想让司机看到我们要和人碰面，免得泄露行踪，让理查蒙德博士查到我们。

我们在停车场的围栏外面下了车，卸下行李，阿布达里收下车费，困惑地环顾四周。

"你可以走了。"我对他说。

他耸了耸肩："祝你好运，建筑师。"

我们注视着他开车离开。

"七点半了。"妈妈说，"我们迟到了。"

音乐和笑声在停车场里回荡着，达拉斯快速地冲了过去，我以为他要离开我们，但他在围栏外的资源回收桶前面停了下来。他站在路灯下，穿着拉维妮先生的西装和黑色羊毛外套，一头软绵绵的金发，低头看着RIG的屏幕。他看起来和我爸爸十分相似，我注视着他，几乎无法呼吸。他笑着转身，举起一根手指，示意我们他马上就过来。妈妈倒吸一口凉气，别过了头。

我低头看着路边一个黑色垃圾桶，浑身发抖，恐惧感爬上我脊背。在那个写着垃圾回收时间和罚金的普通公告牌上，写着那个词：抵抗。

达拉斯鼓捣着他的RIG，在读取时伸手挠了挠耳朵，又鼓捣了一会儿，取出存储卡，把RIG扔进了资源回收桶。

"一切顺利吗？"他回来时我问他。

他稍微走远一些避开艾丽："我爸说我不能去达拉斯，我必须继续上学。他叫我赶紧回家，说我的纱布出了点问题。"

"就这些？"

"埃默里教练说我们必须抓紧时间。"

"抓紧时间？"

可怕的乖孩子

"他的原话是：跑。"

我瞥了一眼资源回收站，想象着警车和直升机呼啸而至的场面。

"快走！"妈妈喊道。

沿着马路走到停车的地方，大概需要走五分钟，我们的行李比看起来笨重得多。我四次想扔下帐篷，每个人都觉得那个帐篷是个累赘，但没人多说什么，连艾丽也没说。当我们抵达目的地的时候，妈妈嘟囔着："感谢上帝。"

丘吉尔坐在车旁的草地上，那是公路上唯一的一辆车，他脚边有盏手提灯，还有热水瓶。他的屁股坐在椅子边缘，头靠在椅背上，像是在睡觉。他戴着黑色的滑雪帽，拉下来遮住眼睛，脖子上有连绵起伏的刺青，鼻子和耳朵上都穿了钢环，完全不是我想象的样子。我以为他会像他妈一样热情爽朗，但他看起来像大半辈子都躺着一样。

那辆车闪闪发光，像是刚刚清洗过，但特别丑——巨大、陈旧，又笨重，长得像只带轱辘的大蛤蟆。

"我小时候家里曾经有这样的车。"妈妈说。

丘吉尔微微抬头，把帽子往后推了推，露出笑容，牙齿不白："你们就是有公寓的那些人？"他举起手提灯，一一扫过我们，最后把目光停在我身上，"发型真不错。"他说，这句话的意思是赞美他妈，而不是我。他点了点头，随后慢慢从椅子上起来。

他和我差不多高，我高兴起来。他和我握手，上下摆动几次才松开，然后又和达拉斯握手，"谢谢你促成了这次交易，先生。这辆车绝不会让你们失望的，这是车辆的买卖契约和许可证，登记在你太太名下。"

他转头对妈妈说："你找不到比这更好的车了，太太。车况非常完美，效能不足的地方用空间做了弥补。它会带你到任何你想去的地方。"他再次转向达拉斯,加了一句:"所以,别着急回来。"他把手伸进牛仔裤口袋,拿出挂在金属环上的钥匙,"要试开一下吗?"

妈妈伸出手:"我来开车。"

他把放进妈妈掌中:"你真是幸运。"

她站在车后,打开后车门。

"我现在明白为什么有人能住在车里了。"我看着车的内部构造说道。严格说来那不能叫后备厢,简直是能容纳两人睡觉的巨大深渊。妈妈将两桶汽油推到一边,吩咐我们:"把行李放到这里,随身携带的东西收拾好。"

"这里有十加仑[①]汽油。"丘吉尔说,"漏斗在罐子里。"

"谢谢你。"妈妈说。放置好行李后,妈妈摊开一张塑料垫子,盖住所有的行李。

"这是我见过的最简陋的置物装置。"我说。

妈妈完全不担心刹车时行李会飞过来砸到我们头上,她笑着拍了拍我说:"马克斯,这是客货两用车,非常安全。"

空间确实很宽敞,可以这样评价,即使把帐篷放在行李最上面,从后视镜看过去,视野也还是毫无遮挡。

"你们行李不多。"丘吉尔说,"确定不会很快回来吗?"

妈妈帮艾丽打开后座车门:"亲爱的,进去吧。你也是,宝贝。"接着她阻止达拉斯爬进后座和我坐在一起,"你应该坐副驾驶,亲爱的。"

达拉斯看上去似乎有点困惑,随即大笑,接着他收起下巴,压低声音:"孩子们,自己坐后座没问题吧?"

---

① 1 加仑 =0.0038 立方米。

"没问题,爸爸。"艾丽说。

达拉斯朝我挑了挑眉。

"没事的,爸爸。"

他弯腰坐进副驾驶,拨弄着脚边的手推杆,把椅子往后滑到我膝盖前面:"真是个适合开车的美丽夜晚。"

妈妈转向丘吉尔,隔着玻璃听不见他们在说什么。她从手提包里拿出钥匙,笑着拍了拍他。

妈妈发动引擎的时候,他把躺椅折叠起来,车子立即起动了,没有熄火。听起来一切正常。

丘吉尔敲了敲达拉斯那一侧的窗户,达拉斯按下按钮,车窗滑了下去:"放轻松。"丘吉尔像个智者一样建议道。他指着手提箱的地方补充道:"我把我的电话号码放在里面,还有一些本区的其他修理师的电话,以防万一。"

"我们会用到这些吗?"妈妈问。

他摇了摇头:"这辆车开起来相当梦幻,只是以备不时之需。"

达拉斯关上窗户,速度之快令丘吉尔必须赶紧侧过头来才不会被夹到。

"你这样很不好,爸爸。"艾丽说。

达拉斯大笑,我也跟着笑了。妈妈摇了摇头。丘吉尔站在原地,一脸困惑地看着我们离开。

往北开到边境只有两个半小时车程,但如果你在恐惧和失联的状态下开车,就会觉得时间过得特别慢。

每开二十分钟就遇到一个收费站,我见到收费站还是挺开心的,达拉斯就不一样了——每过一个收费站他都要呼出好大一口气。我知道我们可能会因绑架罪遭到逮捕，如果被警察抓到，最差的情况顶多就是被他们变成僵尸。我更怕在荒郊野外被吃掉，或被当地人抓住卖掉。监视器和收费站的警卫可以保护我，至少我是这么想的。一离开监视器或警察，我就在后座焦躁不安，抱怨连连，直到我妈不得不制止我，叫我闭嘴。

我们经过的房屋大都一片漆黑，只有少数亮着灯，光亮像是告示牌一样，我想象着那些屋子的主人正在埋伏，等着半路抛锚的车。少数几辆车在公路上超过我们，车头灯亮得像恶魔的眼珠一般，我想象他们会猛踩刹车，滑行一段然后停下，拆毁我们身后的公路，从窗口伸出大镰刀和干草叉之类的武器。

我想象的这些都没发生，根本没人注意到我们。

"你能不能别再抱怨了？"达拉斯嘟囔着。

"你把妹妹都吵醒了。"妈妈说。

"我们为什么不从水牛城那边过境？"达拉斯在我们开始向东行驶的时候问。

"太冒险了，"妈妈说，"丽贝卡说畸形镇是最安全的过境地点。"

达拉斯和我异口同声地哀号起来。

我们抵达锡拉丘兹时，收费员微笑着问："去购物吗？"

过了锡拉丘兹，公路只通往畸形镇和边境，警卫就没那么友善了。"你们要去哪里？"最后一个收费站的白人女警卫问我们。她黑着脸，观察着我们这个盐与胡椒的家庭。

"去参加丧礼。"妈妈回答。

真希望不是去参加我们自己的丧礼。

18

　　我们比预计时间更早抵达了畸形镇，我以为会看到黑漆漆的森林或灼烧的火山口，甚至是郊区的简陋小房子，但在空荡荡的公路尽头只是一个非常普通的小镇，陈旧又平凡。官方告示牌上写着这里有二十万人口，但我觉得那块告示牌起码竖在这里有三十年了，上面的内容都被欢迎来到畸形镇的大字盖过，当车头灯照向那块告示牌时，我看了简直不寒而栗，不是因为我害怕畸形镇的人，虽然也有点害怕，但真正原因是告示牌底部有人写着"抵抗"二字，令我感到浑身战栗。我们开得很慢，告示牌没有逐渐变模糊。这绝不是我的想象，"抵抗"这两个字在我最黑暗的时刻盯着我的脸，仿佛上帝在和我谈话。我不喜欢这种感觉。

　　公路连接着畸形镇的主干道，这是唯一一条通往北方桥梁的路，公路破碎颠簸，但也不比来时的公路更差，反正也没别的路了。"也许我们该在这里等到早上再走。"我建议。

　　"别说傻话了。"妈妈说。她把远光灯调暗，暖气调高，检查车门是否上锁。我们呼吸急促，整个人蜷缩在座位上。

　　道路两旁遍布着荒废的快餐店：丹尼斯、麦当劳、肯德基、塔可钟、唐恩都乐、阿贝、杰克盒子、必胜客、艾德熊、三一冰激凌、奎兹诺斯、达美乐、哈蒂汉堡、DQ冰激凌、Roly Roly、德州炸鸡、汉堡王等，几十家快餐店和加油站并排立在街边，在被污染之后的二十五年中闲置下来。断断续续的墙面广告、灯泡、排水管从外墙脱落，如果我们鼓起勇气停下来查看，会发现屋内没有任何设备；但这些店的房屋骨架完整地保存了下来，这么多年风吹日晒，依旧色彩缤纷。

我学过北美历史，但从未想过会有这样的事，这里充斥着油脂和汽油、繁华与和平，在这个世界，每个人都能有车开，有医生看，有受教育的权利，可以花一辈子的时间在周末出门狂欢，开车到海边看潮起潮落。我没办法想象人们以前要花多少钱，才会让这条街继续存在。

"他们现在都吃什么？"我问，"你们觉得这里会有路障吗？"

"闭嘴。"达拉斯说，"会吓到你妹的。"

"她睡着了。"

"那也闭嘴。"

"他们不会吃了我们的，亲爱的。"妈妈说，但事实上她也没什么头绪。

经过最后一家快餐店之后，车子开始上坡。妈妈在坡顶将车速减慢，预计下坡后会陷入一片黑暗。但我们下方的城市灯火绚烂，烟囱冒着烟，窗户闪耀着绚丽的色彩。

"上帝啊，"妈妈低声说道，"我忘了今天是圣诞节。"她在坡道上放慢了速度。

畸形镇看起来并不像《畸形秀》里拍出来的样子，它只是个繁华落尽的城市，或许在那场灾难来临之前就已经开始萧条了。主干道上有成排的十九世纪风情的三层楼砖石建筑——窗边环绕着马赛克瓷砖拼贴，嵌壁式大门，木造遮阳棚——一楼是商店，楼上是住家。原本的招牌已经被多国语言遮盖了，医生、家电、视频、住房、商业交流、诊所。大多数橱窗上的玻璃还在，有的窗户破裂了，用木板封住，木板上画着风景画——森林、海洋、麦田，还有院子里养着兔子的白色房屋。这不是我想象中的场景，你要有健全的心智，才能在一扇破窗上画风景，畸形镇或许没我们想的那么糟糕。

"他们的电力从哪儿来？"达拉斯问。

妈妈耸了耸肩："太阳能？"

"可能是鱼油。"我嘟囔着，"他们有枪吗？"

街道很宽阔，畅通无阻，我们是唯一在行进中的车辆。有几辆老爷车停在路边，仿佛随时有人会跳进车里送比萨。但没人这么做。周围看起来像是凌晨三点而不是晚上十点半。没人慢跑、没有派对、没有犯罪，一个人都没有。

"畸形儿都在哪里？"达拉斯问。

"我们是不是走错了？"妈妈说。

"走错了？"我问，"对想找怪胎的人来说走错了，还是对那些想活久一些的人来说走错了？"

妈妈不理我，达拉斯翻了个白眼，仿佛他真是我爸。我不喜欢坐后座。

"前面有声音。"妈妈轻声说。

我们现在在市中心，街上张灯结彩，门上挂着藤蔓植物和干燥的苹果，老旧的电线杆上装饰着天使娃娃，还有折成星星的铁丝。

几十人甚至上百人从前面的一栋建筑物里涌出。他们从厚重的对开门出来，涌入人行道，推着婴儿车和轮椅，走在我们前方不远的街道上。

"他们是专程在等我们的？"我问。

"那是座教堂。"达拉斯说，我不知道这算不算是回答。

人群不断涌出来，有的拄着拐杖，有的抱着婴儿，有的人把手臂搭在别人身上，他们是我见过的最团结的人。他们沿着街道散开，转过头看着我们，车头灯的光亮射在他们身上。

妈妈在教堂前减慢了速度，我把脸贴着窗户向外望去。

两个穿着牧师袍的男人跟着人群走了出来，见到我们的车，停了下来，手举在半空中，停在那里，像是在挥手致意。他们旁边有一幅彩绘的木制耶稣像，还有一块白色告示牌，上面有英文、西班牙文和中文，上面列着圣诞节的布道时间。

婴儿车和轮椅上都盖着毯子，还有些走着的人也披着毯子。有人穿着厚重的外套，脖子上系着围巾，很难区分谁是正常人，谁是畸形的人。他们看起来不像《畸形秀》里的参赛者，他们又贫穷又疾病缠身。

他们看着我们，似乎有些害怕，在车头灯的照射下显得惊慌失措。他们没有尖叫或把车子包围起来，没有过来乞讨或偷窃，只是沉默地看着。接着他们站到一边，一个靠近车子的老妇人优雅地挥动手臂致意，其他人都让出道来，让我们通过。

妈妈开得很慢，我可以和他们进行眼神接触。有个妈妈弯腰到婴儿车里，抱起她的畸形儿，那个孩子有巨大的头骨，她低声地温柔地说着什么，边说边指着我们的车。一个与艾丽年纪差不多、眼睛凸出的女孩，将她的稻草天使举到我窗边，让娃娃跳舞给我看，我对她竖起大拇指，她笑了，我也对她微笑，挥手致意。突然间所有人都对我们微笑并挥手，我听见他们大声喊着："圣诞快乐！"

"这只是一个普通城镇。"我们将这些人留在身后破败的商店、成堆的垃圾和回收装饰之间后,我低声说道,"我想这个世界并不像他们说的那样。"

抵达边境的时候艾丽醒了,仿佛她的纱布里有个追踪器,令她警觉,知道自己即将离开僵尸国。

我们紧张地看了她一眼,她环顾四周,什么都没说,什么都没问。

边境上没有别的车,我原本以为车辆在边境大排长龙,不耐烦的人下车踱步、婴儿大声哭泣、母亲安抚着他们让其安静下来、老人询问发生了什么事、警察让可疑的人进去搜身;但眼前的公路空空荡荡的,金属门设了路障,两个武装警卫站在门前,盯着我们的车。我们左手边有一栋低矮的棕色建筑,里面有警察办公室,有电脑网络,还有牢房。

"好了各位。"妈妈把车靠右侧停在路边,对我们说,"接下来我们会接受询问,冷静回答就可以了。"

达拉斯的脚上下抖动,在座位上来回扭动,挠着假发。妈妈把手搭在他肩膀上:"只要做你过去两个月一直在做的事就行了,你是帕特里克·康纳斯,打算带全家人一起出国,明白吗?"

达拉斯深吸了一口气,冷静下来,翻下遮光板,目光和我在镜子里相接,我有点吃惊地望着镜子里父亲的脸:"走吧。"

有人敲了敲妈妈那一侧的车窗,她把窗户摇下来。

"晚上好,女士。"那个警官口音很重,我说不出是哪里的腔调,可能是某个低收入地区吧。他用棕色的大眼睛环视着我们,睫毛浓密得像是刷了睫毛膏。

"晚上好。"妈妈说。

"请您出示护照。"

妈妈把四本护照都递给他："还有这个。"她边说边拿出身份证。他好奇地看着，"这是第一版的，"他说，"我们这边才刚更新了新版的，有点不太一样。"

"是吗？"妈妈问。

他点了点头："我想你们下次换身份证的时候就会拿到新版的了。"他把身份证还给我们，仔细查看护照，他检查得十分彻底，我不禁以为我们是今天唯一经过此处的车辆，这使得他缺少阅读素材。他摊开每一本护照，仔细在本人和照片上进行比对，每个人不下三次，然后阅读说明，接着再看一遍那个人，翻一翻护照，看看大家都去过哪里。但就目前来说，我们还哪儿都没去过。

"你们知道自己即将离开这个国家吗？"他问。

"知道。"妈妈说。

"你们要去哪里？"

"去拜访我侄女。"妈妈清了清嗓子，装出轻快的语调，"有一些从她母亲那儿拿到的文件要给她，她过世了，我是说我姐姐，不是我侄女。"

妈妈回答问题时，那个警卫的眼神在我们每个人身上飘来飘去，"你们知道这里是单向边境吗？"他问这个问题时，紧紧盯着达拉斯。

"知道。"妈妈说。

"你们要想回国，唯一的方式是经过大使馆，需要十周到十二周的程序。"

"没问题。"

"在这十周到十二周的等待期间，你们需要负担自己的饮食和住宿。"

"可以的。"

他拿着我们的护照在手上轻拍几下:"我必须对比一下犯罪资料库的数据,之后你们就可以走了。有汽车登记证吗?"

妈妈把文件从遮阳板上取出来递给他,文件好好地保持着折叠的状态。

"谢谢你。"他走进那座建筑物,消失了。

"我觉得他是僵尸。"我低声说,"你看到他的眼睛了吗?"

"成年人很难区分的。"达拉斯说,"但他没有搜查我们的车。"

"没人在乎你是否把麻烦弄出国。"妈妈说,"走私进来比较困难。"

"到了另一头还得再来一次吗?"我问。

她点点头,"过了这道关卡之后,紧接着还有另一道关卡。"

"然后呢?"

"到了那边就知道了。"

警察带着另外两个人过来了,一位是留着八字胡、人高马大的黑人,另一位留着短金发,是个矮胖的白人女人,在睫毛膏男子向我们走来时,他们双手背在背后站在原地。"康纳斯太太?康纳斯先生?我们有理由相信你们藏匿了一个未成年人,不是你们的孩子。"

妈妈呆呆地看着他。

"你是指达拉斯·理查蒙德?"达拉斯说。

"是的,先生。他在车上吗?"

"他不在,我们儿子想带他一起来,但本人不想来。"

"你知道他在哪里吗?"

"我想他去了德州。"

"请您下车。"

他们并没有把我们带到隔离起来的单间,把灯打在我们脸上,进行拷问,检测我们的压力指数。只是让我们站在路边,寒冷又孤单,仿佛要枪杀我们。

高个子警卫和那个白人女子彻底搜查了我们的车——车底、车上、车里。他们把我们的行李搬出来,挨个打开,戴着手套翻动包里的东西,翻开后座,抬起后备厢的地板,一个备用轮胎显露出来,在此之前,谁都不知道它的存在。他们甚至检查引擎盖下面,仿佛我们能将一个一百八十公分①的孩子捆起来藏在那里。

睫毛膏男子问我们达拉斯的事。

"我告诉他必须和自己的父母一起离开。"妈妈说。

"他不想来。"达拉斯加了一句,"是我的儿子想带他一起。"

"他说埃默里教练要他到达拉斯的橄榄球队参加选拔赛,"我说,"他接种疫苗之后,就变得糊里糊涂的。"

"他是个很麻烦的年轻人,"达拉斯说,"希望你们能尽快找到他,老实说,我不知道他自己一个人会出什么事。"

警卫走到艾丽面前,弯下腰,注视着她的眼睛,笑着眨着睫毛:"小可爱,你知道达拉斯·理查蒙德在哪里吗?"

我们全部屏住呼吸,强迫自己不要用力盯着她看。

她摇了摇头:"爸爸回家的时候,他就走了。"

"那时候几点?"警卫问。

"六点。"

---

① 1公分=1厘米。

"你知道他去哪里了吗?"

"他消失不见了。"

"他是不是说过很快就会和你们在某个地方会合?"

"没有,他消失了。"

他点了点头,看向正在检查我们轮胎的同事,又转过来看着我们,点了点头。之后他走进那栋建筑,其他人把我们的行李放回后备厢,那块塑料垫子这次没有被摊平盖在上面,我的帐篷竖得太高了,他们试着把帐篷拿下来。

"放着吧。"妈妈说,"没关系的。"

睫毛膏男子带着命令回来了:"那个男孩的父亲怀疑他会步行跟着你们,你们必须明白,他未成年,没有法定监护人的允许,他是不能出国的,无法通过这座桥或越过其他地区的边境。你们要明白,如果你们在等他,他是不可能离开这个国家的,你们不可能再见到他。"

"是的,我们明白。"妈妈说。

"他不会往这边来的。"达拉斯说,"他往南边去了,去了达拉斯。"

警卫叹了口气:"你们可以走了。"他把汽车登记证和护照还给我妈,她检查了一下,确定都在。"请放在手边,过几分钟还会用到,你们还需要提供出生证明和疫苗注射记录,你们有吗?"他问?

妈妈说:"全都有的。"

警卫耸了耸肩:"一旦他们放你们过去,我就不可能让你们回头了。"

"那正是我们所希望的。"我低声说。

All Good Children

　　金属闸门在我们身后关上了，我们慢慢地开过一千英尺的双车道吊桥，桥看起来似乎几十年没整修过了。车头灯几乎无法刺穿眼前的雾气，虽然我知道老派的桥梁在建设上非常讲究——几百年后螺钉才会腐蚀——但这座桥有一种腐朽的味道，我不禁担心桥面会在我们脚下塌陷。

　　妈妈把车窗摇下来，仿佛这样能帮助她看清前方的路。桥上有成排的路灯，但早就坏了，两边都不打算换新的。空气湿冷，夹杂着有毒的河水以及潮湿的防自杀水泥墙的味道。我希望现在是白天，这样我们就能下车看看自己即将进入的世界。

　　当我们靠近桥尾端的边境时，我的恐惧并没有丝毫减弱。那里只有一座不比收费站大多少的小建筑，有一根摆动的金属臂，用作路障。没有探照灯照射我们，也没有持枪警卫用审视的目光盯着我们，这令人非常不安，这暗示着这个国家缺乏经费。但我们已经没有回头路了，我们还停在一百英尺的高空中，如果他们不让我们入境，除了把我们扔回去，抢劫这辆车之外，我看不出他们还能怎样。

　　透过大约有墙面一半大的窗户，我看见三个警卫挤在一个小小的亭子里。他们抽烟、喝热水瓶里的温热液体、像朋友一样聊天。这个画面令人感到震撼，自从注射了疫苗之后，我再也没见过周围有谁像他们一样聊天，闲扯、大笑、消磨时间，这不是我想象中的边境警察会做的事情。他们都是三十多岁的白人男子，戴着蓝色的帽子，留着短发，穿着蓝色制服，戴银色徽章，虽然像是警察，行为又不像警察，表现得好像我们压根不存在一样。他们望着彼此微笑着，开心地大声聊天，仿佛在球场看台上一样轻松随意。其中一个人拍了拍另一个人的肩膀，第三个人则翻了个白眼。

可怕的乖孩子

"我该按喇叭提醒他们吗?"妈妈问。

"你疯了吗?"我说。

"等着就好,"达拉斯说,"也许这是一个测试。"

"空气的味道闻起来好奇怪。"艾丽说。

我伸手拍了拍她的头,她看了我一眼,好像我是个弱智,我把手缩了回去,望着窗外。

一个警卫探出头来大喊:"马上就来!"随即消失在视线中。探照灯在我们身边闪来闪去,相当刺眼。警卫走出小亭子,腰间的皮套里别着根金属棍,他脱下帽子,把头发往后梳了梳,发色在明亮的光线下闪着光芒。他又重新戴上帽子,露出笑容:"你们是今天早上来这里的第一辆车,"他伸出手,"请出示护照。"

妈妈把护照递给他。

他点了点头:"康纳斯,哦,等一下。"

他回到建筑物里,和同事说了几句话,在 RIG 上忙了起来。

"我这辈子都没见过这么欢乐的警察。"我说,"你觉得他们是不是也被下药了?一种比我们更好的药?"

达拉斯耸了耸肩:"他们好像不怎么骇人。"

他们在小亭子里微笑着,仿佛他们宁愿孤独地被困在这座腐朽的桥上,也不愿意去其他地方。其中一个警卫对着 RIG 说了几句,透过窗户向我们挥了挥手。

"他们知道我们的名字。"妈妈紧张地说,"他们为什么会知道?"

红头发警卫回来了,笑着说:"你们有些朋友提前过来了,已经等你们一周了,希望你们来这边过圣诞节。"他看着表笑着说:"时间刚刚好。"他指向探照灯那边的未知区域,"他们不能再靠近了,但如果一切顺利的话,待会儿就可以见到他们了。"

妈妈点了点头。

"卡瑞娜·康纳斯?"他问,"你的出生地是?"

妈妈回答了一长串问题,达拉斯在副驾驶座上焦虑不安,我希望他记得爸爸所有的相关资料,答不上来我们就完了。

"你的上一份工作地点?"警卫问道。

"新米道尔镇马诺尔高地。"妈妈回答。

那人的脸皱了起来,仿佛闻到了什么恶臭的东西,迫使他远离车窗。

"是个敬老院。"妈妈说。

"我知道那是什么地方。"他换了一种神情,瞪着她,那种神情令人很容易看出他是个警察。"你是那里的医生?清洁工?还是别的什么?"

"我是个护士。"

"护士。"他看着她,表情冷酷,我不禁猜想他妈在他还是个婴儿的时候被护士谋杀了。"你呢?"他问达拉斯,"你的职业是什么?"

"我之前是个医生,"达拉斯咳嗽了一声,压低声音说,"但已经失业三年了。失业前是个医生。"

"你在哪里工作?"

"新米道尔镇诺曼高地。"

"你是那里的医生?"

"是的。"

警卫点点头,转向亭子,挥手叫他的同事出来,接着又转过来看着我们,"你知道我们称你们所谓的敬老院叫什么吗?我们称之为集权医疗机构。你知道我们又称那里的治疗行为是什么吗?对无助人群的不道德实验。你知道我们称那里的医生和护士是什么吗？我们称你们为禽兽。"

妈妈难以置信地张大了嘴。

"我们现在要搜查你们的车。"他说这话的语气仿佛肯定会找到走私货,我觉得他们绝不会让我们入境的。"出来,叫你们的孩子下车。"

我们再一次站在荒凉的街道上,担心被他们枪杀。红发男子盯着我们,手放在手枪皮套上,另外两个人打开了我们的后备厢。那家伙很爱说话,他和妈妈还有达拉斯说话,时不时地瞥一眼我和艾丽,再摇摇头,仿佛在说,孩子跟着你们真是受罪了。他搜查我们的衣服口袋,把我们的外套丢在马路上,搜查我们冻得瑟瑟发抖的身体,告诉我们现在是什么情况。

"你们以为只要封锁国门,就能监视所有人;你们从来没想过,或许有人也在看着你们。我们知道你们的城市和医院都发生了什么,没人相信你们那套自我保护的话,也没人相信你们领导世界的方式。"他站在道德的制高点上,说教起来没完没了,他的同事们则把我们包里的东西都倒出来扔在肮脏的桥面上。

"这是我们离开的原因。"妈妈说,"我们不喜欢家乡的情况。"

红发男子嘲笑说:"过了这么久才知道啊。"

达拉斯挺拔地站着,清了清喉咙说:"正因为如此,几年前我就辞职了。"他看起来愤怒又惭愧,像一个愤慨的医生、对抗社会的男人。"我们要离开那个国家,赌上所有,赌上孩子的未来,我们再也不想成为他们中的一员。"

警卫上上下下打量着他,仿佛在看一个逃亡中的中产阶级混球。

"我们不允许任何公家或私人公司对员工或学生、客户、军人、囚犯或任何人，在未经许可的情况下，进行试验或开处方药，明白吗？这不是你过去习惯的世界，医生，这不是你之前所在的世界。"

在车子另一边，个子较高的警卫吹了声口哨，他打开塞在我妈皮箱里的那个蓝色枕头，抓出一把钱币、金链子，还有珍珠等珠宝，红发男子看到，也吹起了口哨。他们三个看着我们，好像我们是什么肮脏的东西，仿佛我们对无助的老年人做了试验之后，还从他们身上抢了这些珠宝。

高个子警卫把枕头套放到一边，关上妈妈的行李箱，和其他行李放在一起。

"把枕头套放回去！"我大喊。

"马克斯。"妈妈低声叫道。

我注视着她——她很害怕，因寒冷而瑟缩，又困惑又内疚。我摇了摇头，向警卫走去："你们不能拿走这些，这是我朋友给我的，为了帮我们逃离，我不会让你们拿走它的。"

他大笑起来："好吧，孩子，看看你能不能阻止我。"他和矮个子同事拖着我的帐篷走到车前，把帐篷展开。

红发男咯咯笑着，走到我面前，把手放在手枪皮套上。

"你不能拿走属于我们的东西。"我对他说。

"马克斯，别说了。"妈妈试图阻止我。

"不。"我往前走，警卫也往前走，距离只有几步之遥，我们瞪着彼此的眼睛对峙着，他笑得仿佛已经迫不及待了。

"你谈论我父母的方式就像你很了解他们的为人一样。"我说，"但你们三人躲在自己的小世界里，没有监视器对你们进行监视，所以你们觉得自己可以为所欲为了。我敢说你们正在期待着像我们这样的人越过边境，对吧？你们可以随便拿走属于我们的东西，侮辱谩骂我们，让我们站在寒风中瑟瑟发抖，我妹妹的牙齿现在都还在打战。"

他往后退了一步，侧头看着我，等我说完。

"你对我们的生活究竟了解多少？你凭什么批判我们？"我大吼道，"你们现在的所作所为和我们国家那些当权者有什么不同？到底哪里不同？我非常想知道。"

他一言不发，笑声也停止了，默默地看着我们，欲言又止。

"你们和我遇到过的大人根本没什么两样！"

他点了点头，挑了挑眉毛，又点点头："你肯定没被他们下药，对吧？"他大笑着，刺耳地冷哼一声，又点了点头，直到我的肾上腺素消耗殆尽，因为紧张与寒冷在风中瑟瑟发抖。

"把你们的外套捡起来。"他说。

"加文！"高个子警卫站在车前大喊，"你肯定不会相信的！"

他们在路上搭起了我的帐篷，全部组装起来，立起杆子，拉下门帘，我不知道他们怎么搭得这么快，他们肯定是经常去露营的人。

探照灯照在帐篷上，帐篷在潮湿阴冷的路面上显得又灰暗又丑陋。横跨在皱了的画布墙面上的那一行"抵抗抵抗抵抗抵抗"残酷地发着光，我画作里的所有人都安全地活在漆黑的帐篷内部。那时我所想的只有"天啊，真是一件了不起的杰作"，在我作画时，灵光一闪的才气被灌注在我体内。

帐篷的前门帘被掀开，矮个子警卫从里面探出头来，手里拿着手电筒，笑着说："就是这个没错，"他告诉红发警卫，"我想真的就是这个。"

妈妈帮艾丽穿好外套，她抽着鼻子，强忍泪水，说："我不知道怎么办。"她边说边看着达拉斯,"很抱歉,我不知道还能去哪儿。"

他耸了耸肩:"一定还有其他地方,不需要身份验证的东西。"

"我们可以回畸形镇去。"我说,"我觉得他们肯定会让我们住在那里,他们肯定需要护士,我和达拉斯也可以出来工作,我们可以教语言和数学,看看他们想学什么。还可以组一个橄榄球队,在那边展开全新的生活,总之暂时先住下来吧。我们可以做些实际的事,做一些可以改变家乡状况的事情。"

达拉斯看着我,仿佛我疯了。妈妈面露忧伤地微笑着。艾丽说:"达拉斯消失了。"

"我不会回新米道尔镇的。"我告诉他们。"外面有个完全不同的世界,我对这个世界一无所知,我想成为新世界中的一员。"

妈妈叹了口气,她会赞同任何人的任何意见,她太累了。

我看着达拉斯,他耸了耸肩,说:"我只想去上学,马克斯。我不在乎去哪儿,我想做工程师,我想建造东西,那才是我的专长。"

"你是医生。"艾丽说,"你要治病救人。"

达拉斯低头看她,拍了拍她的头:"可怜的孩子,一切结束的时候,你脑子会很乱的。"

"我们该去哪里?"我问他。

"哪里都行,除了回家以外,哪里都行。"

红发警卫大摇大摆地走了过来:"帐篷是从哪儿来的?"他问。

我痛恨这个人,恨他的笑容,恨他的雀斑,恨他的声音,恨他屁股维持的姿势,"那是我的帐篷,你不能拿走。"

"你的帐篷?"

"我的。"

可怕的乖孩子

"你又是从哪里弄来的?"

"那是我的,大兄弟,那是从我家客厅搬来的。你到底想要什么?"他仔细检查帐篷,抵抗这个字眼从墙上跑了下来,跑进我心里。我做了个深呼吸,摇头说:"不行,你不能把帐篷从我身边带走。"

他舔着舔嘴唇,走到艾丽跟前,弯下腰看着她的眼睛:"你知道那个帐篷是谁做的吗?"

"妈妈在军事用品商店找到的,马克斯画的。"

"马克斯是谁?"

"马克斯是我哥哥。"

他仔细地打量我,目光又回到艾丽身上,"你哥哥画了那个帐篷吗?这个男孩?他画了这个帐篷是吗?"

她点了点头:"为参加艺术展画的。他没有得奖,校长开车送他回家,然后他在森林里看见花生。"

他站直了身体,转过来看着我,另外两个警卫也笑着走过来:"真令人难以置信!"矮个子说。

"你画了这个帐篷?"红发警卫问我。

"你不能带走它。"

"里面有什么?"他问道,"如果是你画的,你应该知道都画了什么。"

"画里是我全部的生活。你不能把它从我身边带走。"

他又笑了起来,夹杂着刺耳的喷气的声音,然后他看向他的同事们。三人开始耸肩、大笑、摇头——不像是在享受杀害我们之前短暂的时光,我退后一步避开了他,他大笑着说:"到处都是这个帐篷,孩子。"他举起双手,像是托举起一个球体。"到处都是。"

我摇了摇头，他的笑容和触碰让我心烦意乱："展览之后，我一直把帐篷放在家里。"

"不，你没搞明白，我是说每个频道的新闻都在报道这个帐篷。孩子，它是个象征。"

"几周前它上了国际媒体。"高个子警卫说，"有个来自匹兹堡的记者写了一篇报道，接着就如野火燎原般地扩散开来，它象征了对抗企业的控制，人们在夺回国家之前，如何秘密联合，等待时机。"

"这个帐篷已经无处不在了，照片流传在各地。"红发警卫说道，"而抵抗这个字眼，你走到哪儿都能看见它。"

"它带给人们希望。"矮个子告诉我，"显然还是有人关心自己的环境污染问题。即使是新米道尔镇那样的地方，也已经有人准备要改变它，使它成为更好的地方。"

我不喜欢他们看着我的样子，那样子就像华盛顿和泰勒在溜冰公园骚扰亚裔孩子时一模一样，好像他们对我期待太高了，仿佛我必须勇敢坚强。但说句实在话，我其实没什么想说的，我只想把我的帐篷要回来。

"你能出现在这里实在是太好了。"红发男子说，"你显然不知道自己造成了多大的影响，'抵抗'这个词出现在军营里、工厂墙上，还有监狱和商场里，出现在所有人们想隐藏自己的地方。"他摘下帽子，用手指把头发捋顺，然后放声大笑。

"你们打算怎么处置我们？"妈妈问。

他对妈妈微笑，低头鞠躬致意："我想请你帮我们在帐篷前拍照留念，然后放你们过去，和朋友相见。"

"我们的东西怎么办？"达拉斯问。

可怕的乖孩子

"你们可以带走。"

"我的帐篷呢?"我问。

他摇了摇我的肩膀,笑着说:"你可以带走属于你的帐篷。"

丽贝卡表姐抱住我,用力地抱了个满怀,仿佛我是她失散多年的弟弟,她的年龄比我以为的要大,她已经超过三十岁了。她皮肤很黑,跟妈妈一样,整个人高大又气派。"生日快乐!"她对我说,"真高兴你们做到了!"

"喔,天哪。"妈妈说,"竟然已经过了午夜时分,生日快乐,马克斯。"她用力抱着我,好久好久,在我怀里颤抖着。

"嘿,妈妈,别哭啊。"我说,我边说边推开她,我直视着她的眼睛,"是你把我们带出来的,对吧?我们没事,你别哭。"

她抽泣着点了点头,朝丽贝卡走了去。

我转头看着达拉斯,他忧伤地望着我们,我张开双臂:"爸爸,不给我个生日礼物吗?"

他笑着拍了拍我的肩膀:"生日快乐,马克斯,真高兴我们做到了。"他环顾着这个阴暗潮湿的不知名的地方,紧张地点了点头,仿佛想知道现在是什么样的情况。

丽贝卡对他伸出手,"你好吗?"她问道。达拉斯正要解释自己是谁,但妈妈摇了摇头,指向艾丽,退回边境检查站。达拉斯点点头,对丽贝卡说:"很高兴见到你。"

她亲了亲艾丽的额头和脸颊,忘情地把艾丽抱起来,但一旦艾丽的僵尸特征表现出来,她就很快把艾丽放下了。接着又转向妈妈,再一次紧紧拥抱她:"我简直忘了你跟我妈有多像。"她说。

在她们聊着西尔维娅阿姨，即丽贝卡的妈妈时，从丽贝卡车上的副驾驶座走下来一个女孩，靠着引擎盖。

"那是……"我说，"她看起来像……"我说不出口，不敢让自己活在希望中。

丽贝卡回过头微笑着说："你们不是从新米道尔镇跑来的第一个家庭，我希望你不介意我带她来，她想跟着一起来。"她挥手示意那个女孩过来。

达拉斯和我同时发出惊叹声，我的心在胸口狂跳不止。

佩珀走了过来，害羞地微笑，她看起来好美，有点瘦了，比我记忆中还要矮一点，但也有可能是我突然长高了，或者是我从来没发现她如此娇小。她把手插在口袋里，仿佛害怕伸出来似的，她的眼睛闪着微光。

"天哪。"达拉斯说。

"你是个正常人。"我加了一句。

"嗨，"她低头看着自己的脚面，"很抱歉我不能告诉你，爸妈要我保证绝对不会说，和泽维尔在一起的最后一天，我几乎就要告诉你了，我敢肯定你也是正常人，但我不能冒这个险，你明白吗？"或许她担心我会说："不，我不明白，你不能离开我。"但我什么都没说。

"你怎么知道我们要来？"我问。

"这边有很强的组织在推动，想把人救出来，每个城市几乎都有支持的团体，大家会传递名单，说不定有人可以帮忙或是赞助别人。几周前，我爸爸告诉我你的名字出现在名单里，我们立刻去找了丽贝卡，接着就一直等着你们过来。"她的笑非常阳光，我就是喜欢她这一点。学校注射疫苗之后，我就没看见任何一个女孩发自内心的笑容了。

"真不敢相信你在这里。"我说。

"我也是。"她把手伸出口袋,张开双臂,我们有点尴尬地抱在一起。然后她把我推开,但没有推太远,问我:"达拉斯怎么样了?"

我明白了,她以为在我身边徘徊的人是我死去的爸爸。我慢慢地摇着头说:"达拉斯没能出来。"

达拉斯轻轻地拍了我一下。

佩珀缩了一下:"可怜的达拉斯……"

"你一直很迷恋达拉斯,是吗?"达拉斯问。

佩珀瞥了我爸一眼,觉得他很奇怪。

"别不好意思,"他说,"很多女孩子都迷恋他。"他笑着,那个灿烂的笑容让你可以透过层层伪装认出他来。

佩珀往后退,吃惊地用手捂住嘴巴。

"还不错,是吧?"达拉斯用自己的声音说道。

她大笑着拥抱达拉斯,一个又大又暖的拥抱,一点也不像她给我的拥抱那么尴尬。

"真的吗?"我生气地问,"你真的迷恋达拉斯吗?"

她笑得更大声了,也给了我一个又大又暖的拥抱,达拉斯赶紧挤进来,变成了团体的拥抱,真是个卑鄙的人。

分开后,我看见妈妈看着我们微笑,艾丽站在旁边,看起来好像很生气,仿佛我们做了不检点的事,她想去告状。

达拉斯清了清嗓子告诉佩珀:"在我卸妆之前,请叫我派屈克·康纳斯先生。"

"好的。"佩珀说。

"你跟我回家吗?"丽贝卡问妈妈。

"对，你准备好了我们就走。佩珀，跟我一起坐前面吗？"妈妈问，"艾丽不能坐在有安全气囊的座位上，男孩们可能会为了争着坐你旁边而打起来。"

"爸爸是一个男人，不是男孩。"艾丽说。

"是的，亲爱的。"妈妈说。

佩珀跳了个小小的愉快舞步，似乎对有人争抢她这件事十分享受，接着她跳上了妈妈身旁的副驾驶座。"我可以告诉你们和新生活有关的一切，你们需要一点时间慢慢适应。"

"我们可以承受一切。"我说。

达拉斯先爬进后座，我和艾丽仍在车外，"你想坐中间吗？我问。"

"你要让我坐哪儿我就坐哪儿。"艾丽说。

我的快乐消逝了一些。

"没关系的，马克斯。慢慢来。"妈妈说，"上车吧。"

我点了点头，艾丽还在等着别人告诉她该怎么做。

我决定引用一首童谣告诉她，我最爱的那首，虽然她现在已经不在乎了。艾丽一直觉得童谣的作用就是为了碰运气，但那首童谣并不是将一切交给运气去决定，而是将结果放进那些做出抉择的人手中。

如果我边说边数那首童谣的每个字，最后总会点到艾丽，如果我数每个音节，最后就会点到我，结果是由我自己决定的。

我希望她先上车，这样我就能坐在佩珀后面，能从后面触摸她的头发，让达拉斯嫉妒死，因此我不数音节，改数数字，我希望童谣里说的都是真的。我念了起来："一、二、三、四、五、六、七，好孩子都能到天堂去。"

致　谢

　　谢谢我的编辑莎拉·哈维给我热忱的支持和建设性的批评意见，感谢戴夫·德雅尔丹和艾尔默英语作家团体在前几章给我的建议。特别感谢蒂姆·魏恩·琼斯愿意成为我的第一位读者。一如既往地，我要感谢我的孩子索耶和岱蒙，他们的调皮和善良带给我灵感；还有我的先生杰夫，感谢他付了贷款，并以我为荣。

　　还要感谢艾拉·莱文和戴维·皮基，但我发誓我没打算要把这本书写成《乔治·哈罗德在斯特福德遇见少年僵尸书呆子》（*George and Harold Meet Teen Zombie Nerds in Stepford*）的故事，写着写着就写成那样了。

凯瑟琳·奥斯汀

版权专有 侵权必究

图书在版编目（CIP）数据

可怕的乖孩子 /（加）凯瑟琳·奥斯汀著；瑞希译. — 北京：北京理工大学出版社，2019.9（2020.9重印）

书名原文：All Good Children

ISBN 978-7-5682-7128-8

Ⅰ.①可… Ⅱ.①凯… ②瑞… Ⅲ.①长篇小说-加拿大-现代 Ⅳ.①I711.45

中国版本图书馆CIP数据核字（2019）第119158号

著作权合同登记号图字：01-2019-3038

Original title: All Good Children
Copyright © 2011 Catherine Austen
First published in Canada and the United States by Orca Book Publishers Ltd.
All rights reserved.

The simplified Chinese translation rights arranged with Orca Book Publishers Ltd. and the Transatlantic Literary Agency Inc. through Rightol Media （本书中文简体版权经由锐拓传媒取得 Email:copyright@rightol.com）

出版发行	/ 北京理工大学出版社有限责任公司	
社　　址	/ 北京市海淀区中关村南大街5号	
邮　　编	/ 100081	
电　　话	/（010）68914775（总编室）	
	（010）82562903（教材售后服务热线）	
	（010）68948351（其他图书服务热线）	
网　　址	/ http://www.bitpress.com.cn	
经　　销	/ 全国各地新华书店	
印　　刷	/ 三河市华骏印务包装有限公司	
开　　本	/ 880毫米×1230毫米　1/32	
印　　张	/ 9.25	责任编辑 / 王晓莉
字　　数	/ 205千字	文案编辑 / 王晓莉
印　　数	/ 6001~7500	责任校对 / 周瑞红
版　　次	/ 2019年9月第1版　2020年9月第2次印刷	责任印制 / 施胜娟
定　　价	/ 48.80元	排版设计 / 飞鸟工作室

图书出现印装质量问题，请拨打售后服务热线，本社负责调换